U0557592

芳菲缱绻

张新科 著

南京大学出版社

图书在版编目(CIP)数据

芳华缱绻 / 张新科著. -- 南京 : 南京大学出版社，
2024.11. -- ISBN 978-7-305-28587-5

Ⅰ. I267

中国国家版本馆 CIP 数据核字第 2024Q1G585 号

出版发行　南京大学出版社
社　　　址　南京市汉口路 22 号　　邮　　编　210093

书　　　名　**芳华缱绻**
　　　　　　FANGHUA QIANQUAN
著　　　者　张新科
书名题字　黄　惇
责任编辑　高　军　　　　　　编辑热线　025－83592123

照　　　排　南京布克文化发展有限公司
印　　　刷　徐州绪权印刷有限公司
开　　　本　880mm×1230mm　1/32　印张 9.875　字数 210 千
版　　　次　2024 年 11 月第 1 版　2024 年 11 月第 1 次印刷
ISBN 978-7-305-28587-5
定　　　价　54.00 元

网　　　址　http：//www.njupco.com
官方微博　http：//weibo.com/njupco
官方微信　njupress
销售咨询热线　025－83594756

谨以此书纪念扬州工业职业技术学院
建校四十六周年暨合并升格办学二十周年

序言

Preface

长江后浪推前浪，浮世新人换旧人。

在实现中华民族伟大复兴的历史进程中，1978年注定是一个值得铭记的年份。这一年，开启了改革开放的伟大征程；这一年，全国科学大会隆重召开，泱泱神州迎来科学的春天，尊重知识、尊重人才从此成为全社会的共识。

顺时代之潮涌，应大势而勇为。1978年，江苏省扬州化工技术学校沐浴着改革的春风，从有着"淮左名都，竹西佳处"之美誉的"中国运河第一城"扬州蹒跚起步。古运河畔，一批批胸怀壮志的青年才俊，满怀为国家经济建设培育专业技术人才的豪情，呕心沥血，强校兴教，培兰植桂。

"不经一番寒彻骨，怎得梅花扑鼻香。"1981年至1983年，扬州化工技术学校从为扬州市及全省培训367名在职职工学员起步，到1993年10月获评江苏省重点中专学校，1999年经评估被确定为国家级重点中专院校，成为苏中地区唯一的工科类国家级重点中专院校。仅用十余年时间，扬州化工学校便完成了历史性的飞跃。①

　　"仪真来往几经秋,风物淮南第一州。"1981年,诞生在仪征青山镇的扬州建筑工程学校(简称扬州建校)的发展同样亮点纷呈,不遑多让。1981年,核工业部二十七公司开办了职工中专班,1983年6月6日,核工业部教育干部司批准成立"核工业部二十七公司职工建筑工程学校"。两栋旧楼,40名学生,从二十七建筑工程公司抽调的9名教职工,构成了扬州建筑工程学校建校之初的全部家底。正是这所名不见经传的学校,在成立后仅仅23年间,就为核工业部各企业,尤其是核工业建设企业及全国各地方建设企业培养了近万名中等专业技术人才。与此同时,学校累计培养核工业部项目经理1 925名,为我国核工业建设与发展提供了人力资源支持与保障。

　　"时人不识凌云木,直待凌云始道高。"随着中国教育改革与发展的推进,2004年,经江苏省人民政府批准,扬州化工学校和扬州建筑工程学校合并升格为扬州工业职业技术学院(简称扬工院)。学校升格后,由原先招收初中毕业生的中等职业技术学校,升级为以招收高中毕业生为主的省属公办全日制普通高等职业技术院校。在新的历史阶段,扬工院开始步入高等职业教育层次。

　　自合并升格以来,扬工院事业发展产生了四个具有里程碑意义的时间节点。2007年12月,通过教育部高职高专院校人才培养水平评估并获得优秀等级。2012年6月至2015年7

---

　　① 从扬州化工技术学校到扬州化工学校的历史变迁,详见本书《流年筑梦》部分。

月,扬工院立项建设江苏省示范性高等职业技术学院并以优秀成绩通过专家组验收,跻身全省高职院校前列。2015年9月,江苏省教育厅和扬州市政府签订共同支持扬工院发展协议,完成了扬州商务高等职业技术学校350亩地、16万平方米建筑的无偿整体划转,实现了校区布局的进一步扩大和优化,为扬工院更高水平的建设与发展奠定了基础。2021年12月,扬工院以优异成绩入选江苏省中国特色高水平高职学校建设单位,标志着学校高质量发展跨上了新台阶。

合并升格20年以来,扬工院校园面积已扩容至1 000余亩,建筑面积40余万平方米,开设47个专业,拥有全日制在校生共计16 000余人,其中与本科高校联合招收培养本科生1 000余人,外国留学生370余人,实现了办学条件、办学规模、办学水平的跨越式发展,描绘了一幅中国特色高等职业教育发展的扬州画卷。

建校至今,扬工院共为国家培养了5万余名毕业生。他们奔赴祖国四面八方,在石油化工、核电建筑、智能制造、信息技术、交通工程、经济管理、艺术设计等领域辛勤耕耘,为产业优化升级和经济社会发展进步提供了人才保障。扬工院的综合实力和核心竞争力不断增强,社会影响不断扩大,先后获得"江苏省职业教育先进单位""江苏省高等学校和谐校园""江苏省大学生创业教育示范基地""江苏省高校毕业生就业工作先进集体""江苏省文明校园""江苏省平安校园""江苏省大学生创业教育示范校"等荣誉称号,连续两年荣登"全国高职院校国际影响力50强",并以优异成绩入选东部地区"服务贡献""产教融合"两项卓越榜单。

学校四十多年的办学历程,映射出了教育、科技、人才、创新驱动下中国职业教育的历史嬗变,反映了中国职业教育波澜壮阔的发展历程。循着历史的脉络,寻找扬工院事业蒸蒸日上的成功秘诀,人们不禁好奇:是扬工人怎样的初心,滋养出这样丰饶的精神家园? 又怎样汇聚出不断向上生长的磅礴力量?

其中有信仰如炬,指引前行。1978年《关于加快工业发展若干问题的决定(草案)》(简称《工业三十条》)提出,"要大规模地培训干部、工人和技术人员",直接孕育了江苏省扬州化工技术学校。2019年,《国家职业教育改革实施方案》中指出,职业教育与普通教育具有同等重要的地位。扬工院发展的每一步,都紧跟国家政策的步伐。如今,当我们踏上实现第二个百年奋斗目标的新征程,先进生产力已经成为高质量发展主赛道的核心引擎,这对职业教育的发展提出了更高的要求。

其中有初心如磐,风雨兼程。几代扬工人正是凭着对时代需求的敏锐感知,举旗定向,提前布局,精准发力。扬工院四十多年如一日的发展历程中,化学工程学院对接石化产业、建筑工程学院对接建筑产业、智能制造学院对接高端装备制造产业、信息工程学院对接软件和信息服务产业、交通工程学院对接汽车产业、商学院对接现代服务产业、艺术设计学院对接文化产业,精准服务本地产业转型升级和经济社会发展。与时代同频共振,与民族复兴同向而行,与地方发展紧密衔接,扬工院大有可为,必有作为!

其中有奋力拼搏,艰苦奋斗。"艰难困苦,玉汝于成。"扬工院的创业之路,给后人留下的精神财富是艰苦奋斗的品格。时至今日,扬工院办学育人服务经济社会发展的一组组亮眼的数据让人震撼,但一盏20世纪80年代的煤油灯仍让人印象深刻。一位老教师回忆,学校成立之初,由于总是停电,经常用到这盏灯,虽然教室里光线有些暗淡,但学生们不觉得苦,灯光下,眼神透亮,里面盛满了希望。这种精神已经渗入扬工学子的血脉基因,他们走出校园,依旧保持着拼搏奉献的奋进姿态,在市场经济大潮中,他们自我生存、创新创业就是最好的体现。他们中的很多人打拼出自己的天地,自立自强,实现人生逆袭,成为行业的中坚力量,还有许多校友默默付出,恪守匠心,在平凡的岗位上做出不平凡的业绩······他们共同造就了扬工学子的亮丽名片。

其中有改革创新,追求卓越。扬工院的发展史不仅是一部艰苦创业、愈挫愈勇的奋斗史,更是一部改革创新、追求卓越的创业史。合并升格以来,扬工人始终秉承"厚德强能、笃学创新"的校训,恪守"厚植文化底蕴、精湛一技之长"的育人理念,求真务实,造就万千能工巧匠、技术英才,服务发展,贡献社会,绘就了一幅亮点缤纷、繁星漫天的扬工蓝图。扬工院尤其注重创新创业教育、国际合作办学、校园文化建设,并都取得了令人瞩目的成就;学校始终聚焦人才培养质量提升,不断深化教育教学改革,形成了特色鲜明的育人模式,打造了匠心独具的"扬州工"文化,成为知名度、美誉度不断跃升的"江苏省高水平职业学校"。一路走来,扬工人意气风发,踌躇满志,万千学子已成栋梁,遍地繁花,不断谱写新的辉煌。

"看似寻常最奇崛，成如容易却艰辛。"历代扬工人艰难而不改其志，困苦而不易其心，经受住岁月的洗礼，造就了薪火相传、青蓝相继的发展局面。扬工人的每一步都饱含着扬工人的拼搏奉献，都记载着扬工人的探索总结，都展示着学校的发展壮大，叠加形成了"化校速度""建校招牌"和"扬工现象"。正是借助这一势能，扬工院才实现了从无到有，从优秀到卓越的涅槃与蝶变。

当前，面对中国职业教育高质量发展的巨大契机，对扬工人而言，唯有不断发奋努力，才能在激烈的竞争中制胜。今年适逢扬工院建校 46 周年暨合并升格办学 20 周年，在扬工院的 7 年间，我曾先后担任院长、书记，如今有幸能用饱含深情的笔墨，激扬文字，力图通过回望来路，忆海拾贝，采撷那些闪耀在扬工院岁月年轮中的人与事，致敬先贤，映照现实，以史为鉴，开创未来。

本书的写作得到了刘金存、陈洪、倪永宏、傅伟、徐华等校领导的大力支持，同时要感谢陈大斌、冯大刚、杨丽、赵永林、张宏彬、刘晓明、周可可、贾生超、龚安华、严正英、盛英淼、邓虹、王贡献、李云杰等老同事的热情帮助和不吝赐教，对本书中涉及的人和事我都满怀敬意，对启迪本书写作的前辈贤达，一并表达诚挚谢意。

一切过往，皆为序章！我衷心祝愿扬工院继续谱写华美篇章！

目录
Contents

忆海拾贝

维扬有约

忆海拾贝

流年筑梦

一

岁月的年轮，记录奋斗者前行的足迹。

希望的曙光，照亮追梦人奔跑的征程。

1978年注定是中华民族5 000多年发展历史上具有重要意义的一年。如果说1949年中华人民共和国的成立让中国人民站起来了，那么1978年开始的改革开放则是民富国强道路的发端。这一年，无数中国人的命运因改革开放而改变。从这一年开始，中国前进的每一个脚步都引起了全世界关注的目光。

话还要从党的十一届三中全会召开前说起。

1978年3月18日至31日，全国科学大会在热烈的期盼中胜利召开，明确了科学技术是生产力的理念，打开了科教领域思想解放的阀门，确立了尊重知识、尊重人才的根本方针。正如郭沫若先生由衷赞叹的那样："我们民族历史上最灿烂的科学的春天到来了。"

时不我待，只争朝夕。1978年4月20日，《工业三十条》正式下发到各工业管理机关、工交企业试行。其第二十三条指出：

"要实现四个现代化,必须提高整个中华民族的科学水平,大规模地培训干部、工人和技术人员,造就更多又红又专的人才是当务之急。"为此,化工部专门召开了职工教育工作会议,对进一步加强职工的技术文化教育,努力提高广大工人、技术人员和干部的技术文化水平提出了具体要求。

也正是在这一年,在素有"淮左名都,竹西佳处"之称的历史文化名城,大运河的原点城市——江苏省扬州市,一所崭新的职业学校迎着改革开放的号角,昂首阔步走在科学的春天里,开启了崭新征程。

满眼生机转化钧,天工人巧日争新。

为了贯彻落实会议精神,当时的江苏省化工局和扬州地区行政公署重工业局筹划着要在扬州市创办一所化工技术学校。经过前期的调研和准备,1978 年 9 月 13 日,扬州市化学工业局向扬州地区行政公署重工业局递交了学校筹建申请。

收到筹建申请后,扬州地区行政公署重工业局非常重视,经过审慎研究,于 11 月 20 日发出回函,同意筹建学校,并确定学校全称为"江苏省扬州化工技术学校",学制两年,学校办学属中技性质,隶属于市化工局和地区重工业局。

冬尽春来,东方欲晓。1978 年底,改革开放的东风吹遍神州大地。收到批文后,扬州市化学工业局政工股牵头成立了建校领导小组,抽调原扬州化工厂革委会主任范祖英,扬州农药厂孙长怡、陈明山,组成筹建工作班子,明确范祖英为负责人。至此,江苏省扬州化工技术学校的历史幕布徐徐拉开……

二

在创建江苏省扬州化工技术学校的过程中,建校小组面临着严峻的挑战。当他们正式接过建校的任务后,立刻意识到首个需要解决的问题就是"找钱"。他们深知,没有足够的资金,再优秀的团队也难以推动学校的发展。

改革开放之初,神州大地百废待兴,千头万绪都需要资金的支持。戴希文对此记忆犹新。1979年1月,他和马庆从南京化工学校毕业后即被分配至扬州,加入扬州化工技术学校筹建工作中。"那时候我们五个人,上班的头等大事就是想办法筹措建校经费。"戴希文说。

俗话说,"一分钱难倒英雄汉"。五个人四处"化缘",不知磨了多少嘴皮子,吃了多少闭门羹,终于筹得第一笔经费——3万元。3万元在现在看来实在是微不足道,但对筹建小组来说却是"救命稻草"。凭着这3万元本钱,江苏省扬州化工技术学校的建校工作终于有了实质性的进展。从征地选校址、调配建设物资、水电安装等入手,学校筹建工作一点点推展开来。时值数九寒冬,长江之畔、运河两岸北风凛冽,筹建小组却热火朝天地顶着严寒穿行在扬州、镇江、南京等地的大街小巷采购物资,回到扬州,吃喝拉撒睡都在建设工地的窝棚里。建校之初条件异常艰苦,有时候忙得过了饭点,连饭菜都冻上了冰碴子。而到了夏天,条件也好不到哪去,除了要忍受蚊虫的叮咬,赤日炎炎之下,毒辣日头能把人的身体晒脱皮。戴希文和马庆两名刚走出校门的小伙子,几年的风吹日晒在他们脸上刻下印痕,看上去要比同龄人苍老许多。

"功夫不负有心人。"时光荏苒,1981年,扬州化工技术学校的第一幢教学楼终于竣工。然而,不久之后,在扬州市化工局的协调下,新教学楼及其所在地与位于扬州文峰路27号的扬州市化工研究所进行了整体置换。目睹自己亲手建设的教学楼如婴儿般被"过继"给别人,筹建小组的几位成员心中满是不舍。然而,收获的喜悦终究战胜了内心的失落。通过置换,扬州化工技术学校的家底相较于过去充实了许多,毕竟宝塔湾文峰路的这块土地有5.3亩,校舍建筑面积达1 854平方米。

"审大小而图之,酌缓急而布之。"硬件设施问题逐渐得到解决,但重中之重是尽快招生授课。建校小组商议后,决定借用扬州化工厂的厂舍办公,并陆续开办了多期英语培训班。

在扬工院的档案馆中,至今仍保留着一张"特殊"的招生简章。这张诞生于1980年的招生简章,清晰地记载着学校的招生情况。令人遗憾的是,一所新筹建学校是没有什么知名度的,在学生和家长那里没有得到应有的重视,当年招生计划的完成情况不尽如人意,再加上当时学校筹建进展并不顺利,很多准备未能按时就绪,当年未能及时开学。

所幸的是,当年8月,学校成功招收了第一批共计25名在职职工。1981年2月,又扩招了在职职工33名。这段招生的历史,见证了学校建校之初从无到有、历经坎坷的发展历程。尽管起步艰难,但学校并未放弃,依然坚持奋力前行。时光流转,到了1981年8月,学校招生对象转向了普通高中生。虽然有了前车之鉴,也加大了招生宣传工作的力度,然而,由于筹建工作尚未完善,招生工作依然面临挑战。

这里插一句,虽然学校是伴随着改革开放的东风建立和成长起来的,但时至今日,我国的招生计划仍沿用"计划经济"模式,是各级教育主管部门直接管控的。经过几十年的发展演进,新的招生政策不断出台,随着办学水平和人才培养质量的提高,学校逐渐开始受到学生和家长的关注。招生情况逐年好转,校园内的师资力量也逐渐壮大。我到扬工院担任院长后,扬工院逐渐拥有了较为完善的专业设置和教育教学体系,时至今日,扬工院已发展成为一所具有较高声誉的省高水平高职院校。招生计划充足,办学规模在江苏省内也是首屈一指的,扬工院为国家和社会培养和输送优秀人才的能力持续增强。

回顾这段历史,我深刻体悟到,一所学校的成长并非一帆风顺的。在面临困境时,只有坚持不懈,积极应对,才能走向成功。在新的时代背景下,扬工人继续秉承"自强不息,厚德载物"的校训,扑下身子,沉下心来,务实功,求实效,不断为我国的教育事业作出更大的贡献。如今,扬工院招生工作已经发生了翻天覆地的变化,从原本的在职职工招生,发展到如今全国招生乃至招收国外留学生。

扬工院招生工作的改革与发展,正是我国高等职业教育事业蓬勃发展的一个缩影。在新的征程中,希望扬工院继续努力,以更高的标准、更严的要求,培养更多有理想、有担当的高素质技术技能人才,为祖国的繁荣昌盛贡献自己的力量。档案馆里的这张招生简章,将成为永恒的见证,激励一代又一代的扬工人勇往直前,再创辉煌。

话说回来,历史就是这样,看似云淡风轻、漫不经心的随意一笔,却往往成为往后壮阔波澜的印记。1981年3月17日,第一届化工分析班56名学生在这里参加开学典礼,这也是江苏省扬州化工技术学校首次开学典礼,成为学校正式成立、步入办学正轨并顺利运转的标志性事件。

校长孙长怡专门穿上自己最喜欢的中山装,主持了当天的开学典礼。"同学们!经过不懈的努力,江苏省扬州化工技术学校终于成立了!我们国家正在轰轰烈烈地开展'四化'建设,呼唤着大家投身其中。希望大家为了国家、为了化工事业,克服困难,努力学习。"孙长怡掷地有声的话语感染着现场的每一个人。要知道,为了这一天,孙长怡和自己的同事东奔西走,整整花费了两年的时光。想当年,他为扬州农药厂快速发展也立下过汗马功劳。如今,一所新的化工技术学校在他的手中"呱呱坠地"。也正因为如此,"艰苦办学,勤奋学习""穷办学、苦读书"成为学校后来的办学精神和治校理念。

"学校当时定位于在职职工培训,明确学制两年,教学大纲及教学计划按中专教学规定执行。"在孙长怡的记忆里,那年的6月16日,江苏省扬州化工技术学校党支部成立,他兼任党支部书记。与此同时,学校的校长办公室、教务科、总务科等组织机构也陆续组建,并吸收、引进了一批专业人才。

栽下梧桐树,引得凤凰来。1981年末,扬州化工技术学校已会聚了31位教职工,其中包括22名专任教师,以及13位兼职教师。正是这支新老搭配、专兼互补的教师团队,为学校未来的蓬勃发展奠定了坚实基础。在这支优秀的教师团队中，22名专任教师如同梧桐树的主干，扎实稳重，为学生们提供了丰富的知识养分。他们分别是来自化学、物理、数学、机电、财经、中文、体育等不同学科的骨干，具备丰富的教学经验和较强的学术研究能力。他们悉心传授专业知识，引导学生探索学术领域，为学生们的成长提供了坚实的支撑。

13位兼职教师则像是梧桐树的枝叶，为学校的教育事业增添了生机与活力。他们大都来自生产一线，具有实践经验和专业技能，为学生们带来了与企业紧密相关的实用知识和技术。兼职教师们充分发挥自己的优势，与专任教师共同培养学生的技术技能和动手实践能力，使学校的教育更具针对性。在教师团队的共同努力下，扬州化工技术学校逐渐成为人才培养的摇篮。大运河畔，梧桐树下，学子们聆听着教师们的教诲，茁壮成长。他们在学校里取得了优异的成绩，毕业后纷纷进入企事业单位，为社会发展作出了贡献。

岁月如梭，不断壮大的教师队伍见证了扬州化工技术学校的历史变迁。一代代辛勤的园丁用自己的青春和智慧，秉持"以人为本、质量立校"的办学理念，发挥新老搭配、专兼互补的教师团队优势，书写了学校辉煌的篇章。而那些栽下梧桐树的人们，他们的付出与奉献，将永远镌刻在学校发展的丰碑上，成为激励后来者不断前行的动力。

古人云："乘众人之智，则无不任矣；用众人之力，则无不胜也。"1981年秋，经江苏省革命委员会化学工业局批准，学校面向全省招生（含新疆学员），举办小化肥、磷肥分析工技术培训班,培训从事分析工工作两年以上、具有初中文化的青年工人,脱产培训4—5个月。1981年7月28日,第一期50名学员正式开学,标志着五期系列培训的启动,总计为我国化工行业培养了300多名人才。截至1983年暑假,学校已为省级、地市级企业在职职工举办了12期、15个班级的各类培训,受训人数达到775人。随着暑期的结束,学校拉开了中专教育的序幕,首个招生季便吸引了化工分析专业三个班共100名在职职工报名,以及化工机械专业一个班45人的加入,学制为三年。

到了1984年,学校进一步扩大招生范围,面向应届初中毕业生招收化工分析专业两个班,化工机械专业一个班,同时还持续招收两个化工分析专业职工中专班和一个化工机械专业职工中专班。自此,扬州化工学校踏上了规范化办学的道路,开始为我国化工领域培养众多优秀人才。

机会总是垂青有准备的人。1983年,我国改革开放的伟大事业迎来了重要转折,总设计师邓小平同志高瞻远瞩,提出"教育要面向现代化,面向世界,面向未来"的倡议。自此,中国教育踏上了飞速发展的快车道,扬州化工技术学校亦然。令人欣喜的是,1983年3月22日,江苏省人民政府批准在原扬州磷肥厂厂址的基础上,设立扬州化工学校新校址。新校址的在校生规模暂定为600人,专业涵盖化工分析、化工机械等,学制四年,招生对象为初中毕业生。同年,经扬州市人民政府批准,学校正式更名为扬州化工学校,学校的发展翻开了崭新的一页。

三

创业维艰，几多坎坷。未来光明，但注定过程曲折，摆在扬州化工学校面前的同样是一道辩证题——学校的占地面积虽然实现了几何级增长，但荒废多年的扬州磷肥厂旧址，道路坎坷不平，房屋七零八落，通风的围墙随时有倒塌之虞。

事情仿佛又回到了原点，一切又要从零开始！

面对巨大的压力和挑战，扬州化工学校依然坚定不移地走在创业兴学的道路上。学校领导层深知，只有不断克服困难，才能迎来真正的光明。孙长怡校长并没有被眼前的困难吓倒。在他的字典里只有"苦干"二字，为了新校区尽早投入使用，在他的指挥下，学校迅速组建了基建班子，利用一切力量、不浪费一切资源办学，没条件创造条件……以孙长怡为首的扬州化校人决心以坚定的信念，勇敢地迎接曲折的建校历程。学校积极争取政府和社会各方面的支持，加大对旧址改造的投入，重新规划，修建新的教学楼、实验楼、宿舍楼等设施，使校园环境焕然一新。同时，对荒废的磷肥厂旧址进行环境治理，消除安全隐患，确保师生们在安全、舒适的环境中学习和生活。

从 1984 年 4 月底至 9 月底，他们只用了 5 个月的时间，便兴建起第一幢四层高的 1 600 平方米的教学楼，建成了 432 平方米的餐厅，82 平方米的伙食房，因陋就简地改造了 1 240 平方米的宿舍、办公室及 48 平方米的配电房等。校园初步建成，提高了学校的整体办学实力，保证了新学期的顺利开学。

　　尽管扬州化工学校办学育人、兴学创业的道路异常艰辛,校长孙长怡却深信,只要勇攀高峰,不断创新,辉煌未来必将到来。学校只有继续深化改革,不断提升教育质量,才能为我国化工事业培养更多优秀人才,为国家发展作出更大贡献。扬州化工学校正是以坚如磐石的信念,书写了办学治校的传奇。

　　岁月磨砺,风雨兼程。学校日新月异的发展,绽放出了更加璀璨的光芒。在孙长怡校长的心里,学校的硬件设施固然重要,但人才培养才是头等大事:"国家'四化'建设不等人,为国育才不等人哪! 当前首要任务是创造条件,教育学生为了国家、为了化工事业,克服困难,努力学习。"为提高教学质量,突出以教学为中心,孙长怡校长号召教师根据化工部的要求制订各专业的教学计划、教育大纲。对于具体教学计划,学校也不能裹足不前,而是要大胆地"摸着石头过河",同时参照兄弟学校和往届毕业班的教学实践经验。

　　孙校长引领全校师生齐心协力,展开一系列扎实有效的基础性工作,致力于建立健全制度和提升教学质量。学校制定了涵盖化工分析、化工机械、财务会计三个专业的多样化学制教学实施计划,还不断完善相关教学管理制度,并落实了岗位责任制。在此期间,学校高度重视教学质量,仅 1984 年,校领导及任课教师共计听课 539 节,举行观摩教学 6 次、全校公开课 18 次……

　　古人云:"天下难事,必作于易;天下大事,必作于细。"扬州化工学校自创立之初,便坚守严格的纪律教育和养成教育理念。学校也形成了一个惯例,在新校区的新学期,第一次大课必讲校风建设,第一次班会必开展"三有一守"(有理想、有道德、有文化、守纪律)活动,努力把学生培养成为具备理想、道德、文化修养并严守纪律的人才,以满足我国"四化"建设的需求。

扬州化工学校历任领导班子都高度重视文化宣传阵地建设,通过加强文化宣传工作,发挥高举旗帜、引领导向、鼓舞士气、成风化人、凝心聚力的作用。学校内部刊物《化校通讯》应运而生,设有"党代会文件辅导""读书问答""近代史知识"等专题,后来创办的《扬州化校报》还获得正式的准印刊号,学校在升格为扬工院后,在此基础上又创立了《扬州工业职业技术学院报》。宣传阵地建设配合学校的各项中心任务,推动了教育事业的发展。

文以载道,以文化人。扬州化工学校在培养技术人才的同时,也十分注重文化的传承与创新。学校通过积极开展各类教育活动,为学生提供了全面发展的平台。学校还成立了文学青年爱好者组织——"崛起"文学社。学校党支部副书记担任名誉社长,鼓励师生遵循党的实事求是思想路线,用笔墨表达对党、伟大祖国和社会主义制度的热爱,使师生精神面貌焕然一新。

一分耕耘,一分收获。1985年年末,扬州化工学校的在籍学生已达708人,教职员工118人。这份沉甸甸的成绩单,见证了该校在短短四年时间里取得的辉煌成果。这是令人瞩目的成就,扬州化校犹如一颗璀璨的星辰,闪耀在职业教育浩瀚的星空中。

"一切都像刚睡醒的样子,欣欣然张开了眼。"改革开放春风化雨,中华大地一片生机盎然,穿越历史的长河,学校的事业发展踏入了国家"七五"计划建设时期。这一时期,国际与国内形势云谲波诡,不确定性无处不在。然而,和平与发展仍是世界的主题,主导着全球格局的演变。

在经历了数十年的辩论后,计划与市场的争论也迎来了最终的决战时刻。在这一背景下,市场经济改革的方向已变得非常清晰,改革开放成果得到巩固,发展势头不可逆转。在这个至关重要的历史节点,扬州化工学校也迎来"骐骥一跃",果断地推进教育教学改革,以适应国际国内职业教育形势的发展变化。

然而,人生何处不别离。1986 年,那位为扬州化工学校付出心血、孜孜不倦的老校长孙长怡,光荣退休了。离别之际,孙长怡步履蹒跚,目光所及,满含深情。他边走边看,缓步来到了校门口,深情地抚摸着"扬州化工学校"的校牌,凝望着校园的每一个角落。夕阳余晖映衬下,绿草如茵,松柏苍翠,曾经那破败不堪的磷肥厂已化作历史的记忆。而他送给学校最珍贵的"礼物",便是那新建的 2 115 平方米的教学楼和 440 平方米的简易学生宿舍。

扬州化工学校的师生们深知,孙长怡校长留给他们的,远不止物质条件。更难能可贵的是,他传递了一种逆境中奋发向前、锐意进取的人生态度和治学精神。这笔宝贵的精神财富,将永远激励师生们勇往直前,不断追求卓越。

接过老校长手中"接力棒"的,是一群充满活力、年富力强的年轻人。新任党支部书记张清,毕业于江苏师范学院的化学专业;新任职的副校长金本德,毕业于南京农机学院的农机专业。成员年轻且知识丰富的管理团队,不仅顺应了时代的需求,也为扬州化工学校注入了源源不断的活力,使其展翅翱翔。

俗话说,"新官上任三把火"。张清走马上任后的第一件事,便是召开师生动员大会,正确分析学校的形势,认清存在的问题,提出工作要求,明确学校工作的重点和指导思想。在张清的带领下,学校迎来了一系列的改革与创新。抓思想教育,使得师生们对国家政策有了更深入的理解。在理想纪律宣传月活动中,学生们积极参与,自觉遵守纪律,培养了良好的道德品质。政治学习制度的建立和完善,使全体师生更加明确了自身的责任和使命。

在新的教学计划指导下,教师们精心设计了课程内容,注重理论与实践相结合。增加实习、实验课和课程设计的周数,让学生们在实践中锻炼能力,不断提高综合素质。教学质量的提升,使学校在社会上的声誉越来越好,吸引了更多优秀的学生和教师前来。

在教师队伍建设方面,1986 年引进的 12 名新教师为学校注入了新的活力。他们带来了先进的教育理念和教学方法,与原有的老教师携手互助、共同进步,全力以赴为提高学校的教育教学质量而努力。通过教师队伍的优化,学校的师资力量得到了全面提升。此外,学生会的成立,使学生们自我管理、自我教育、自我服务的能力得到了提高。在学生会组织的各项活动中,学生们锻炼了组织协调能力、团队合作精神和社会责任感。

在基本建设方面,原扬州磷肥厂旧址内的职工住家搬迁计划得到了基本落实,为学校的发展营造了良好的环境。4 000 平方米的实验大楼开始施工,将为学校的教育教学提供更加先进的设施设备,为学生们的成长提供更好的条件。

"巾帼不让须眉",经过张清上任后的努力,学校在各个方面都取得了显著的成绩。面对未来,学校将继续坚持以人为本,深化教育教学改革,全面提升办学水平,为培养更多优秀人才而努力奋斗。

随着新领导班子的组建,学校迎来了一场深刻的变革。在这场变革中,学校管理体系的革新成为重中之重。比如,"四科一室一中心"的设立,不仅是学校管理体系改革的关键一步,更是推动教育改革向纵深发展的重要战略。"四科一室一中心"的成立,标志着学校管理向精细化、规范化、科学化迈进。办公室、组宣科、教务科、学生科、总务科和教育培训中心各司其职,通力合作,为学校的教育教学工作提供了坚实保障。尤其是教育培训中心,负责教职工的培训和发展,为提升教职工综合素质和教育教学水平搭建了平台。

此外,新领导班子勇于创新,首次实行聘用制,选拔了一批年轻有为的教职工担任领导。这一举措既拓展了选人用人渠道,又激发了教职工的积极性。这些年轻领导充满活力、敢于突破,为学校发展注入了新的活力。

在这场教育变革中,以张清为首的新领导班子深知"问渠那得清如许,为有源头活水来"的道理。张清心里明白,只有从源头抓起,才能确保职业教育的清澈。这场改革旨在开掘职业教育的源头活水,让职业教育焕发出新的生机。

随着改革的深入推进,学校焕发出更加旺盛的生机。新领导班子以坚定的决心、务实的举措,推动学校教育教学改革不断向纵深发展,为培养更多优秀人才、助力国家发展作出更大贡献。

在这段没有硝烟的改革征程中,我们每个人都是见证者、参与者和接力者。在改革大潮中,学校谱写出了职业教育领域新的辉煌篇章。

话接上回,自从20世纪80年代末90年代初,国际政治形势风云变幻,随着东欧剧变,苏联解体,国际共产主义运动转入低潮。然而,"东方欲晓,莫道君行早。踏遍青山人未老,风景这边独好"。伴随改革开放的不断深入发展,我国的社会主义市场经济体制逐渐确立,社会进入转型期,各种西方思潮纷纷涌入,给很多年轻学生都造成了影响和冲击。

作为一位人民教师,一位学校的管理者,更是一位母亲,心细如发的张清敏锐地感知到这一点:"这些年轻人的花样人生刚刚开始,如果不能树立正确的世界观、价值观和人生观,一旦受到蛊惑走上'歪路''邪路',那影响的将是他们的一辈子。"她深知,改革开放的蓝图刚刚铺开,社会主义现代化建设也呼唤着一批批的青年参与其中。

匠心耕耘,终结硕果。首届120名毕业生走出校门,带着学校的期望和家人的希望,步入了人生的新阶段。"这是我们的首届毕业生,扬州化工学校必须打响这'头一炮',也只有这样才能让学校在今后的竞争中站稳脚跟!"张清在内心做了一个决定,要成为那个"敢吃第一只螃蟹"的勇士。在张清的领导下,学校积极开展实践活动,让学生在实践中学习和成长。学生们有机会参与到实际的工程项目中,通过实践将理论知识转化为实际操作,从而锻炼和提升他们的实践能力。

"惟意所出,万变不穷。"在江苏省石化厅的指导和帮助下,扬州化工学校对毕业生分配工作做出大胆改革——把竞争机制引入毕业生分配工作中,从这 120 位毕业生中,选了 30 多名毕业生进行联合培养、有偿分配的试点工作,即由用人单位来挑选人才,学校则根据用人单位的要求,择优选送。市场才是人才的真正"试金石","金杯银杯不如市场的口碑"。这招"联合培养"赢得了用人单位的好评,他们对分配的毕业生十分满意。"联合办学"不仅让扬州化工学校首次尝到了改革的"甜头",也使学校从此声名鹊起,获得了社会各界的认可和大力支持。毕业生们在工作中的出色表现,赢得了用人单位和社会的广泛好评,为学校带来了荣誉。他们在工作中的优异表现和不俗业绩成功证明了学校教育教学和人才培养工作的有效性,也为在校学生树立了良好的榜样。

铸魂育人,立德为先。随着时间的推移,扬州化工学校在教书育人、立德树人的道路上越走越稳,校风日益严谨,培养出了一批又一批优秀的人才。彼时的扬州化工学校坚持铸魂育人、厚德强技的教育理念,积极深化改革,不断创新创优,紧紧围绕立德树人的核心任务,努力培养每一颗心灵,让每一名学生都能在这里成长为栋梁之材,为我国的繁荣昌盛贡献自己的力量。在激烈的竞争中,学校稳住了脚跟,旨在为学生提供更优质的教育,努力为国家、为人民、为社会作出更大的贡献,逐渐发展成为职业教育领域的一颗璀璨明珠。

时光荏苒,十年如梦。1988 年,扬州化工学校迎来了建校十周年"诞辰",重温来时路,十年办学、十年创业、十年艰辛!扬州化工学校一路向上。

十年间,扬州化校人将"艰苦奋斗、勤俭办学"作为自己的座右铭,在极其艰苦的条件下,全校师生员工团结一心,紧缩开支,自筹资金,广拓办学渠道。截至1988年,学校不仅拥有了语文、政治、数学、物理、体育、外语、化工机械、化工电气、工业分析、财经、化工工艺等教研组,还开设仪器分析、工业分析、定性分析、定量分析、物理化学、电子、电工、物理、材料力学、金相、计算机等实验室和电化教学室,图书馆、实习工厂等教学辅助机构一应俱全。扬州化校人一年一栋楼的"扬州化校速度",让省内同行惊叹!

十年间,扬州化工学校确立了"勤奋、守纪、团结、创新"的校风。1989年的一份文件显示,当时学校人员的总编制已经达到了183人。这是一支上下团结,把自己的命运与学校紧密相连、融为一体的教职工队伍。"桃李不言,下自成蹊。"随着扬州化工学校发展壮大,学校在职业教育界的影响力也在飞速提升。

1990年2月的一天,张清收到一个通知,让她欣喜若狂,上级首长要到扬州视察,届时要了解扬州化工学校的办学情况。领导电话里再三叮嘱张清要"好好准备准备"。若干年后,张清仍然能记得自己当时的心情:"我激动得一晚上都没睡着。脑子里一直在'打转转',这份汇报材料怎样写才能出彩?"为此,张清不敢怠慢,立即着手调集学校所有的"笔杆子"成立材料撰写小组,自己亲自担任组长,回顾学校成立以来的点点滴滴。

扬州瘦西湖畔风景旖旎,外城河静静流过,冬天虽然还未过去,春天的信使已经爬上了扬州盐阜西路西园宾馆的柳梢头。在西园宾馆的一间会议室内,张清不时看看手表,以此掩饰无比激动而又有些许紧张的心情,虽然之前已经将汇报稿读了个滚瓜烂熟,但她总怕遗漏掉精彩的内容。办学中遇到的一些问题,不知能不能得到领导的支持,从而有效解决?

1990年2月14日,是注定载入扬州化工学校历史的一天。国家化工部部长顾秀莲在扬州的西园宾馆听取了张清关于学校办学情况的汇报。扬州化工学校艰苦的办学历程、大刀阔斧的改革给在座的领导尤其是顾部长留下了深刻的印象。回到北京后不久,顾秀莲便从部长专用经费中专门划拨了20万元支持扬州化工学校办学!消息传来,扬州化工学校师生沸腾雀跃,这是鼓励、肯定,更是鞭策!改革不停步,创新无止境,扬州化校人高擎改革大旗,在市场经济的大潮中搏击风浪,奋楫前行!

随着学校办学成绩和社会美誉度的不断提高,扬州化工学校成了广大考生、家长和大学毕业生竞相追捧的"香饽饽"。那时,学校的录取分数线一路飙升,与扬州很多重点高中"平起平坐"甚至"略高一筹",与扬州中学相比也常常是"伯仲之间"。随着办学效益的逐步提升,学校教师的待遇持续提高,到了1993年3月,学校召开教职工代表大会,通过审议,实行基本工资和能绩工资相结合的分配制度,建立完善的考核体系,并鼓励各部门、职工利用现有条件在不影响本职工作的前提下,因地制宜开拓门路进行创收,对有条件的部门实行承包责任制。对学校建立的实习工厂、经营部、化工厂等校办产业,实行企业化管理,独立核算、自主经营、自负盈亏,提升了广大干部和教职工的积极性与创造力。

那时,为了提升办学效益,学校对招生工作进行了较大改革,扩大招收了委培生、定向生和自费生(占总招生比例 60%)。在指导毕业生就业工作中,为顺应改革大潮,允许毕业生自由选择工作单位,毕业生就业实行供需见面,鼓励毕业生走向社会,自主择业,学校对毕业生给予指导,提供咨询,热情为毕业生服务,使毕业生顺利地走上工作岗位。这一系列的举措,使扬州化工学校迎来了发展的"加速度"。到了 1993 年 11 月,经省教委组织的专家组评定,学校正式成为江苏省 38 所省部级重点中等专业学校之一。

"天下没有不散的筵席。"1995 年 8 月,张清同志接到调令,离开原职,踏上赴任南京的新征程。在张清担任校长期间,扬州化工学校经历了剧变,在校生人数激增至 1 800 余人,专业设置也愈发丰富、科学、合理,覆盖了工业分析、化工机械、化工工艺、工业电气自动化、财务电算化、市场营销、精细化工等多个领域。

彼时的扬州化工学校发展规模已蔚为大观,占地面积 76 亩,校舍建筑面积高达 8.11 万平方米。学校配备有 89 个实验室和实习车间,语音教学、电化教学、微机操作等设施一应俱全。为确保学生获得充足的实践机会,学校与扬子石化、扬州农药厂、扬州有机化工厂、扬州制药厂等企业建立了稳固的实习基地。

扬州化工学校图书馆藏有 8.19 万册图书,为师生提供了丰富的学术资源。同时,学生宿舍、开水房、浴室、食堂等生活设施完备,满足了学生在校园内的日常需求。学校固定资产更是一举突破1 000万元大关。在教学科研方面,教师们编写出版了9套教材,共计11册;发表了82篇教学与科研论文,其中14篇荣获省级以上优秀论文奖,这些论文的品质和影响力不容小觑,多篇被美国和英国的图书馆收藏或权威杂志转载。

张清同志虽然于1995年调任南京,但她也有幸亲历了扬州化工学校的发展壮举。正是在这段时光里,学校在规模、专业设置、教学设施、实习基地、学术资源及生活保障等方面取得了骄人成绩,为我国化工领域培育了大量人才。

四

人因梦想而伟大,梦想有多大,事业便会有多大。在扬州化工学校的创业奋斗历程中,他们向上攀登的步伐从未停歇过。

1996年是国家"九五"规划开局之年,也是我国经济改革逐步实现两个伟大转变的关键之年,首部《中华人民共和国职业教育法》颁布施行,这既是机遇也是挑战。说是机遇,职业教育迎来了新的发展契机;说是挑战,国家对职业教育的要求更高了,校际竞争也更加激烈了。

"铁打的营盘,流水的兵。"1996年3月郁明接棒张清担任学校党委书记、校长,成为扬州化工学校的"掌舵人"。人的一生犹如爬山,不去挑战自己,就无法看到更美的风景。走马上任的郁明新来乍到,经过调研,决定带领班子,继续向更高的山峰发起挑战。面对新的形势、新的要求,在确定了"打好基础,保持稳定,谋求发展"的工作思路后,郁明决心着重强化师资队伍建设,通过引进、培养双管齐下的方式,提升教师的专业素质和教育水平。他深知,优秀的教师是提升教育教学质量的关键,于是开展了一系列教师培训活动,使教师们能够不断更新教育观念,开阔知识视野,提高教学能力。

"政治路线确定之后,干部就是决定的因素。"万事开头难,人地生疏的郁明下的"先手棋"是抓好班子建设、带好队伍。经江苏省石油化学工业厅批准,学校增设了人事保卫科、市场信息部、教育研究室和校办企业办公室四大部门,党办与校办、学生科与团委合署办公。在管理干部队伍建设上,郁明提拔任用一批年轻教师,对原有科室干部做了适当的调整或调动,采取中层干部聘用制,这些举措给学校发展注入了新鲜血液,极大地调动了干部工作的积极性。

优化学校资源配置,强化硬件保障是办学育人、推动学校发展的关键一招。郁明下定决心来个"大手笔",从提升学校办学硬件着手,提升综合办学实力。说干就干,1996 年,扬州化工学校斥资 100 万元,加强了实验室建设,更新、添置了部分教学仪器设备。郁明推动的综合教学楼建设工程,则是学校建校以来规模最大的基建项目,比原计划提前 5 个月全面竣工,投入使用,此后郁明调集力量仅用了 3 个月时间就将原来 2 000 多平方米的教学楼改建为学生宿舍,保证了新学期的正常使用,解决了学生住宿条件与学校规模不相适应的矛盾。

民生需求是最大的权利。郁明和领导班子明白,优质的学校教育离不开优秀的教师队伍,必须时刻把教师的冷暖记在心头,学校发展才能够有更充足的动能。为解决教职工住房困难问题,1996 年 11 月中旬,学校开始建设教工宿舍楼。"职称职称,教师命根",为了维护教师的正当权益,经过积极争取,学校增加了学校高、中技术职务聘任指标,使有任职资格的教师全部得以聘用,极大地调动了教师的积极性。

培养德智体美全面发展的人才,是学校教育的神圣使命。因此,郁明高度重视学生的全面发展。他在学校办学育人过程中积极推广素质教育,时刻关注学生的身心健康,注重引导学生树立正确的人生观、价值观。在学校里,学生们在严谨的学术氛围中茁壮成长,不仅学习成绩优异,而且在体育、艺术等方面也取得了丰硕的成果。在此基础上,郁明和班子成员齐心协力,紧紧抓住教育改革的发展机遇,不断完善学校的硬件设施,提升教育教学条件。他们争取到国家、地方政府和教育部门的支持,筹集资金扩建校园,增设教学设施,为学生提供了更加优良的学习环境。

每所学校都有自己的"精气神",扬州化工学校也不例外。对于"精气神",王阳明的《传习录》中有"流行为气,凝聚为精,妙用为神"的独到解读。可以说"精气神"是学校之根,它反映了一所学校的"精神长相",彰显了一所学校的文化特性和独特气质,决定了一所学校的"教育样态"。因此,扬州化工学校从建校之初就注重向内深挖精神之源,探寻学校文化之根。在校园文化建设中,更加注重"学校精神"的培育和养成,日积月累积淀成扬州化校人自己的"精气神"。1997 年 2 月 17 日,学校召开全校教职工大会。当着全校教职工的面,郁明郑重地将"艰苦奋斗,创业之根;勤俭办学,腾飞之本"概括为"化校精神"。自此以后,扬州化校全体教职工齐心协力,将这一核心理念贯穿于学校建设的方方面面。在此基础上,逐渐形成了独具特色的校园文化,为学生提供了一个全面发展的良好环境。

在教育教学方面,学校教职工积极创新,不断探索教学方法,注重培养学生的实践能力和创新精神。通过开展各类实践活动,让学生在实践中成长,不断提高自身素质。在师资队伍建设方面,学校坚持引进与培养并举的方针,加大人才引进力度,注重培养青年教师。通过举办各类培训和学术交流活动,提高教师的业务水平和综合素质。在学生管理工作方面,学校坚持以学生为本,注重学生的个性发展和综合素质培养。通过开展丰富多彩的课外活动,增强学生的组织能力、团队合作精神和社会责任感。学校还高度重视学生的心理健康教育,为学生提供心理咨询和辅导服务,帮助他们解决成长过程中的心理困扰。

教育科研,犹如学校发展的"核动力",激发着教师们饱满的热情,他们投身于教育科研,推动学校走向可持续发展的道路。1997年3月,中国化工教育协会论文评奖结果揭晓。徐维琳老师的《语文教学中的口才训练》荣获中专工作委员会"教育科研与学术论文"三等奖。此外,徐少华与张进林老师合作撰写的《叔丁基过氧化苯甲酸酯的开发探索》获得1996年华东区化工中专"教育科研与学术论文"二等奖,樊明龙老师的《由可编程序控制器PLC引发的思考——中专电类专业必须增加PLC教学内容》也荣获三等奖。这些荣誉对于一所创办不久的中专学校而言,实属难能可贵。

　　随着学校影响力的日益提升,扬州化工学校不仅积极参与全国性会议,还主动承办此类盛会,以提高学校的美誉度。1997年4月26日至30日,全国工业分析专业研讨会在扬州化工学校成功举办。来自全国各地17所化工中专学校的代表参加了此次会议。与会者对CBE(能力本位教育,Competency Based Education)教学模式以及"建立完整的职业技能考核体系,将技能培养贯穿教学全过程"的培养模式进行了深入探讨。大会还对工业分析专业的发展方向和教材体系建设进行了充分的研讨。

　　自20世纪90年代后期起,分配就业制度的改革对中等职业教育产生了较大冲击。1999年,初中毕业生人数逐年减少,降至低谷。与此同时,高校的飞速发展引发了普通高中热潮,使得中专招生工作面临严峻挑战。学校领导和全体教职工不得不应对"四难一多"问题,即招生困难、报到困难、教学困难、就业困难和流失学生数量较多。面对"四难一多"等挑战,校领导再次祭出制胜法宝——改革。对于化校人来说,改革并不陌生,它是关乎学校生存发展的必答题。改革所考验的,不仅仅是一个集体的决心、耐心和恒心,更是团体智慧。全体扬州化校人都深知:"在困难面前,我们不能坐以待毙!"

　　正如汪国真《热爱生命》诗中写的那样,"既然选择了远方,便只顾风雨兼程"。一所学校既然有了目标,那就要不懈地奋斗,不怕艰难险阻,勇往直前。因此,目标已然明确,唯有继续奋斗。1998年,学校以学生教育、教学管理为核心,旨在切实提高教学质量。制定了教学人员出勤考核办法,建立了日常检查值班制度,强化教案审查,并对政治、数学、英语、体育、语文等教研组的教案进行专项检查。同时,对学校现有的教学计划和教学实施大纲进行了全面梳理。学校还加强了实验室建设,完善了实验室规章制度,将各项制度上墙。制定了实验室人员管理规定,并新建了工艺专业化工仿真系统实验室。多媒体教学设备投入使用,图书馆计算机管理系统顺利建成。

职业教育的成功,关键在于培养和输送一批批能力够强,素质过硬的毕业生。但是生源问题也成了学校必须面对的难题。一时间,招生问题成为一道必须跨越的难关。为应对此挑战,学校一方面着力提升毕业生质量,以提高就业率;另一方面,全体教职工不畏艰辛,顶着酷暑,深入农村考生家庭,开展深入细致的说服动员工作,成功争取到部分优质生源,使学校新生报到率高达80%以上,远超1999年全省中专新生到校率的平均水平。

为了拓展生源,让更多学生了解并报考学校,学校勇于创新,于2000年在扬州春兰大酒店举办全省初级中学校长联谊会,邀请全省各地的200多名中学校长莅临参观。在全校教职工的共同努力下,经过大量富有成效的工作,2000年学校招生计划得以超额完成。这一举措展现了学校在招生工作中的决心与智慧,也为更多有才华的学生提供了展现自我的舞台。

"工欲善其事,必先利其器。"为了全面提升学生的综合素质,学校经过深入调查和论证,自1999年下半年起,实行全校封闭式管理。此举配合投入的100万元资金,使校园计算机网得以升级改造,打造出全省中专校中较为先进的千兆以太网。在此基础上,学校成功接入互联网,搭建了自有网站,并设计了学校的主页,为展示学校形象及提升学生能力提供了优越条件。此外,学校还搭建了学生宿舍电话网络,实现了宿舍室室通电话。学生科和教务科联合策划了校园电视教学网方案,成功构建了电视教学网络系统,能够自办 4 个频道的节目,传输 8 路有线电视信号。学校还设立了电视教学演播中心,使电化教学迈向新水平。借助这一设备优势,学生每天都能及时收看新闻,从而全面提高综合素质。

扬州化工学校培养出的学生,不仅技术技能很强,思想品德亦过硬。1997 年,扬州化工学校学子高海志偶然发现现金60 000 多元以及若干材料、票据。尽管家境贫寒,面对这笔"巨款",高海志却毫不动摇。他放学后四处打探,一心只想找到失主。几经周折,他终于将失物"完璧归赵",交还给扬州包装用品厂厂长刘金仁。刘金仁激动地抽出几张现金,想要表达对高海志同学的感谢,却被他婉言谢绝。

此类先进事迹在扬州化工学校屡见不鲜。9502 精化班集体捐款救助特困学生,9602 有机班 26 名学生志愿无偿献血,9502 精化班有一同学奋不顾身救溺水儿童……这些事迹充分展现了学生的新风貌,彰显了学校开展思想道德教育和素质教育的成果。在那个社会转型时期,扬州化工学校学子犹如一道时代之光,点亮了文明的火焰,凸显了化校学生过硬的思想品德素质。

职业教育,一头连着职业,一头连着就业。1998 年,学校成立了招生就业指导办公室,致力于行业状况、人才需求趋势、中专生就业动态等方面的调查研究,以巩固和扩大学校的毕业生就业网络。当年,学校举办了30多次校内人才交流活动,主动邀请数十家企业来校招聘毕业生,积极参与社会人才市场交流,并承办了省石化厅1998年中专人才需求信息交流会。三名应届毕业生经推荐,顺利进入东南大学继续深造,为广大同学树立了榜样。

世纪之交的扬州化工学校,勇往直前,步履不停。1999年,五年制高职教育实现了重大突破。早在1997年,扬州化工学校便开始与其他院校联合举办大专学历班,继而在1998年全面启动五年制高职的申办工作。经过不懈努力,1999年上半年,化工产品生产操作与设计专业顺利通过了省教委及专家的论证,获得批准。同年,招生规模从最初的单一班级扩展到三个班。这一高职专业的设立,深受广大学生家长的欢迎。

五年制高职班的开设,提升了办学层次。这不仅为学校积累了宝贵的高职办学经验,奠定了向职教高层次方向发展的坚实基础,还对其他优势专业申办高职起到了示范作用。为应对生源综合素质偏低以及办学学制类型的变化问题,学校从1999年秋季学期开始实行封闭式管理。在全校师生和家长的大力支持下,学校综合管理水平得以显著提升。

天道酬勤,硕果终成。扬州化工学校坚持严格执行省教委关于教学、学生管理、后勤服务等的中专学校管理规范,以不断提升质量为核心,以培养适应社会需求的人才为目标,促使学校取得显著进步和发展,成为扬泰地区中专校和职业技术学校的骨干示范单位。1999年11月的一个阳光明媚的日子,校党委书记兼校长郁明身着西装,脚穿擦得能照出人影的皮鞋,精神焕发地与校领导班子一同在校门迎接国家级重点中专校考察专家组一行。在会议室里，郁明向专家组详细介绍了学校的办学条件、标志性成果，以及学校"勤奋、守纪、团结、创新"的校风，赢得了专家们的高度赞誉。一位专家对学校 20 多年来形成的"艰苦创业，勤俭办学，努力开拓，奋发进取"的办学精神，尤其是学校秉持的"企业围绕市场转，学校围绕企业转，教学围绕需求转"的"三围绕"办学理念深表敬意。

俗语有云："皇天不负有心人。"截至 2000 年，扬州化工学校在校生超过 3 000 人，教职工 164 人，其中教学人员 108 人。专任教师中，中、高级专业技术职务人员占 85%，全部达到本科学历，硕士研究生 20 人，博士研究生 1 人，实验人员专科以上学历达 100%，双师型教师占比 100%。学校提供大专和中专两个层次的教育，开设分析仪器使用与维修、化工产品生产工艺操作与设计、化工设备安装与修理等 20 多个专业。学校拥有先进的实验设备，如计算机教学网络、多媒体教学演示中心、CAD 教学设备、化工工艺设计仿真模拟系统等，达到国内中专校同类设备的先进水平。图书馆藏书超过 10 万册。学校重视产教融合，设有金工钳工实习工厂、精细化工厂等实习基地，并与扬州、南京等地的石油、化工、制药、轻工、机械企业建立长期稳定的校外实习基地。与此同时，学校紧跟职业技术教育发展的新形势，积极引进先进的教学、实验、实习设备，最大限度地投入资金，完善各个教学环节。按照教学现代化的要求，添置了具有较高水平的化工机械、化工原理、工业分析、电机拖动等方面的成套专业教学实验设备。

2000 年初，扬州化工学校再次实现飞跃，成功跻身首批国家级重点中等职业学校。站在新的起点上,学校面临着新的发展要求。2000年下半年,江苏省政府办公厅和江苏省石油化学工业厅通知,扬州化工学校整建制转隶至江苏省教育厅,党组织关系划转至扬州市委教育工作委员会,成为江苏省教育厅直管的省属国家级重点中专校,学校发展迎来了新的机遇。为适应新形势,2000年下半年开始,校党委、校长室建立校党委扩大会议和党政联席会议制度,对重大问题实行民主决策,同时设立会议纪要制度,公开校务。在作出涉及全局的重大决策前,学校会召开教师和行政人员代表的听证会,进行充分论证,增强教职工的民主参与和民主管理意识,激发了工作积极性和主动性。

大道至简,实干为要。

在奋斗者们的心中,坚定的信念早已生根发芽——那就是将扬州化工学校升格为高职教育院校。为了实现几代人共同努力绘制的发展蓝图,学校于2001年2月16日召开全校教职工大会,正式提出"升格高职院校"的口号。为了激发教职工的工作积极性,同年春季学期开始,学校设立教务科、化工科、机电科、基础科四个专业科室,为未来创办高等职业技术学校奠定基础。2001年6月13日,江苏省委教工委和扬州市委组织部联合宣布扬州化工学校领导班子任免决定,王亚河同志担任校长、党委委员,郁明同志担任党委书记、党委委员。新领导班子立足当下,着眼未来,制定了学校"十五"规划,明确了发展目标,勾绘出一幅学校发展的美好蓝图。至"十五"末期,在校生规模将达4 500人,同时积极筹备申办高等职业技术学院。

扬州化工学校的升格建设工作有序展开。2002年4月,学校举行历史上首届教学工作大会,广大教师积极参与、热烈讨论,共同将观念统一到新形势下职业教育的培养目标中。为了适应新时代职业教育的要求,大会提出深化教育教学改革,转变传统职教观念,奠定坚实思想基础。教学工作大会对学校新时期教学工作提出新要求:转变观念,明确定位;尊重事实,因材施教。从社会需求角度看,将职业技术教育的培养目标定位为"一线技术工人"是科学且合理的。教师们重新审视知识经济时代工人的社会功能及相应的能力结构,围绕培养目标调整教学内容和方式。大会还要求关注学生心理差异,结合个性进行培养,落实因材施教、循序渐进的教育原则。课程和教材调整、重组或拓展、延伸,增加实践性教学环节,重点强化操作能力培养。

虽然筹建升格不会一帆风顺,那时学校占地面积成为制约发展的首要难题,但扬州化校人没有气馁,凭着"借一把清风吹开阴霾,接一碗烈酒谈笑风生"的豪情,全神贯注,奋力拼搏。经过不懈争取,2002年6月,江苏省教育厅批准学校在扬州市东郊征地26.7公顷(400亩),建设新校区。后来,扬州市委市政府研究决定,同意学校在市区南郊扬瓜公路东侧、扬州大学广陵学校以南征地400亩建设新校区。2003年,扬州市委市政府正式成立扬子津科教园区建设领导小组,江苏省发展计划委员会和江苏省教育厅联合发文,同意扬州化工学校在扬州市扬瓜公路东侧、华扬路南侧征地建设新校区。

上下同欲者胜,风雨同舟者兴。

2003年12月6日,扬州工业职业技术学院(筹)揭牌仪式在扬州西园宾馆三楼会议厅盛大举行。出席庆典的嘉宾包括扬州市委副书记洪军、扬州市副市长孙永如、江苏省教育厅发展规划处处长朱卫国、江苏省化工资产管理公司副总经理秦志强、核工业华兴公司副总经理李盛秀、扬州大学副校长周新国、扬州市政府副秘书长朱康、扬州市教育局局长卢桂平等共计500多人。各级领导及师生代表齐聚一堂,共同见证了这一历史性的时刻。至此,学校在建设高等职业院校的道路上取得了实质性进展。

路虽远,行则将至;事虽难,做则必成!

在不懈努力下,经过调整后,新校区占地34.28公顷(约合514.2亩),建筑面积达24.3万平方米。仅仅一年后的2004年7月16日,江苏省人民政府批准扬州化工学校与扬州建筑工程学校合并,正式成立扬州工业职业技术学院。同时,撤销扬州化工学校、扬州建筑工程学校建制,新成立的职业技术学校为公办全日制专科层次的普通高等学校。

在风雨同舟的路上,扬工人携手共进,共创辉煌。扬工院发展史上新的一页正徐徐翻开,预示着扬工院未来将一片欣欣向荣……

学脉溯源

熟悉扬工院校史的人都知道,学校的前身之一,就是素有中国核工业建设领域的"黄埔军校"美誉的扬州建筑工程学校。

一

故事还要从 1958 年说起。

那是一个秋天,世界风云激荡。为了研制我国第一颗原子弹,二机部从全国各地抽调大批建设者进入新疆、甘肃等地的戈壁滩,着手建设中国第一座原子能基地。大批优秀的科技工作者、干部、工人、解放军指战员会聚西北戈壁滩,在国家经济、技术基础薄弱,工作条件十分艰苦的情况下,自力更生,奋发图强,全身心地投入原子能基地的各项工程建设中。

在众多的建设队伍中,二机部 102 公司担负着核原料生产和试验工程以及工业、民用和附属厂房建设任务。由此,102 公司第三工程处的建设者以及机械化处、加工厂的部分建设者,成为后来的中核华兴第一代创业者。

在茫茫戈壁滩上,这支队伍风餐露宿,历经艰辛,先后承担了基地专家楼、水厂、电厂、四厂、五厂和五华山生活区住宅等工程的建设,为"两弹"的核原料生产、试验工程和人员生活保障基地建设投入了艰辛的劳动,为我国的第一颗原子弹、第一颗氢弹的爆炸成功和中国核工业作出了不可磨灭的贡献。

在西北核工业基地建设基本完成后,新的任务接踵而来。1965 年 9 月,102 公司第三工程处全体建设者以及机械化处、加工厂的部分建设者奉命挥师南下,2 000 余人告别戈壁滩,挺进大西南,拉开了公司在西南地区建功立业的序幕。

数千名干部职工克服重重困难,夜以继日地奋战在"大三线"的施工现场。其间,还先后承担了二机部多项核工程及其配套工程建设,其中两项工程荣获国家优质工程银质奖。1973 年 9 月 18 日,"国营西南七处"升级为"国营西南二十七建筑工程公司",所属单位改为第一、第二、第三工程处。

在四川建功立业的 14 年中,公司发扬在戈壁滩吃苦耐劳、连续奋战的拼搏精神,承担了四川宜宾"八一二"厂的新建和扩建任务。独立完成了二机部在四川的大部分重点工程建设任务,为我国第一艘核动力潜艇的成功下水立下新功,为核工业的研究、试验以及早日启动核电发展作出了重要贡献。

在大三线建设任务基本完成的同时,历史迎来了重大转折,1978 年中国迎来了改革开放的新时代。伴随着改革开放的春风,国家纺织工业部决定在江苏省仪征县(今仪征市)胥浦镇筹建江苏仪征化纤总厂,国家第二机械工业部二七建筑公司奉命承建,近万名建设者会聚仪征,开始了长达十年的建设历程。

1979 年,西南二十七建筑工程公司响应国家"保军转民"的号召,整体调迁江苏。近万名建设者从四川、陕西、湖北等地陆续会聚扬子江畔的仪征,承担纺织工业部仪征化纤总厂建设任务。1980 年 9 月 1 日,公司正式开始在仪征办公。走出"大三线",由内陆地区走向沿海,由军工建设转向工业民用建设,由计划经济迈向市场经济,公司开始了艰难的第二次创业。

初到仪征,一切从零开始,建设者们因陋就简,就地取材,在高低不平、杂草丛生的荒地和低洼地带搭建临时工棚和宿舍。有近一半职工和家属住在当地的农民家里。从扬州到六合公路沿线,东西近百里的地方,都成了建设者扎根的热土。他们克服食宿、交通、通信极为不便等重重困难,为国家重点工程——仪征化纤建设付出了辛劳和汗水,先后建成仪征化纤一至五期等 120 多项工程,其中仪化涤纶一厂获得国家优质工程"银质奖"。

在承建仪征化纤工程的同时,公司全面向工业民用和核电市场迈进,快速跻身江苏、浙江、上海等东南沿海省市建筑市场,施工区域不断拓展,先后承担了一大批国家和省市重点工程建设任务。与此同时,公司海外市场开发取得初步成效,在中东、北非、东南亚等地区承担工程建设任务。

1980 年 2 月 27 日,二机部和纺织工业部在京签订了《关于二机部二七公司承担纺织工业部江苏仪征化纤总厂施工任务有关问题的协议》。同年 9 月,二七公司在江苏仪征正式办公。1982 年 11 月 11 日公司承担施工的"高通量工程试验反应堆工程"首次荣获"国家优质工程"银质奖。

1984 年 7 月 10 日核工业部批准公司名称由原"核工业部二七建筑工程公司"改为"核工业部华兴建设公司"。1986 年 7

月 26 日公司在广东大亚湾核电站核岛土建工程中中标,该项工程是我国第一次引进的 2×100 万千瓦核电站。1987 年 8 月 7 日,广东大亚湾核电站举行隆重的开工典礼,时任国务院副总理李鹏为核电站奠基石题字,并发出贺电。核工业部部长蒋心雄、广东省省长叶选平等参加开工仪式。到了 1987 年 12 月,公司首次打入国际建筑市场,承担约旦哈桑体育城工程建设任务。1988 年 10 月 22 日,公司名称改为"中国核工业总公司华兴建设公司"。

二

江苏省仪征市是一座有着 2 000 多年悠久历史的古城,具有独特的区位优势、资源禀赋和浓厚的文化底蕴,地处美丽富饶的长江三角洲顶端,东临全国历史文化名城扬州,西近六朝古都南京,宁、镇、扬"银三角"地区的几何中心,素有"风物淮南第一州"之美誉,南濒长江黄金水道,东临美丽古城扬州,西接六朝古都南京,宁通高铁穿越城北。

"君子之学必日新,日新者日进也。"兴校办学自然也是如此。1981 年,为提高职工的理论和技术水平,中国核工业总公司华兴建设公司的前身二十七建筑工程公司在仪征市郊青山镇设立职工中专班,正式开启了办学之路。这也成为扬州建筑工程学校的源头。当时抽调 9 名员工,内招 40 名学员,办起了为期两年的工业与民用建筑专业培训班。1983 年 6 月,经核工业部批准,成立了"二十七公司职工建筑工程学校",由陈邦彦出任校长。从此,扬州建筑工程学校踏上了艰苦创业的办学道路。

任何艰难困苦都阻挡不了学校发展的脚步。核工业部是在艰苦奋斗的道路上成长、壮大起来的,无论是一片荒芜、一无所有的戈壁滩,还是崇山峻岭的大西南,祖国最艰苦的地方到处都留下了核工业人的足迹。孕育于核工业的扬州建校人,早已把"艰苦朴素"的优良传统深深刻在了师生的骨子里,融进了血液里。

创校的艰辛镌刻在岁月的年轮里。1984年5月,学校搬到仪征胥浦镇二十七公司办公区,几十间平房分别用作教室、办公室和师生宿舍,公用公司机关食堂、职工医院和浴室,满足了师生的日常生活所需。学生实习、实训全部在建设工地进行,办学条件开始明显改善。为了尽快培养核工业建工系统所急需的建筑安装中等专业技术人才,以适应第二次创业和保军转民的需要,1986年1月24日,核工业部发文,将原华兴公司职工建筑工程学校改建为全日制建筑工程中等专业学校,命名为"核工业部扬州建筑工程学校",从那天起,正式启用学校公章开始办公,行政隶属县团级建制,教职工正式编制150名,学生规模核定为600人,面向全国统一招生,主要为核工培养建设技术人才;同时确定学校建筑面积为12 700平方米,决定投资380万元,由建工局筹资解决,要在2—3年内建成投用。学校人财物由核工业部建筑工程局负责管理,教学业务接受核工业部教育司负责指导。到了1986年,职工中专招收工业与民用建筑专业50人、仪征建筑科教中心工业与民用建筑专业42人、电大班文秘专业21人(1987年又增设施工财务专业)。生源稳步增长,原有教学设施已不能满足正常教学需要,学校又搬迁到核工业部华兴公司职工子弟学校院内,拥有了两层楼、1 500多平方米的教学、办公场所,学生住宿仍在公司大院。为进一步改善办学条件,学校还在仪征南门买下了仪征蚕桑场。

曾几何时,这片原属于蚕桑场的土地上,仅有一些破旧的厂房和几间仓库,荒凉的养蚕场映入眼帘,甚至还能看到古老的坟墓痕迹。工农路上,学校门前,时常可见毛驴缓缓拖着板车走过,构成了一幅"独特"的画卷。

为了迅速培养人才,学校决定在施工现场一边筹备建设,一边展开招生工作。当时,学校从社会上招收了两个班级近百名高中毕业生,设立了工业与民用建筑专业。就是在这样艰苦、简陋的环境中,师生们白手起家,共同创办了这所学校。他们夏日顶着酷热,冬日冒着严寒,外面时而大雨滂沱,走廊上雨丝飘零,甚至有房屋漏雨。受到条件制约,新调任的校领导和部分教职工也只得暂住蚕桑场破旧低矮的房子。然而,大家齐心协力,同甘共苦,共克时艰,一心一意致力于学校的发展。

古人云:"天下事有难易乎? 为之,则难者亦易矣;不为,则易者亦难矣。"即便面临艰巨的环境,学校的育人事业仍取得了丰硕的成果。1988年7月,首届93名工民建专业毕业生投身工作岗位,为我国核工业的发展以及地方建设培养了大批建设者。

"唯坚忍者始能遂其志。"只有坚忍不拔者方能实现志向。后来,为了铭记那段艰苦的时光,建校人在学校中心广场矗立起"为祖国核工业发展而读书"的巨型雕塑,将校风以鎏金大字镌刻在教学楼的西外墙,在校门内的道路两侧设立文化长廊,同时在教学楼走廊及每个教室张贴名人名言标语,"忠诚坚忍,勤恳简朴"的优良传统得以一代代传承下来。

三

"宝剑锋从磨砺出,梅花香自苦寒来。"扬州建校在办学的道路上并非一帆风顺,而是在风浪中一步步艰难前行。特别是从1989年开始,学校遇上了前所未有的困难,办学经费严重短缺,甚至连教职工工资都不能按时发放了。可以说,学校随时都有可能面临停办的危险。在这个时期,核工业总公司也面临保军转民走向市场的新情况,总公司领导出于对扬州建校的关心和爱护,考虑把扬州建校交给华兴建设公司。到了1990年1月,核工业总公司建工局下发了文件,将扬州建校的行政关系由隶属建工局划为受华兴公司领导。

消息传出,全校教职工一下子就沸腾了起来,到处人心惶惶,议论纷纷。大家担心的是,这样一来好不容易建起来的扬州建校很可能夭折停办,教职工怎么安置? 学生去往何方? 一连串难题立即摆在校领导和全体教职工面前。经过几天热烈讨论和反复商量,各方最后达成共识:"大家齐心协力把扬州建校办下去,继续为国家培养人才。"为此,副校长张世华带领校办主任高介之和人保科长陈祖权马不停蹄地前往北京,向总公司有关领导当面请示汇报,并再三恳求"勒紧裤腰带"也要把学校办下去,并立下军令状:"不要上级一分钱也要设法保住学校。"他们的诚恳态度感动了总公司领导,他们的拳拳之心也终于得到了总公司领导的同情和理解,总算使学校继续办学的事情迎来转机。到了 1990 年 5 月,核工业总公司建工局党组最终同意扬州建筑工程学校 1990 年继续招生;1990 年 9 月,核工业总公司劳资局、建工局、教培部联合发文,明确扬州建筑工程学校按自筹资金原则办学,总公司每年补助 20 万元办学经费,学校"八五"招生计划及十年发展规划列入总公司教育事业发展规划。全校师生员工得知这个好消息欣喜若狂,奔走相告,很多人流下了激动的泪水。

"人心齐,泰山移。"全体扬州建校人经历这个停办风波之后,个个斗志昂扬,全校干部、教职工决心以实际行动攻坚克难,不仅要继续把学校办下去,还要办得更好,这也为学校此后的生存和发展提供了有力的思想保证和组织保障。为了解决学校的办学资金问题,扬州建校上到校领导班子,下到普通教师职工"八仙过海,各显神通",一方面自力更生、开源节流办学;另一方面,开足马力,提升办学质量。比如,在专业设置上,学校果断在原有工业与民用建筑专业和机械设备与安装专业的基础上,再增设给排水专业和建筑装饰专业,不断扩大办学规模,努力提高办学效益和教学质量。与此同时,陈邦彦决定成立开发办公室,集中人力开拓创新,努力拓宽渠道增加收入,尤其是做好委培生招生培养工作,向委培单位或委培生收取委培费,这在当时对解决办学经费问题起到了关键作用,算是解了学校的燃眉之急。为了能多联系一些委培单位,校领导出马,在江西上饶、萍乡、景德镇设立办学点,开办委培班,同时委派有关同志走出校门招收委培生源。特别是郑寿昌老师，他为了学校利益不辞辛劳，翻山越岭，克服了很多难以想象的困难，也费尽了心血和口舌，终于从甘肃、青海、江西、湖南等省的核工企业招来了大量的委培生，获得了数目可观的委培费，同时他还四处求援，收集龙门刨床、生活锅炉、暖气片等设备，帮助学校解决困难。

干字当头，闯字为先。那个时候，学校的教职工们心里都装着学校，都在为学校发展默默奉献着，遇到学校需要，二话不说，个个豁得出来，顶得上去。1990年4月，为了要回一笔欠款，学校领导反复斟酌，审慎研究，决定派陈新和周兰英两位同志前往深圳华泰建设公司。当时陈新母亲身体抱恙，急需人照顾。周兰英女儿恰好读高中三年级，正在冲刺高考，也同样需要亲人照料。可二人领了任务后，为了学校，舍小家顾大家，义无反顾地南下广东深圳。她俩一路艰辛，吃了不少苦头。到了华泰公司，每天都候在公司里，紧盯着领导不放，苦口婆心劝说、将心比心诉说，终于为学校讨回了欠款，帮助学校解了燃眉之急。

正所谓"人多计谋广，柴多火焰高"。正是在全体师生员工的共同努力下，学校在管理工作、办学条件、教学质量、自筹资金等方面都有了提高和改善。1992年核总公司中专校办学条件合格评估复评小组一行七人来校复评调查，扬州建校基本合格，这也为学校今后的生存和发展奠定了基础。

1994年1月，中核总公司派来了以周学葵为组长的工作组进驻学校，冯鸣新局长再次来到学校，要求大家在工作组的领导下，加强团结，克服困难，做好本职工作，保持学校稳定，促进学校发展。

　　"火车跑得快,全靠车头带。"领导班子是学校发展的主心骨。选优配强学校领导班子是学校发展的关键。着眼于学校发展的实际和工作大局,1994 年 3 月,建工局党组很快调整了学校领导班子,任命王金榜为校长,6 月任命李晓明为校党委副书记,7 月又决定王金榜兼任校党委书记,12 月任命董志发为分管教学工作的副校长。1995 年 6 月学校召开党员大会,选举韩梅、贾毅荣为校党委委员。新的领导班子建立健全以后,牢记使命,开拓创新,多管齐下,不断加强学校管理工作。

　　在新的领导班子带领下,学校焕发出了勃勃生机。校长王金榜、党委副书记李晓明、副校长董志发等领导以身作则,积极引领教师队伍发展。他们深入教学一线,了解学生需求,关注教学质量,以学生为本,全面提升学校的办学水平。

　　在领导班子的带领下,学校坚持以人为本,注重学生全面发展。1996 年,学校增设了多个专业,为学生提供了更多的学习选择。同时,学校还开展了丰富的课外活动,如社团活动、社会实践项目等,旨在培养学生的综合素质和社会实践能力。

　　为了进一步提高办学效益,学校在 1997 年与多家企业建立了校企合作关系,为学生提供了实习和就业的广阔渠道。随着学校规模的不断扩大,领导班子意识到校园基础设施的重要性。1998 年,学校投入大量资金用于工程扩建。

　　在新领导班子的带领下,学校建设在短短几年间取得了显著的成效,得到了社会各界的认可。学校狠抓教学质量,做好招生和就业工作,除招收计划生和委培生外,还招收自费生。继续抓好项目经理培训班,不断提高办学效益,努力增收节支,保证学校可持续发展。随着办学规模的持续扩大,为了进一步改善办学条件,1995年学校多方筹措资金,先后投资135万元建设学生宿舍楼。

为扩大培训规模,提升办学效益,学校于1995年3月6日至4月11日又面向核建系统举办了第二期项目经理培训班,来自核工业系统的42名学员参加了培训班学习,并取得了好成绩。1995年在建工局的组织领导下,学校积极配合做好有关工作,全公司共举办了15期项目经理培训班,参培人数达到804名,为各单位培训建设人才的同时,也提升了办学效益。

由于毕业生思想品德过硬、动手能力强、发展后劲足,学校的社会美誉度不断提升。1996年3月,核工业总公司副总经理张华祝同志来校视察工作,对学校近年来的工作给予了充分肯定:"学校自成立以来,花钱不多,办事不少,培养了很多深受建设单位欢迎的人才,毕业生思想品德过硬、动手能力过关、后续发展无限,学校在核工业部有影响、有地位,堪称核工业部的'黄埔军校'。"

四

"百丈竿头须进步,十方世界是全身。"扬州建校的发展在世纪之交又迎来了新的发展契机。1999年,根据《国务院关于调整五个军工总公司所属学校管理体制的决定》,学校划转地方举办和管理。当年4月,核工业总公司与江苏省教委办理了交接手续,从此,按新管理体制运行,"核工业扬州建筑工程学校"正式脱离核工业总公司,改名为"扬州建筑工程学校",隶属江苏省教育厅直管。同年 11 月,江苏省教委下达了学校扩建教学楼计划,投资 220 万元,施工面积为 3 000 平方米,要求 2000 年底完成建设任务。同时又下拨了改善办学条件的专项经费补助 100万元。此时扬州建校党的组织关系也同步调整为中共扬州市教工委管理。全体教职工闻讯后无不欢欣鼓舞,至此,扬州建校走上了稳定的发展道路,并向更高层次发展继续积聚力量。

"同舟共济扬帆起,乘风破浪万里航。"2003 年 11 月 12 日江苏省教育厅发文"同意扬州化工学校、扬州建筑工程学校合并筹建扬州工业职业技术学院",主持学校工作的李晓明任筹建工作领导小组副组长,丁建华副校长、陈大斌副校长为组员。2004年 7 月 16 日,江苏省人民政府发文"批准扬州化工学校、扬州建筑工程学校合并组建扬州工业职业技术学院",至此,扬州建筑工程学校完成了历史使命,作为新组建的扬州工业职业技术学院的组成部分正式跨入普通高校行列,开启了新的征程!

春江潮涌

一

经过两校几代人的接续奋斗,2004 年 7 月 16 日,江苏省人民政府正式批准成立"扬州工业职业技术学院"。作为全民事业单位,学校是江苏省教育厅直管的公办全日制普通专科学校,并从成立当年暑假开始,在全省范围内招生。

经历了二十余年的风风雨雨,扬州化工学校和扬州建筑工程学校升格为高职院校的梦想和期待在这一刻终于变成了现实,全体扬工人迸发出"俱怀逸兴壮思飞,欲上青天揽明月"的创业豪情!

虽然崭新的高等职业院校宣告成立了,但两校的实质性融合发展并没有一蹴而就。扬工院新校区的建设成为当时亟待解决的问题。随着新校区临时用水、用电问题得以妥善解决,2004 年 12 月,几十台挖掘装备和工程车辆冒着滚滚浓烟,开进施工场地,新校区终于正式破土动工,一号教学楼开工建设。

俗话说,"蛇无头而不行,鸟无翅而不飞"。2005 年 2 月 7 日,江苏省委发布《关于组建中共扬州工业职业技术学院委员会及刘延庆同志任职的通知》(苏委〔2005〕53号),决定组建扬州工业职业技术学院第一届党委,任命刘延庆同志任扬州工业职业技术学院党委委员、书记。就在同一天,江苏省委发布《关于曹雨平同志任职的通知》(苏委〔2005〕54号),决定曹雨平同志任扬州工业职业技术学院院长、党委副书记。2005年4月21日,在扬工院召开的首次全体中层以上干部大会上,时任省委组织部干部五处处长庄同保宣读了中共江苏省委决定组建中共扬州工业职业技术学院党委的文件,以及对刘延庆同志的任命决定,江苏省委教育工委组织处程光熙处长宣读了江苏省委教育工委对曹雨平同志的任命文件,并任命郁明同志为党委副书记、纪委书记,王亚河同志、秦建华同志、李晓明同志为扬州工业职业技术学院副院长、党委委员。至此,学校首届领导班子正式走马上任。

新班子,新气象,新局面,新作为。2005年5月30日,学校发布通知,正式启用"扬州工业职业技术学院"字样新公章。自5月31日起,扬工院各党群部门开始使用新章,原带有"扬州化工学校""扬州建筑工程学校"字样的旧印章一律停止使用。至此,扬工院正式开启实质性融合办学的新征程,并确立了"凸显石油化工专业特色,立足苏中,面向长三角,服务石油化工行业,努力把学校办成以工科为主、多学科协调发展的高水平高等职业技术学院"的办学指导思想。

二

有时候，命运并非机遇，而是抉择。对于一个新升格的高校而言，选择关乎学校的发展和未来。2004 年 11 月 29 日，江苏省教育厅公布江苏省高职高专院校人才培养工作水平评估实施方案，2007 年是此轮人才培养水平评估的最后时限。学校领导班子以一种"时不我待的紧迫感、登高望远的精气神、舍我其谁的责任心"，决定勇抓机遇，向省教育厅申请于 2007 年年底接受评估。

对于一所刚升格的高职院校而言，学校管理还没有步入正轨，管理思维还没有转变，很多干部教师缺乏经验。对此，刘延庆书记、曹雨平院长，看在眼里，急在心头。在这场迎接人才培养工作水平评估的具有决定性意义的"赶考"中，刘延庆书记和曹雨平院长带领着干部教师们，一步一个脚印地改革和创新。他们深入教学一线，了解实际情况，发现问题，解决问题。作为扬工院首任书记、院长，刘延庆和曹雨平心里明白自己肩头的责任和全校干部师生的期待，深知只有真正了解问题的根源，才能对症下药，才能让学校管理水平得到真正的提升。

在刘延庆书记和曹雨平院长的带领下，扬工院干部教师们积极行动起来，他们以"古之立大事者，不惟有超世之才，亦必有坚忍不拔之志"的精神自勉，勇往直前，不畏艰难，积极改革。2005 年 11 月 26 日，学校召开了首届教学工作暨迎评动员大会，誓要达到"优秀"目标。

这场大会如同一声嘹亮的号角,传递出坚如磐石的信念,无私奉献的面貌,勇往直前的干劲,深深地感染和激励着每一位干部教师,鼓舞着全体干部教师的斗志。干部师生纷纷行动起来,以评促建,以评促改,以评促管,评建结合,重在建设。扬工人深知,只有通过这样的努力,学校才能真正实现质的飞跃,才能在高职院校的行列中崭露头角。

"动人以言者,其感不深;动人以行者,其应必速。"既然目标已经确定,与其苦口婆心地说,不如带着大家甩开膀子实干。为了集思广益,问计于干部教师,真正做到以评促改,强化改革意识,2006年3月31日,曹雨平主持召开教育教学改革研讨会,与会的教师代表结合迎评指标要求,结合当时教育教学中存在的问题,对师资队伍建设、学校教学特色打造等八个议题畅所欲言,进一步明晰了教学改革方向和目标。"理越辩越明,道越论越清",没有激烈的思想交锋,就没有对自身工作的深层认知。结合教学改革总体方案,2006年学校共组织了2次校外专家讲座及多次校内专题讨论,至此,全校上下统一了思想,达成了鲜明的教学改革的共识。

为了迎接评估,调整专业、优化教学体系成了亟待解决的问题。2006年,曹雨平带领校领导班子多次研讨,力主以专业建设为中心,下大力气调整专业布局,构建了以石油化工为主线,机械、电子、建筑和管理专业相支撑的专业结构。明确由教学副院长秦建华牵头,教务处傅伟具体负责,组织各系部制订、修订了全校共计三十多个专业的教学大纲,并按新教学大纲调整了各专业各年级现行的实施性教学计划。

因刘延庆同志被提拔到徐州工程学院出任院长,2007 年 4 月 25 日上午,在全院干部教师大会上,时任省委组织部干部五处处长苏春海宣布了省委关于曹雨平和张新科(下文称"我")的职务任命通知。曹雨平同志任扬州工业职业技术学院党委书记、党委委员,我任扬州工业职业技术学院院长、党委副书记。

"课程是人才培养的核心要素,是影响学生发展最直接的中介和变量,课程质量直接决定着人才的培养质量。"作为留德博士,我一到任就把建设精品课程,打造专业特色摆在了突出的位置。我亲自挂帅,教务处傅伟处长具体负责省级精品课程和特色专业建设点组织申报工作,并成功获得省级精品课程 1 门和特色专业建设点 1 个。2007 年,工业分析与检验专业被列为省级特色专业建设点,现代分析测试中心被列为江苏省高职教育实训基地建设项目,应用化工技术等 6 个专业被列为校级特色专业,累计立项省级精品课程 1 门,省级精品教材 1 部,省级精品教材立项建设项目 2 项。

"一人拾柴火难旺,众人拾柴火焰高。"2007 年 9 月 6 日下午,扬工院在一号教学楼前隆重举行迎评倒计时 100 天揭牌仪式,作为院长,我代表学校党委行政出席并发表讲话,党委副书记郁明,副院长王亚河、秦建华、李晓明及全体中层干部、各系部教师代表共 300 余人参加了活动。全校教职工满怀信心、斗志昂扬,决心以优异成绩通过人才培养水平评估。

俗话说,"一人难挑千斤担,众人能移万座山"。经过 3 年多的认真准备,终于在 2007 年 12 月 16 日迎来了教育部高职高专人才培养工作水平评估专家组。那天早上,曹雨平书记和我一起带领领导班子成员,早早赶到专家下榻的淮左名都大酒店的会议室门口,等候受江苏省教育厅委托,以江苏理工学院院长史国栋教授为组长、贵州科技工程职业学院副院长袁红兰教授为副组长的专家组一行8人,对学校的人才培养工作水平进行现场考察评估。我作了近30分钟题为《凝心聚力迎评创优,和衷共济谱就华章》的报告。12月20日下午,在学校大学生活动中心二楼,评估专家组主持召开了扬州工业职业技术学院人才培养工作水平评估反馈会。组长史国栋教授代表专家反馈,认为学校遵循"适应需求、服务行业、类群集聚、协调发展"的原则,不断调整和优化专业设置,初步构建了以石油化工与建工为两翼,各类专业同步协调发展的专业布局。以教改试点专业建设和精品课程、精品教材建设为动力,积极开展教育教学改革的探索,倡导"三位一体"的校企合作人才培养模式,构建理论与实践相结合的课程体系,建立实践课程量化考核体系,建设集约化专业资源共享平台,将职业能力培养内容模块化,将技能考核内容贯穿人才培养全过程,取得了明显的改革成效,对人才培养质量的提升起到了有力的支撑和促进作用。

"投之以木桃,报之以琼瑶。"曹雨平书记代表学校党委、行政以及全院师生发表了热情洋溢的讲话,对专家组几天来以高度的责任心、严谨的工作态度、务实的工作作风、科学的工作方法开展的卓有成效的工作表示了崇高的敬意,并表示全院师生将认真总结评建工作过程,依照专家组提出的评建工作建议,不断加强和深化教育教学改革,为进一步提高我院的人才培养工作水平不懈努力。

　　"时光不负有心人，星光不负赶路人。"2008年4月，江苏省教育厅发文（苏高教〔2008〕12号）公布了2007年全省31所高职高专院校人才培养工作水平评估结论，确定了包括扬工院在内的16所高职高专院校人才培养工作水平为优秀等级。这一来之不易的宝贵成果，既得益于校党委、校行政领导的英明与智慧，又有赖于全院师生的辛勤和无私奉献。这极大地振奋了人心，鼓舞了士气，增强了师生员工的自信心和自豪感，为学校省示范校创建奠定了坚实的基础。

三

　　"逆水行舟，一篙不可放缓；滴水穿石，一滴不可弃滞。"在全面总结评估工作的基础上，扬工院决定以高水平党建引领学校高水平发展，以加强内涵建设为核心，以省示范高职院校创建为目标，以课程改革为抓手，落实整改任务。从2008年1月起，作为院长，我下了很大功夫推进落实"基于工作过程系统化"的教学改革，先后确定工业分析与检验、应用化工技术、电气自动化技术、机械设计与制造、建筑装饰工程技术等7个专业为校级教学改革第一批试点专业，并对13门校级教改课程进行立项建设。2008年3月21日至3月26日，学校举行第三次教学工作暨创建示范性高职院校动员大会。2008年4月21日，学校召开赴深圳、成都学习考察汇报大会，两个考察组分别向大家汇报考察和学习情况，使广大教师获得兄弟院校最新的专业与课程改革的理念。通过深入的学习与考察，全校上下进一步统一了认识，增强了信心，理清了思路，明确了任务目标，找到了改革方法。

2008年5月29日，我把课程改革放在了突出的地位，进行顶层设计，并面向全校教职工作了《进一步落实各项教学改革工作全力以赴抓好新课程建设》的主题报告。在推进学校发展的过程中，我感觉到了高职的专业、课程建设，与南京理工大学（简称南理工）等本科院校相比最明显的差别就是缺乏文化的支撑。有鉴于此，作为一校之长，我开始思考专业和文化建设的关系问题，并有意识地推动各院系的专业文化凝练和探索。2008年6月24日，我主持推进应用化工技术专业、工业分析与检验专业、电气自动化专业、建筑装饰工程技术专业、市场营销专业和商务英语专业共六个教学改革试点专业的答辩会，各专业带头人首先就专业教改背景、专业教改方案、教学改革预期目标、教学改革保障措施等方面介绍了各专业教学改革方案，向评审专家介绍了教改专业申报表、专业工作岗位（群）分析表和职业行动领域开发分析表等教改成果。同年10月，江苏省教育工委组织的高职高专基层党组织建设工作考核专家组依据《江苏省高职高专院校基层党组织建设工作考核基本标准》，经过认真评议后，认定学校基层党组织建设工作考核等级为优秀，这为学校事业发展提供了强大的思想引领和组织保证。

三十年历史沧桑，三十年风雨兼程，三十年耕耘不辍，三十年桃李芬芳。2008年11月22日，扬工院在新落成的体育馆隆重举行建校三十周年庆典。江苏省人大常委会副主任王湛、江苏省教育工委副书记丛懋林、扬州市副市长闻道才、扬州市人大常委会副主任孙永如、扬州市政协副主席钱小平、扬州市教育局局长余如进、扬州大学等兄弟院校代表、第一届董事会会员单位代表近一百名嘉宾出席了庆典仪式并在主席台就座。党委书记曹雨平主持庆典仪式,我代表学校致辞。回望来路,倍感自豪。学校在三十年办学历程中,积淀了深厚的文化底蕴。扬工院的办学历史,是一部薪火相传、艰苦创业的建设史,也是一部与时俱进、开拓创新的发展史。硕果累累,催人奋进。扬工院人决心以此为契机发扬改革创新、知难而进的拼搏精神,抢抓机遇,乘势而上,砥砺耕耘,开拓创新,为创建"省内有地位、全国有影响"的省级示范性高等职业技术院校而不懈努力!

"观念一变天地宽。"经过几轮培训,遵循"适应需求、服务行业、类群集聚、协调发展"的原则,2009 年 6 月,学校经过广泛论证,正式出台了《扬州工业职业技术学院关于实施教学质量与改革工程的意见》,致力于全面系统地实施人才培养模式改革等八项教学质量与改革工程,学校投资数百万元,与教学改革相配套的教学条件建设前期准备工作正式启动,有力地促进了学校教学改革工作的全面深入开展,为全面提高教学质量、提升学校的办学水平和创建设示范性高职院校打下良好的基础。扎实的工作过程、系统化的教学改革,结出硕果。2010 年,由我亲自牵头、电子信息工程系王斌等人具体承担的"高职院校'专业导师制 1+1+1'人才培养模式创新实验基地"被确定为 2010 年省级高等教育人才培养模式创新实验基地;建筑装饰工程技术专业被确定为 2010 年江苏省高等学校特色专业建设点;"校内建筑工程类施工实训场所建设构想""扬州地区蔬菜农药残留调查及检测方法研究""小型生物质气化炉及焦油净化方法研究"等10个项目获准为 2010 年江苏省高等学校大学生实践创新训练计划立项项目。

有时候,努力不一定有机会,但不努力肯定是一点机会都没有。那个时候,省教育厅正在组织遴选央财支持的项目申报工作,39 岁就出任扬工院院长的我对工作是满怀激情的,为了确保申报万无一失,我再次披挂上阵,组织秦建华、倪永宏、张进林、傅伟、沈发治、钱琛、王斌、刘辕、唐明军、石范锋等人加班加点准备"石油化工生产实体仿真实训基地"申报材料,申报团队入住仪征的酒店,封闭式集中办公,大多数人是通宵达旦地干,宾馆房间床上的被子一直整齐放在那里,从来没有打开过。这样一支敢打硬仗,敢拼搏,肯奉献的干部教师队伍齐心协力,开启了学校获中央财政支持的先河,共先后获得建设经费 980万元。

人才培养质量是学校发展的生命线,是一切工作的出发点和落脚点。有道是"功夫不负有心人"。通过几年的努力,学校人才培养质量不断提升。学校在 2010"工苑杯"全国化学检验工技能竞赛中摘得团体一等奖桂冠,化工系范丽娜、赫新媛、石林三名同学勇夺高职组个人一等奖。2010 年 10 月,在江苏省高等教育学会主办的江苏省第三届理工科大学生人文社会科学知识竞赛中,秦理安同学荣获一等奖。2010 年 12 月,学校社会科学系学生代表队参加了在南京举行的首届全国秘书(商务)职业技能大赛,杨诗彤同学获得个人一等奖,厉海燕、沈娇娜分获二等奖;按照比赛规定,一等奖直接颁发高级商务秘书职业资格证书,二等奖直接颁发中级商务秘书职业资格证书。2010年12月,学校首次参加全国三维数字化创新设计大赛,机械工程系0802机械设计与制造班刘犇、安必胜、朱晓星、宋豹等同学组成的"无忧"团队以"多级泵设计"获得江苏赛区工业工程组一等奖。

高层次人才是高等教育发展的核心力量,其数量和质量决定着其所在院校国内和国际的核心竞争力,而高水平师资是支撑学校跨越式发展的关键。2009年,我提出学校要不断加大教师的培养力度,以完善双师结构的专业教学团队为重点,对教师进行分层次培养,从专业带头人建设、骨干教师队伍建设以及行业兼职教师队伍建设等方面入手,提高教师教学能力、实践能力和科研能力,提高师资队伍整体素质。我从学校层面加强顶层设计,人事处倪永宏、外事办杨丽等具体负责落实,安排了一批教师到国外调研、考察和培训学习。我还请人事处、教务处等部门牵头评选出了首届校级教学名师,遴选出了首批校级优秀教学团队,并首次通过"访问工程师"制度,进一步培养了一批"双师型"教师。通过一系列具有开创性的举措,扬工院充分利用社会各方面的资源,加强校外兼职教师(客座教授)的队伍建设,形成了一支数量够用、结构合理、专兼结合、素质高、能力强、适应高职教育的高素质专业教学团队。

那段时间,我推动学校各职能部门和院系部组织首批专业带头人的评选工作,共先后评选出首批校级18名专业带头人,共116名教师获评校首批"双师素质"教师。学校还建立了灵活高效的科研团队,创新了科研管理体制和机制,完善了科研工作政策、措施,落实了科研项目经费管理办法,助力做好国家、省重大项目、重点课题的设计、组织和申报工作。比如,扬工院规范和加强了学术管理,立足于服务社会和提高教师科研能力,挖掘科研潜力,整合了科研力量。"区域高等教育在区域产业结构调整中的作用与模式研究——江苏苏南沿江经济带与德国鲁尔工业区对比分析"课题获省教育科学"十一五"规划 2009 年度课题重点自筹课题立项,这也是学校首次获得省教育科学"十一五"规划课题立项。教师全年共申报职务发明专利近 20 项,其中获国家专利局授权的专利 7 项;教职工在学术刊物公开发表论文300 余篇。2010 年教师在各类学术期刊发表论文 490 余篇,其中核心期刊论文 50 余篇。在教学研究方面,学校申报的"高职院校专业大类人才培养体制改革"项目获得江苏省高等教育综合改革自主试点高校和项目备案,学校成为扬州地区唯一一所开展高等教育综合改革的高职院校。在江苏省高等教育教学成果奖评选中,学校申报的"从制度设计到成果响应的培养模式创新——以 1+1+1 专业导师制为实现路径"和"厚基础重应用强素质——高职文化素质教育课程体系的构建与实施"两项教学成果均获得二等奖。

"心在一艺,其艺必工;心在一职,其职必举。"扬工院于2011 年 4 月成立了省级示范性高职院校创建工作领导小组,完善落实示范建设机制、工作方案和保障措施;确定了重点建设工业分析与检验、应用化工技术、电气自动化技术、建筑工程技术四个示范专业以及体制机制创新、师资队伍建设、社会服务能力建设和校企文化融合下的专业文化建设四个重点建设项目;创新人才培养模式,提高人才培养质量,充分发挥各项目的辐射功能和全校的联动协作。

厚积薄发,蓄力前行。2011年7月,江苏省教育厅、财政厅《关于公布2011年省级示范性高等职业院校立项建设单位的通知》(苏教高〔2011〕23号)确定学校为"省级示范性高等职业院校立项建设单位"。2011年10月,扬工院报送的《江苏省示范性高职院校项目建设方案和建设任务书》通过了江苏省教育厅、省财政厅的审核,建设项目于2012年3月启动,建设期3年。项目预算投入为3 640万元,其中省财政投入1 500万元,行业企业投入360万元,学校自筹1 780万元。

扬工院干部职工以一鼓作气的冲劲、一抓到底的干劲、一以贯之的韧劲,于2012年3月7日,隆重举行省级示范性高职院校建设启动仪式。围绕新一轮高职高专人才培养工作评估指标体系,结合省示范校建设任务要求,扬工院紧锣密鼓地安排、推进、落实迎评各项工作。

2012年暑期开始,我转任学校党委书记,和刘金存院长搭班子。从2012年9月29日开始,我和金存院长、郁明副书记等校领导分别深入联系各分管系部,就专业剖析、说课等迎评活动进行具体工作指导,全校教职员工自觉以此次评估为契机,真抓实干,锐意进取,以昂扬向上的精神风貌和奋发有为的实干精神迎接评估专家组的到来。2012年12月16日,高职院校人才培养工作评估专家组抵达学校,并举行评估预备会议。2012年12月17日,评估专家组听取学校人才培养工作情况汇报。12月19日,学校举行人才培养工作评估反馈会,从六个方面充分肯定了学校所取得的主要成绩:领导班子锐意进取、办学思路清晰;服务产业发展、专业布局合理;坚持校企合作,强化实践教学;创新培养模式,优化实现路径;管理规范有序,保障培养质量;首倡专业文化,引领专业发展。扬工院风清气正,改革创新深入人心,办学特色鲜明,办学声誉显著提升,得到评估专家组的充分肯定和一致好评。到 2012 年底高质量完成评估各项工作并顺利通过新一轮评估验收,有效助推了省示范校建设进程。

四

深化校企深度合作,创新合作办学机制,成为扬工院建设省示范高职院校的重要抓手。2013 年 6 月 5 日,扬工院成功举办学校第二届校企合作理事会大会,作为学校党委书记的我和刘金存院长率领学校领导班子出席会议,六十余家理事单位的主要负责人和代表参加了会议。本次会议审议通过了《扬州工业职业技术学院校企合作理事会章程》,刘金存院长代表学校与部分理事单位签署校企合作协议。此次会议为扬工院进一步深化教育教学改革,探索政行企校合作办学新机制,服务区域社会发展提供了广阔平台。比如,扬工院依托理事会平台成立了"区域经济技术服务中心",依托重点建设专业成立了 4 个服务平台,在非重点建设专业系部成立了 6 个社会服务中心,先后组建 15 支科技与社会服务团队,建设校企合作工作站 27 家,形成"教师—团队—院系—学校"四个层次的社会服务体系,与中核华兴公司、中海油泰州公司、中海油江苏公司、牧羊集团、扬州大学数学学院、启迪教育培训机构等多家企业合作进行员工培训,与江苏乐学发展有限公司合作设立"中国成人教育协会培训中心翔联国际空乘培训基地",与扬州润民保安服务有限公司合作成立"润民保安培训中心",被确定为2014年扬州市退役士兵职业技能培训单位。2013年学校全年共计完成社会培训10701人次,实际培训收入为214.6万元,全年横向课题到账经费369万元。2014年,"政园企校"四位一体、合作共赢的良好局面逐步形成,扬工院服务社会能力不断增强。学校在化工类社会培训方面水平突出,其知名度、美誉度与影响力不断提高。

<h1 style="text-align:center">五</h1>

随着教学改革的不断深入,校党委、校行政深刻认识到,高职院校的专业文化是企业与学校、职业与专业、工作与学习联系的纽带,是企业文化与校园文化交流、渗透和融合的结果,是校企合作人才培养模式的重要组成内容。高端技能型人才的培养需要企业文化的熏陶,学生在各种不同方式的校企合作过程中,不仅学习了专业知识和技能,也深入接触了社会、了解了社会,同时接受了企业文化的陶冶,逐步形成积极认真的工作态度、严谨细致的工作作风和团结合作的工作精神等职业素养。在校企合作过程中,企业参与学校的管理,企业先进的理念和开放的文化,将打破高职院校传统的、自闭的管理与文化;特别是企业良好的服务理念和完善的服务体系的融入,将会帮助学校全体教职工树立服务意识,形成良好的服务育人氛围。

　　"文化建设是培根铸魂、凝神聚力的重要事业。"从 2007 年人才培养水平评估时开始酝酿,到 2011 年 4 月,以积极申报省级示范性高职院校为契机,我在全国首倡"专业文化"概念与学理构架。学校组建了创建机构,完善落实建设机制、工作方案和保障措施,扎实推进专业文化建设工作。我首创的"文化树品牌、文化助成长、文化促发展"的理念,致力于搭建"四元一体"的专业文化架构。"四元"是指以彰显校企合作、工学结合的理念为宗旨;以遵循行动导向的课程体系建设思路为核心;以崇尚实践、崇尚技能、崇尚合作、崇尚诚信为价值取向;以营造理实一体、生产性、虚实结合的育人环境为路径。引入先进的企业文化,将企业文化与校园文化相融合,改变高职院校疏离企业文化、校园文化内容和形式相对单一的状况,营造职场化的文化氛围,达到文化视野下的校企零距离对接。

　　从落实层面而言,扬工院的专业文化建设内容包括物质文化建设、制度文化建设、精神文化建设、行为文化建设等方方面面。学校采用试点先行,逐步铺开的策略,重点建设的 4 个专业在建设过程中,着力打造融入先进企业文化因子并具有专业特色的专业文化。譬如:

　　工业分析与检验专业着力打造以"诚信、严谨、精确"为精神核心的专业文化;

　　应用化工技术专业着力打造以"绿色、安全、高效"为精神核心的专业文化;

　　建筑工程技术专业着力打造以"安全、质量、文明"为精神核心的专业文化;

电气自动化技术专业着力打造以"可靠、创新、卓越"为精神核心的专业文化。

我力推把专业文化纳入校园文化建设体系,并使之成为校园文化建设的主要内容。在专业建设过程中注重专业文化的建设,在人才培养方案中融入专业文化内容,在课程体系构建中开设职业道德和人文类课程。追求科学精神和人文精神相统一为核心内容的专业文化,融文化于育人全过程。

"一滴水只有放进大海才永远不会干涸,一个人只有当他把自己和事业融合在一起的时候最有力量。"2012 年 9 月下旬,作为学校党委书记,我应邀参加中国职业教育与石油和化学工业行业发展对接高峰论坛,在会上作了专题发言并接受了省教育厅组织的"全面落实教育规划纲要·走进高校"新闻采访,重点围绕"校企文化融合下的'四元一体'专业文化"主题进行了集中阐述。学校"四元一体"专业文化建设的思路和实践引发了《人民日报》《新华日报》等中央及省级主流媒体的聚焦。

2012 年 10 月,江苏省教育厅以简报形式向全省高校推广学校专业文化建设经验,《人民日报》、人民网、中国新闻社、《中国报道》、《光明日报》、《中国教育报》等近 30 家媒体就专业文化建设进行了专题报道。扬工院在第四届全国高职教育文化建设与可持续发展论坛上作《汲取传统文化丰厚营养 探索高职专业文化育人》典型发言,在全省中职教师培训会上作《专业文化的解读与建构》专题辅导报告。2012 年 11 月 23 日,中央及省级主流媒体聚焦学校专业文化建设。2013 年 1 月 16 日《中国教育报》在第六版以《扬工院专业文化渗透校园每个角落》为题,对学校专业文化进行了专题报道。由我牵头基于专业文化实践总结的"从'技术人'到'社会人'——'四元一体'高职专业体系创新与实践"项目获得了 2013 年江苏省教学成果二等奖,专业文化建设入选了《江苏省高等职业教育改革发展创新案例集》和《职业教育与石油工业文化对接重点案例选编》,扬工院还被中国石油与化学工业联合会授予了"中国石油和化学工业文化建设先进单位"称号。

2015 年 3 月下旬,上海市教科院马树超副院长来学校参观时,盛赞学校专业文化"基于校企合作、创新文化载体、提高专业认同、培育职业素养,为职业院校文化育人工作探索了新路径、积累了好经验"。

六

"一张蓝图绘到底,一任接着一任干。"2014 年 5 月 23 日,江苏省委调整扬工院领导班子,刘金存任党委书记,孙兴洋任院长、党委副书记,李晓明、倪永宏、丁传安、黄华任副院长、党委委员;王亚河任副校级调研员。以刘金存书记为班长的新一届领导班子接过学校事业发展的接力棒,摆在面前的第一要务就是迎接江苏省示范性高职院校建设项目的验收。2015 年 5 月 27 日至 5 月 28 日,江苏省教育厅、财政厅组织的专家组对扬工院省示范性高职院校建设项目进行了验收。通过充分准备和精彩答辩,最终,扬工院以优秀成绩通过江苏省示范性高等职业院校验收。通过示范校建设,学校在办学体制机制创新、人才培养模式改革与专业建设、师资队伍建设、社会服务能力建设和专业文化建设等方面取得了显著的成效,学校办学理念得到更新,办学整体水平大幅提高,人才培养能力得到提升,重点建设专业特色品牌效应凸显,服务区域经济发展功能得到增强,切实引领了区域职业教育的发展,为兄弟院校的发展做出了示范与表率,为学校的继续发展夯实了基础。比如,以示范校建设的体制机制项目为案例的"依托产业园深化'区园企校'共发展合作案例"入选《2015 中国高等职业教育质量年度报告》。

专业建设是学校建设的龙头。根据行业和地方产业发展现状及未来规划,扬工院不断优化专业结构,纵向面向石油化工和建筑两大行业,横向面向扬州市先进制造业、新兴产业和现代服务业三大主导产业,形成了"两纵三横"专业布局。2015 年,工业分析与检验、应用化工技术、建筑工程技术、电气自动化技术 4 个省示范院校重点建设专业通过验收。2015 年 7 月上旬,石油化工技术专业入选江苏省高校品牌专业(一期工程)建设立项;2017 年,工业分析技术等 4 个专业入选江苏省骨干专业,形成了省级品牌骨干专业群。同时,扬工院将建筑工程技术、电气自动化技术 2 个专业按省级品牌专业标准进行建设,将机械设计与制造专业、电子商务专业按省骨干专业标准进行建设,在形成省校两级品牌骨干专业协调发展格局的基础上,努力打造与省级品牌骨干专业相同建设水平的专业群,以带动全校专业建设水平不断提高。

事业发展不能有歇歇脚、松口气的思想,必须迎难而上,乘势而为。2015 年 9 月,扬工院成立由孙兴洋院长牵头抓总、教学副院长倪永宏负责总抓,教务处处长张宏彬具体落实的"省级品牌专业"建设领导小组,同时成立由品牌专业负责人、品牌专业所在二级学校及学校教务、人事、财务、学工、社会合作、国际交流等职能部门共同组成的项目建设工作小组,具体负责推进项目建设。

"厚积薄发冲万里,敢与鲲鹏比双翼。"按照教育部职业教育与成人教育司《关于做好职业教育专业教学资源库2016年度相关工作的通知》(教职成司函〔2016〕61号)、江苏省教育厅办公室《关于做好职业教育专业教学资源库2016年度相关工作的通知》(苏教办高函〔2016〕9号)等文件的要求,根据扬工院提出的"有所为,有所不为"和"争当单打冠军"的思路,化学工程学院工业分析专业教学资源库依托"微知库"数字校园学习平台,和渤海职院牵头在顶层设计基础上进行了先期建设,以满足行业企业的分析测试技术人才需求为出发点,以先进的高职教学改革和教学资源建设理念为指导,以满足教师、学生、企业员工和社会学习者等在不同阶段、不同场合的学习需求为导向,以"未来课堂"为平台,以优质教学资源、生产实践资源为基础,以现代信息技术为保障,在行业指导下,通过校企合作、校校联合,初步形成了较为完整的高职工业分析技术专业教学资源库。2017年2月,教育部下发《关于公布2016年度职业教育专业教学资源库项目评审结果的通知》(教职成函〔2016〕17号),"工业分析技术专业教学资源库"正式成为国家级职业教育专业教学资源库建设项目,获得教育部下拨建设经费500万元、企业资助建设经费50万元。

"厚积薄发,举重若轻。"积累职教本科办学经验,提升学校人才培养水平和核心竞争力,一直是扬工院重点关注的核心领域。2015 年 7 月上旬,江苏省教育厅下发《关于公布 2015 年江苏省现代职教体系建设试点项目的通知》(苏教职〔2015〕23号),扬工院共计获批 5 个项目,其中,高职与本科"3+2"分段培养试点项目 3 个,中职与高职"3+3"分段培养试点项目 2 个。2015 年 10 月 7 日,扬工院举行 2015 级电气自动化技术专业(3+2)本科班开学典礼。盐城工学院电气工程学院院长何坚强、党委书记陈荣应邀出席,扬工院副院长倪永宏出席典礼,标志着扬工院职业本科办学的开端。2016 年 6 月上旬,江苏省教育厅发布《关于公布 2016 年江苏省现代职教体系建设试点项目的通知》,扬工院共计获批 7 个项目,其中与盐城工学院合作,独立承担"化学工程与工艺"四年制本科人才培养。2016 年 9 月11 日,扬工院办学历史上首届四年制本科新生入校就读。

提质增效、提档升级历来是学校内涵发展的必由之路。随着扬工院招生规模迅速扩大,学校占地面积成了制约学校发展的瓶颈。2015 年 9 月 19 日,江苏省教育厅、扬州市人民政府经充分协商,共同签署了《江苏省教育厅扬州市人民政府共同支持扬州工业职业技术学院、扬州市职业大学发展的协议》文件,将扬州商务高等职业学校扬子津科教园校区的 350 亩土地及建筑物无偿划拨给学校,为扬工院向高水平高职院校发展和向更高层次迈进奠定了坚实的基础。

通过推进专业和课程建设,扬工院的办学实力一路狂飙突进。据不完全统计,截至 2018 年 4 月,扬工院累计拥有中央财政支持重点建设专业 2 个、中央财政支持职业教育实训基地 2

个,第一主持国家级专业教学资源库 1 个,省高校"十二五"重点建设专业群 3 个、省级品牌特色专业 4 个、省级高水平骨干专业 4 个,省级产教深度融合实训平台 2 个、省级高职教育实训基地 2 个;省精品课程 5 门、省精品在线开放课程立项 4 门;主编江苏省高校"十二五"重点教材 7 部、国家"十二五"职业教育规划教材 13 部、省级重点教材 10 部。

"关爱学生是师德修养的灵魂。"自 2014 年以来,围绕"服务学生、成就学生"的理念,扬工院致力于提高学生思想水平、政治觉悟、道德品质、文化素养。2015 年 11 月 5 日《人民日报》刊出《服务学生,成就学生——扬州工业职业技术学院以学生为本铸特色》一文,介绍了扬工院在服务学生、成就学生方面的育人理念、举措和成果。2016 年 12 月 29 日,《人民日报》18 版刊发院长孙兴洋教授题为《高职教育要"眼中有人"》的署名文章,《人民日报》《光明日报》等先后 13 次报道学校服务学生的成功经验。扬工院秉持"服务学生,成就学生"的育人理念,遵循职业教育规律,坚持以学生为中心的人才培养观,全面推行学生素质教育。针对高职学生普遍存在的自信心缺乏、学习动机不足、潜能挖掘不够、可持续发展能力不强的问题,学校围绕"激发学习动机—挖掘学生潜能—发展学生能力"主线,不断创新人才培养模式,构建面向全体学生、贯穿全过程、全员参与的高职院校"三航"育人模式,为学生提供了职业技能提升和人文素养培育相融合的有效路径,增强了服务学生发展的有效性、精准性和引领性,助力学生人人成才、个个出彩。这一成果获得了 2017 年度江苏省教学成果一等奖。

七

"几度风雨几春秋,事业代有人才出。"2017年10月23日,江苏省委调整扬工院部分领导班子成员,耿春霞任党委委员、纪委书记,傅伟任党委委员、副院长,为扬工院的事业发展增加了新鲜血液。2018年10月23日,江苏省委调整扬工院新一届领导班子,刘金存任党委书记,陈洪任院长、党委副书记,倪永宏任党委副书记,丁传安、傅伟任副院长,孙兵任党委委员、副院长。2022年1月24日,省委教育工委宣布郭荣中任党委委员、纪委书记。轮番调整充实为扬工院的发展提供了强大的引擎。

文化传承是高校的历史使命,扬工院推动地方优秀文化进校园,打造特色校园文化品牌,充分彰显了历史传承、时代要求和扬工特色。从2017年开始,在刘金存书记的高度重视下,扬工院充分发挥优秀传统文化的教育熏陶作用,积极探索构建中华优秀传统文化传承发展体系,不断推动优秀传统文化教育普及、保护传承、传播交流等方面的工作,厚植校园文化底蕴,增强文化自信。扬工院围绕"匠心独具的'扬州工'文化",通过研究、展示和传播扬州制造、扬州创造、扬州工艺水平和扬州工匠精神,开展无愧于时代的优秀传统文化传承铸魂工程,厚植文化底蕴。

熟悉历史的人都知道,扬工院所处的扬子津,就是唐代诗人张若虚诗作《春江花月夜》中描写的地方。因此,扬工院别出心裁地结合《春江花月夜》中的诗句来命名校园中的道路,师生耳熟能详的有潮生路、月华路、青枫路……扬工院别具一格地用享有"孤篇压全唐"美誉的诗句命名道路,很多校友不禁由衷赞叹:"光是这点,就让我觉得今天回母校收获很大。以后想到这首诗,我就会想起今天走过的每一条路。"

无独有偶,为了体现学校发展嬗变的历程,"学校真是有心,当年我们上学的老校区就是在高桥北街,高桥楼让我回想起了当年的大学生活,这楼名我觉得更是把学校发展历史中的某个节点传承下来了"。很多校友对此也是啧啧称奇,感慨不已。

扬工院还不惜重金、虚左以待,聘请一大批扬州历史文化学者和文化艺术专家以及工匠大师作为兼职教授,为师生开设生动活泼的地方文化讲座和培训,让师生愉快地学习扬州历史文化。为了推进中华优秀传统文化进课堂,扬工院鼓励教师开设与扬州地域文化相关的选修课程,如文化遗产概览、戏剧鉴赏、玉雕加工与鉴赏等。难能可贵的是,为了擦亮扬州的文化艺术招牌,扬工院建立了扬州八怪艺术实践基地,打造学生体验和实践传统文化的平台。基地按要求设计相关功能区,每个区域配以不同的版式、色调、光线,并以具有代表性的作品为暗衬,营造出诗、书、画、印相得益彰的文化氛围,力求实现展示内容与学生体验空间的和谐统一。以书画艺术大师工作室为例,其室内家具、展厅装饰、书画作品等都沿承中国风路线,同时设有学生书画体验工作室,作为学校书法鉴赏、美术鉴赏课程线下现场实践教学和第二课堂书法社团活动场地。

扬工院还组建了"扬州工"文化社团,包括广陵古琴社、扬派剪纸社、八怪印社等,并依托工匠技能文化节、社团巡礼节等学校各类重大活动,营造浓郁文化氛围。每年学校雕版印刷、剪纸、舞龙等多个非遗传承社团与项目活跃在街道社区、文博活动、各类赛事和对外交流等多个领域。时任学校党委书记刘金存至今回想起来，还饶有兴致地说，那个时候扬工院以江苏省高校示范性马克思主义学院培育点建设为契机，注重挖掘传统文化中的思政元素，强化对传统文化教育的价值引领，变传统文化课堂为"思政课堂"，注重讲好"红色传统故事"，打造别样的"思政公开课"。谈到这样做的初衷时，刘金存书记补充道："挖掘和弘扬'扬州工'文化，既是培育和发扬中华优秀传统文化和民族精神的有效载体，也是实施爱国主义教育的重要内容，对凝练办学特色、涵养校园文化和聚焦思想政治教育等方面具有独特的价值和功能。"因办学成效显著，2021年12月31日，江苏省教育厅发布《关于公布江苏省中国特色高水平高职学校名单的通知》，扬工院以排名第一的优异成绩入选江苏省中国特色高水平高职学校建设单位，标志着扬工院高质量发展跨上了新台阶，迎来了"特色鲜明、国内知名、国际有影响"的高水平新扬工建设的新阶段。此外扬工院狠抓课程建设，成绩斐然。2019年1月，教育部公布了国家精品课程的遴选结果，学校仪器分析和图形图像处理两门课程入选，成绩位列全国高职院校第十位，实现了学校国家级课程零的突破。2021年5月，教育部公布了国家课程思政示范课程、课程思政教学名师和团队以及课程思政教学研究示范中心的遴选结果，学校建筑工程质量事故分析与处理和图形图像处理两门课程入选课程思政示范课程。入选数量并列全国职业院校第四位，位居江苏省职业院校第一位。

"长风破浪会有时，直挂云帆济沧海。"扬工院的发展一直是一步一个脚印，踏踏实实奋力拼搏的结果。有道是"过去的事，交给岁月去沉淀；将来的事，留给后人去证明"，扬工人真正要做的就是牢牢地抓住今天，通过努力拼搏，在凤凰花开的路口遇见更好的自己。譬如，扬工院持续不断地开展诊断和改进工作，终于在 2021 年 6 月 8 日至 11 日，受江苏省教育厅和江苏省高职诊改专委会委托，以常州大学原党委书记史国栋教授为组长、无锡职业技术学院院长龚方红教授为副组长的诊改复核专家组一行 8 人对扬工院内部质量保证体系诊断与改进试点工作进行了现场复核。6 月 9 日上午，诊改复核工作汇报会在扬工院文汇楼大报告厅举行，校党委书记刘金存致热情洋溢的欢迎辞。一身正装、精神抖擞的院长陈洪代表学校从试点工作概况、两链打造、螺旋运行、引擎驱动、平台建设、诊改成效、存在问题与努力方向 7 个方面做了学校内部质量保证体系诊断与改进试点工作汇报。现场汇报答辩，扬工院顺利通过专家复核。

八

传承是生命的接力棒。一代人有一代人的使命，一代人有一代人的担当。2023 年 9 月，江苏省委调整学校领导班子，陈洪任党委书记，倪永宏任院长、党委副书记，张进林任党委副书记，郭荣中任纪委书记，徐华、刘辕、蒋伟任副院长。事业高质量发展迈上新阶段的扬工院也迎来冲刺国家"双高"重要契机，多点发力，在很多方面都取得了可圈可点的好成绩，保持了良好的高质量发展势头。在此，我略逞笔墨，通过梳理，总结扬工院新时期的事业发展中凸显出的显著特点：

注重树好专业设置"风向标"。扬工院始终坚持"学校围绕扬州办、专业随着产业转、学生跟着企业走"的办学思路,动态调整专业设置,重点发展为扬州"323＋1"先进制造业集群服务的专业,实现"服务、合作、互动、共赢"。比如,智能制造学院对接高端装备制造产业、信息工程学院对接软件和信息服务产业、交通工程学院对接汽车产业、建筑工程学院对接建筑产业、化学工程学院对接石化产业、商学院对接服务产业、艺术设计学院对接文化产业,精准服务扬州产业转型升级发展。各专业均成立了由行业、企业专家组成的专业建设委员会,对人才培养把脉问诊,校企合作共同制订人才培养方案,共同开发课程教材,量身定制高素质技术技能人才,满足企业对人才的个性化需求。

合力打好"区园企校"共发展"主动仗"。扬工院强化主动服务地方发展意识,与扬州各县市区建立了全面战略合作关系,搭建校地常态化合作平台。创新完善了"区园企校"共发展的体制机制,与扬州经济技术开发区、高新技术产业开发区等9个产业园区共建了各具专业特色的产教联盟;与产业园所属企业共同打造了毕业生供需信息交流、高层次人才共享、公共技术服务等合作平台,实现了产学研用一体化。如在石油化工产教联盟中,与江苏奥克化学共建了石化行业学校办学点"奥克大学",合作建成省级石油化工技术专业群校企协同育人实训平台;在建筑产教联盟中,与扬州建筑产业园共建省级智能建造技术产教融合集成平台。与学校各专业开展合作的企业近1 000家,其中扬州企业580余家。学校与扬力、扬杰、晶澳、亚威、英联等知名企业合作共建产业学校或实训基地,联合开展现代学徒制和企业新型学徒制人才培养。与华为、腾讯、阿里巴巴、三菱、ABB等行业领军企业开展战略合作,共建产教融合人才培养基地或产业学校,其中与阿里巴巴共建了全国首家"阿里巴巴数字商学院"。学校积极推进集团化办学,牵头组建了全国建筑消防职教集团、全国汽车检测与维修职教集团、江苏核电建设职教集团,江苏核电建设职教集团获批全国示范性职教集团培育单位。扬州市职教集团委托学校牵头建立化工、建筑两大专业中心,每年开展专业认证,做好师资培训、师资共享、产教研平台建设,形成服务扬州发展的职教合力。

打好科技与社会服务的"组合拳"。扬工院按照"校企合作、人才支撑、创新驱动、服务发展"的基本思路,主动对接扬州产业集群,在技术改造、工艺改进、产品升级和技能培训方面开展"四技"服务,侧重将已有技术项目、技术成果向企业移植转化,推进科技成果产业化。与扬州经济技术开发区、高新技术产业开发区共建了"扬子津科技创新服务中心"。截至2023年,扬工院与扬建、广宁器化玻、江苏华信等企业共建了4个省级工程研究中心、6个市级科研平台;与可瑞尔等30多家企业共建了公共技术服务平台;组织"百名教授博士挂百企",开展企业挂职,加入博士后工作站,设立专家和教师工作站,参与企业技术研发;与扬州企业联合申报获批省科技副总57名,数量位列全省高职第一;依托项目载体,校企合作组建50多个科研团队,参与企业工艺流程改进、技术设备改造和成果转化;学校年均"四技"服务合同成交额位列全省高职院校前列,横向项目成果70%以上服务于扬州市中小微企业。依托"江苏省产业人才培训示范基地"和扬州市小微企业"双创示范"培训实施单位,为扬州企事业单位和各类群体提供优质技术技能服务和职业技能培训,承担继续教育类培训和技能鉴定 80 000 余人次。与扬州市政府、电子科技大学合作共建了"电子科技大学教育培训扬州基地",服务扬州及周边电子信息产业人才培养需求;市人社局将扬州市人事考试中心设在学校,并出台了优化人才服务环境等服务扬工院的十项举措。学校承接了公务员、建造师、市直事业单位招聘等社会考试,每年有近 50 000 人次来校参加各类考试。扬工院还多次获得扬州产业科创名城建设先进集体称号。

率先开辟实践育人"新阵地"。比如,扬工院以志愿服务活动和专业实践活动为载体,主动服务扬州重大项目(活动)。与市委宣传部等部门联合组建了扬州志愿者学院,"扬州志愿者培训"项目入选全国"终身学习品牌项目"和江苏省"社区教育品牌项目";组织师生志愿者参加扬州 2 500 年城庆、世园会、鉴真半程马拉松赛等一大批重大项目(活动),以志愿服务助力扬州名城建设,引导师生树立扬城主人翁意识。通过专业实践活动引导师生在服务中提升专业技能,如艺术设计学校组织师生参与世园会、省园博会会址——仪征枣林湾生态园建设项目;化工学院工业分析专业组织学生每年为大运河扬州段做水质监测,保护母亲河良好的水质生态。扬工院组织开展"新扬州人读扬州城"新生入学教育活动和"回望扬州城追忆扬工情"毕业活动,引导学生树立"一届扬工人、一世扬州情"理念,从入校到毕业全过程了解、热爱、融入扬州,受到市领导充分肯定,并在全市推广。

聚力构建创新创业服务"全链条"。扬工院历来聚焦专创融合,将创新创业教育有机融入人才培养全过程,着力培养"敢闯会创爱拼会赢"的高素质创新创业人才。学校成立了创新创业学院,每年设立 100 万创业雏鹰基金扶持学生创业项目,与英国国家创新创业中心合作共建"中英创新创业教育示范基地"。围绕服务扬州"双创示范"建设,加强与政府部门、行业企业深度合作,构建双创人才服务链、资源共享链和协同创新链的"全链条"。与扬州市科技局等多部门合作共建了扬州市创业孵化基地、就创业服务指导站和众创空间,学校就创业资源向全市开放共享;牵头组建"扬州市职业学校创新创业实践教育联盟",为扬州创新驱动发展战略提供智力支持。与市人社局合作共建了创业培训示范基地,开展 SYB 培训累计 4 000 余人次;与市双创办合作,面向建筑、机械等 6 个行业中小微企业 11 000 余名职工开展双创培训。以股份制形式与邗江区共建的百分百电子商务创意产业园,入驻和孵化企业 135 家,吸纳就业 1 200 余人。学校入选"国家级创新创业教育实践基地"建设单位,是全省唯一获批 2 个省级创业示范园的高职院校,是全省 8 所创业教育"双示范"高职院校之一。近年来,学生参加各类双创大赛获省级以上一等奖 63 项,学校是全国唯一蝉联 7 届中国国际"互联网+"大学生创新创业大赛金奖的高职院校。

精准用好电商直播"催化剂"。扬工院主动把握新兴产业发展趋势,有效运用互联网营销新模式,成立了全国首家电商直播学校,向教育部申报并获批电商直播专业,与扬州市人社局共同制定了"电商直播"职业专项能力考核规范,培养电商直播全链条高素质专业人才，服务地方产业发展。学校获批扬州市首批电商直播示范基地，面向企业经营者、直播主持人等群体开展电商直播培训近千人次。利用电商直播平台资源优势，积极支持精准扶贫，助力湖北秭归、陕西清涧等地农特产品销售。比如，2020 年 5 月 2 日举办的"千名青年学子助力湖北"公益直播带货活动，得到央视一套等 200 余家主流媒体关注报道，引起社会各界强烈反响。与扬州市有关部门共建了对口支援地区扶贫直播馆，常态化直播助力对口帮扶地区农产品销售。实施"一村一品一主播"计划，帮助陕西清涧等地建设村播基地，助力产业发展，陕西清涧向省教育厅和学校分别发来感谢信并向学校赠送锦旗；启动了"百县千村万主播"工程（即在全国 100 个县建设 1 000 个村播基地，培养 10 000 名乡村主播），并被列入江苏省 2022 年东西部协作十大重点工程，为乡村人才赋能，为乡村和乡村产品进行品牌宣传，助力乡村振兴。

建优建强文化育人"助推器"。扬工院扎根扬州办学，积极服务扬州"文化名城"建设，充分利用扬州 2 500 多年的深厚历史底蕴、城市精神和地方传统文化特色，在人才培养方案中融入扬州文化元素，各专业（群）设置非遗文化课、大师公开课等课程；开设扬州文化选修课程，如"唐诗宋词话扬州"等。借鉴扬州文化元素命名了校内楼宇道路。聘请扬州历史文化学者担任兼职教授，为师生开设文化讲座。大力推进玉器、剪纸等扬州优秀传统文化与校园文化有机融合，让学生在亲身体验中爱上扬州文化。着力打造"扬州工"特色校园文化，提档升级以"扬州工"文化为核心的专业文化，提升学生职业认同；建设"扬州工"文化展示馆、校园景观以及各具特色的二级学院文化展厅,深化了"精益求精、匠心独运"的文化育人氛围。扬工院先后获批全国职业院校校园文化建设"一校一品"学校、全国职业院校非遗教育传承示范基地、传统技艺传承与示范基地、江苏省社科普及基地。

打造高质量留扬就业"生力军"。扬工院每年扬州籍新生占录取总数比例保持在 10％左右,每年有 35％左右的毕业生留扬就业、安家置业,为扬州经济社会发展提供了重要人才支撑。学校与 250 余家扬州企业共建了学生实习基地,与 200 余家扬州企业共建了就业基地;上海大众汽车仪征公司、扬建集团、扬农化工、亚威机床等扬州知名企业每年都优先录用扬工院学生,其中扬农化工有 20％的员工为扬工院校友。扬工院学生"职业素养高、迁移能力强、发展后劲足"的鲜明特质受到了社会的广泛认可和企业的热忱欢迎。学校毕业生总体满意度位列全省高职院校第三。

大文豪苏轼有句名言说得好:"犯其至难而图其至远。"行笔至此,意犹未尽,谈到扬工院建校以来尤其是合并升格办学 20 年来的成绩难免挂一漏万,但作为一名老"扬工人",我有理由坚信,正值壮年的扬工院将继续秉承"厚德强能、笃学创新"的校训,以培养适应行业和地方经济社会高质量发展需要的高素质技术技能人才为己任,奋力推进特色鲜明的高水平职业技术大学建设新征程,为把历史悠久、文化璀璨、商业昌盛、人杰地灵的扬州建设得更加美好,为建设"强富美高"新江苏作出新的更大的贡献。

专业文化

我 2007 年 4 月调扬工院工作,到 2014 年 5 月奉调北上徐州工作,在扬工院度过了我人生中最重要且美好的七年时光。我刚到扬工院任院长的时候,两校合并升格不久,摆在我眼前的第一重任就是迎接教育部人才培养水平评估,从那时候起,我开始思考学校专业建设等问题。实话实说,那个时候,在高职教育发展问题上,大多数院校采取全盘化"拿来"、标准化"推行"的借鉴方式,弱化了教育的文化和传统。受其所囿,高职院校在专业建设过程中,悬置传统教育的人文色彩,淡化文化底色,忽视社会、行业、企业、职业等对专业的需求,本本主义、功利主义和经验主义现象严重,导致"文化休克"和"文化失语"等现象,专业成了"失魂的专业"。

经过四年多的酝酿、打磨,我在全国首倡"专业文化"的概念,首创了"四元一体"的专业文化学理架构,尝试从专业自身的角度阐述高职教育专业为什么需要文化;从育人以及教育与社会关系的角度回答高职教育专业需要什么特色的文化,进而分析高职教育专业文化从校内到校外空间扩展的深远意义。我围绕项目申报、学术研究、宣传推介、成果报奖等前前后后写了很多关于专业文化建设的文字,其中一篇题为《论高职教育专业文化》的论文,是我在 2012 年静下心来撰写的一篇总结式的文章,后刊发在 2013 年的《教育发展研究》上。此时此刻,翻出这篇旧文,前尘往事历历在目,感怀之余,也不胜唏嘘,借此机会,对文章略加考订修改,以飨扬工院校友和在校师生以及广大读者。

"文化是大学之魂"已是学术界一个不争的事实。萨德勒说:"校外的事情比校内的事情更重要。"所谓"校外的事情"是指在成功的教育制度背后的那种无形的难以理解的精神力量,它应该包含诸如一个国家的文化传统等重要的东西。每个国家都有着自己风格迥异的文化传统,只有了解了一个国家的文化传统,才能真正理解一个国家的教育制度。我国高职院校在专业建设过程中,出现了悬置传统教育的人文本位色彩,淡化文化底色,忽视社会、行业、企业、职业、系统化工作过程对专业的需求等问题,本本主义、功利主义和经验主义现象严重。目前,我国高等职业教育在专业建设的硬实力方面取得了不俗的成绩。与此相反,在普遍被高职院校自称为龙头的专业建设的目标、方向、定位、内容等主要环节上,存在着"文化休克"和"文化失语"的现象,导致专业成了"失魂的专业"。可以说,我国高等职业教育关于专业文化的建设刚刚起步,任重而道远。

一、高职教育为什么需要专业文化

高职教育的专业文化是大学文化(很多学者称校园文化)中的一个子系统,前者是后者的重要支撑和载体。我们认为,专业文化是指专业师生所创造、积淀并共享的,影响作用于职业生活的氛围、环境、传统、价值观、行为习惯和标准的总和,是师生为实现既定的专业培养目标而承继创造的物化并可视的条件保障系统,它是本专业所有成员共同的理念与追求的体现,潜移默化地指导与规范专业中每一个人的行为。

1. 对育人而言:倡导人文精神立场的专业文化建设,才能培养可持续发展的和谐职业人

高职院校学生在学校完成的是从一个学生向职业者的转变。专业学习对于高职学生而言,是将他们从学生的此岸渡送到岗位职业者彼岸的一艘船。"如何才能培养出可持续发展的和谐职业人"的问题,是所有高职教育工作者应深刻反省和冷静思考的现实问题。

"人是目的"是康德曾明确表达的现代人的基本信念之一,以此论断来总结我国当前的高等职业教育的发展历史再恰当不过了。当前,我国的高等职业教育存在一定程度的实用主义倾向,直接强调"目的性"与"手段性",片面强调培养只懂技术的"工具人",主要针对职业与岗位需求的专业教育成为高职教育普遍的教育模式。在人才培养上,片面注重人力资源的"开发",而不注重人才的"养成",片面注重依据产业行业短期需要而非依据教育长期规律培养人,培养人文、科学、技术和谐于一身的社会人问题在高职教育乃至整个高等教育中还没有得到很好的解决。在这样的理念指导下,教师和学生更多地变成了实用主义理性主体和逻辑化身,人的情感、意志、愿望等经过这种"理性与逻辑"的过滤被忽视、抛弃,而人自身在某种意义上则成为一

台技术或者生产的机器。

教育的本质是通过科学精神和人文精神的疏导与渗透，使个体思想观念与行为社会化。"人文学科是人类的历史、人类的自传，人类要生存发展，就要学习它们。"什么是人文？人文是要满足个人与社会需要的终极关怀，是要关心人、集体、国家、民族、社会自然界，是人的精神世界的需要，是人要成为人的精神需要。人文就是为了人能成为一个对社会负责的人、一个真正的人的精神标准与内涵。而占高等教育半壁江山的高等职业教育也应义不容辞地承担起这样的责任，高职教育的育人价值取向不应只是"履行公事"，还必须代表着"社会良知"。高职教育不应只是一种单纯培养"技能机器人"的教育类型，而是改善、发展和塑造人的过程。在培养人的过程中，高职院校不但要注重传授专业知识和技能，而且更重要的是要在专业教学中融入人文知识，形成一种专业文化取向。这种精神是一种内在认知和价值观的成长，是专业品质、专业思想、专业方法、专业态度的养成和情感的疏导，只有如此，方能产生激情、产生创造，产生人的内在动力。

按照高职院校的办学性质及规律，可将人才培养的目标分成三个层次：一是能胜任某个岗位工作的职业人，即专业知识、技能、态度三者的统一；二是有岗位迁移能力的职业人，专业文化不局限在某一特定的岗位，而要在跨岗位能力的培养过程中发挥作用，要充分利用文化育人的功能，提升学生的创新创业能力，在实践活动中涵养实践智慧；三是全面发展的职业人，通过"志于业、游于技、成于道"，培养具有坚强意志、清晰认知、丰富

情感的职业人。三个层次逐步递进,不断提升与升华。面对 21
世纪对技术应用型人才的新需求,高职教育必须充分挖掘校园
文化中的人文育人元素,在价值立场上倡导人文精神,将其渗透
至专业教学和专业建设中形成专业文化,让专业文化对专业的
诠释与理解、对专业知识的探索与追求润物无声地影响人的专
业信念,让专业文化中所培植的专业认同、彰显的责任意识、倡
导的伦理以及创新创业、勤奋奉献等,在人的职业发展过程中构
成内在的驱动力,为培养可持续发展的和谐职业人奠定基础。

2. 对专业自身而言:专业文化是专业生存和发展的灵魂

目前,部分高职教育管理者认为专业文化建设是在专业建
设发展成熟以后的事情,导致高职教育中专业文化被边缘化甚
至被抛弃。事实上,专业文化是与专业同时诞生的,并且在专业
建设过程中,引导专业建设的方向、塑造专业精神、营造专业氛
围,成就着专业建设的良性发展,是专业建设核心竞争力中软实
力的体现,推动着专业建设由"技"而"学"到"道"的逐步升华
发展。

(1) 专业文化是专业建设的航标。专业文化包含了一个专
业师生的思维模式、价值标准以及对专业教育的认知,因此而确
定了师生的思维方式和行为准则,同时又直接影响专业建设中
的专业理念确立、培养目标制定、教学设计与实施、学生教育与
管理、科学研究的方向。例如,在全国较早开展专业文化建设研
究的一所扬州高职院校,选取了四个专业,在与企业共同调研的
基础上,提出了四个专业的专业文化建设的关键词:工业分析与

检验专业确立了以"诚信、严谨、精确"为核心的专业文化;应用化工技术专业确立了以"绿色、安全、高效"为核心的专业文化;建筑工程技术专业确立了以"安全、质量、文明"为核心的专业文化;电气自动化技术专业确立了以"可靠、创新、卓越"为核心的专业文化。各专业以各自明确的价值标准引领着各专业的建设理念,作为专业建设的行为准则,潜移默化地指导与规范专业中个体的行为,使专业思想内化为专业成员的自觉行为,科学研究专业建设的方向。

（2）专业文化提炼、塑造专业精神。一个组织鲜活的生命力、蓬勃的发展前景、强大的凝聚力取决于其成员的精神内涵,专业建设的灵魂是确立专业精神和专业使命,目标是增强专业的核心竞争力。专业精神是进行专业建设的根基,它能帮助专业成员形成向心力、确立专业认知和专业追求。专业精神一旦确立,将久远地影响一代代教师对事业的态度和追求,专业理念和教育内容将会对一代代学生的从业态度、职业理想、人生价值观产生渗透性的影响。这些精神世界的内容也影响专业建设的社会价值和生命力。可以这样说:缺乏高度文化自觉的专业建设,只是一种形式和外壳的专业建设。

（3）专业文化营造专业氛围。心理学家勒温有一个著名公式:$B = F(P * E)$。其中 B 表示个体的行为,F 为函数,P 表示人,E 表示环境。勒温提出的"人的行为是个体与其周围环境相互作用的结果"的理论,从个体因素和环境因素的相互作用来考察人的行为,揭示了人类行为的基本规律。从这一点看,专业文化所营造的专业氛围为学生的专业养成提供了环境,在环境的熏陶下,置身其中的专业成员相互影响,产生从众和强化的力量,从特有的氛围中养成专业气质:理工类专业师生身上特有的严谨、理性,文科类专业师生所追求的独特的社会视角、发散思维,都与长期生活在专业中所形成的独特氛围中密不可分。浓郁的专业文化氛围会使受教育者在潜移默化中形成影响一生的专业素养。深厚的专业文化氛围还可以陶冶职业观念,培养职业习惯。

专业文化由物质文化、精神文化、制度文化和行为文化组成一个统一的整体,像"一只看不见的手",成为专业建设发展的深层推动力,是专业价值和个性特征的体现,具有强大的教育功能,甚至决定着专业建设的成败,从某种意义上讲,专业文化是专业建设的灵魂。在进行专业建设时提出"以文化做强专业,以文化服务科研,以文化培育学生"的理念,是实现专业建设内涵提升的必然选择。

二、高职教育专业文化建设在实践策略上应强化工学与校企结合特性

美国教育家舒尔曼提出:一个专业首要的社会目的就是服务。这种新型教育观念突出体现了高职院校专业教育与社会的关系。一所学校对社会的适应度很大程度上表现为它所培养的学生对社会的适应性。高职院校专业文化一方面是大学文化的子系统,是大学文化在某一专业中的个性体现,是大学文化的重要组成部分和重要支撑;另一方面,高职院校专业文化是企业与

学校、职业与专业、工作与学习联系的纽带,是企业文化与大学文化交流、渗透和融合的结果,是校企合作人才培养模式的重要组成内容。

高职教育的专业文化建设在实践策略上要通过校企合作吸纳企业文化的精髓,来补充和丰富专业文化的内涵,强化其工学与校企结合特性。

1. 吸纳企业文化精髓,搭建"四元一体"的专业文化架构

高职院校要通过校企合作的方式吸纳企业文化的精髓,提升学生对社会和职业的适应性,完成高素质技能型人才的培养。高职教育校企融合下的专业文化建设的重点是遵循"文化树品牌、文化助成长、文化促发展"的理念,搭建"四元一体"的专业文化架构。四元是指:以彰显校企合作、工学结合的理念为宗旨;以遵循行动导向的课程体系建设思路为核心;以崇尚实践、崇尚技能、崇尚合作、崇尚诚信为价值取向;以营造理实一体、生产性、虚实结合的育人环境为路径。引入先进的企业文化,将企业文化与校园文化相融合,把专业文化纳入校园文化建设体系,并使之成为校园文化建设的主要内容。在专业建设过程中注重专业文化的建设,在人才培养方案中融入专业文化内容,在课程体系构建中开设职业道德和人文类课程。改变高职院校疏离企业文化,校园文化内容和形式相对单一的现状,营造职场化的文化氛围,达到文化视野下的校企零距离对接。

在各种不同方式的校企合作过程中,在企业或社会机构第一线,学生能在现实的职业氛围中获得有价值的实践经验,能亲

身经历技术的、经济的和社会的变革,能学会各种职业的和社会的能力、态度与行为方式。在此过程中,学生不仅学习了专业知识和技能,也深入接触了社会、了解了社会,同时也接受了企业文化的陶冶,逐步形成积极认真的工作态度、严谨细致的工作作风和团结合作的工作精神等职业素养。在校企合作过程中,企业参与学校的管理,企业先进的理念和开放的文化,将打破高职院校传统的、自闭的管理与文化;特别是企业良好的服务理念和完善的服务体系的融入,将会帮助学校全体教职工树立服务意识,形成良好的服务育人氛围。因此,加强企业文化与大学文化相互融合的专业文化建设,将企业文化融入专业文化建设当中,对培养学生的职业素养和专业技能,提高人才培养质量,提升学校办学水平,营造浓郁的职业氛围、实践氛围、学术氛围,健全学生人格,打造专业核心竞争力具有重要的意义。

2. 推行"四进"——以专业文化建设搭建企业文化进专业的载体和平台

把优秀的企业文化融入校园文化,实现校企文化的零距离对接,已成为目前高职教育界内涵建设的重要内容。我国职业教育研究机构在充分调研的基础上,提出了"产业文化进教育、工业文化进校园、企业文化进课堂"的"三进"思路,为校企文化融合工作的开展提供了有效的指导。

从多年工作实践中我们得出,"三进"如果完善成"四进",即"产业文化进教育、工业文化进校园、企业文化进专业、专业文化进课堂",不仅更符合高职教育的现实,也更易于贯彻执行。专业建设是高职院校教学工作的龙头,同时也是人才培养工作的实施单元。专业文化在国外受重视程度远远超过校园文化,这虽然与国外大学"校园"观念淡漠不无关系,更深层的缘由还在于,专业文化既是校园文化的组成主体,也是校园文化的实体性支撑。避开专业层面可能造成文化"进校园"和"进课堂"的载体与平台缺失。

实践证明,每一个成功的企业都有优秀的企业文化作为发展支撑,就国内企业而言,用价值观来影响员工、塑造员工、成就员工的就不在少数。不同的企业有不同的企业文化,正如不同的专业也应有能够彰显其核心价值观和特色的专业文化。把优秀企业文化因子归纳凝练后与学校专业自身的历史沉淀、名师名生、团队精神、专业特色等因素总结升华成一个专业的专业文化——完美的校企文化融合体后再"进课堂",比单纯企业文化"进课堂"更为现实,也更为丰富。

3. 高职专业文化特性彰显应通过人才培养模式来实现

高职教育工学与校企结合特性的彰显要通过人才培养模式的合理确定来实现。这里,可以通过江苏一所省级示范高职院校的实践加以说明。该校确定的人才培养模式凝练为"双导向、四融入、一驱动",即在办学模式上坚持以"区园企校共发展"为导向,在教学模式改革上坚持以"工作过程系统化"为导向;在人才培养内容与过程上坚持职业标准融入教学标准,岗位任务融入学习领域,企业智力融入教学过程,企业文化融入专业文化;在人才培养方式上坚持以生为本,注重个性发展,以企校共担、分段实施、全程指导的专业导师制为驱动。该校实践是以专业建设为龙头，以校企合作为平台，以工作过程系统化为导向，以个性化发展为驱动，不断推进工学结合、教学做一体化的人才培养模式的创新，是专业文化特性在办学模式、教学模式、人才培养内容与过程、人才培养方式等各个层次的实体性落实。各专业在此模式的引领下，结合自身的特点，探索出各具特色的实现路径。如该校电子系的"1＋1＋1专业导师制"人才培养方案，以学生的认知规律、个性特点和知识能力结构等为依据，根据学生在校三个社会角色转换期的特点，以职业与企业岗位所需具备的专业核心能力培养为目标，设计多个实践任务，培养学生专业能力、方法能力和社会能力。三个"1"是指学生在校学习过程中的三个不同阶段，每一阶段具有各自的特点，通过专业导师的"导学""导能""导业"，学生的角色由中学生到大学生最终转换为合格的企业员工的人才培养方案。"双导向、四融入、一驱动"的人才培养模式使专业文化建设实践策略上的工学与校企结合特性得以落实，提高了人才培养质量，培养综合素质高、职业能力强，既符合职业工作要求，又具有较强职业迁移能力、创业能力、团队精神和健康身心的高技能人才。

三、高职教育专业文化的空间扩展：从校内到校外当今社会

高等职教育的专业建设已经走出了象牙塔，专业文化在一定程度上会吸收优秀行业文化，但专业文化对社会行业文化不

是简单的依存和适应,专业文化倡导独立思考、大胆质疑的外化态度;完善的人格、健全的人性,丰富的专业知识、严密的科学思维、求真的科学精神的内涵精神。专业文化、企业文化、职业文化及行业文化等都是引导社会文化发展的亚文化,专业文化自身的正态发展与流传必然能动地作用于企业文化、职业文化、行业文化乃至社会文化的良性形成与繁荣。专业文化具有的思想性、科学性、前沿性,不仅成为社会职业文化、社会行业文化的基础与支撑,更能先导、引领社会文化乃至社会经济的发展。

从历史来看,同在空气动力学方面作出卓越贡献的三位杰出科学家普朗特、冯·卡门和钱学森是对空气动力学、物理学、航天相关专业影响巨大的优秀学者。总结三位科学大师成为德国、美国和中国科学技术发展的领军人物并共享国际声誉的原因,不难发现渗透于他们专业研究的深厚而丰富的文化内涵成就了他们对人类卓越的贡献。在严谨、认真和勤思的治学态度,独立、创新和大爱的人格追求,求真、自由、至善的科学崇尚等方面三人具有共性特质,并相互影响,相互承继。在一次学术讨论中,冯·卡门与学生钱学森发生了争论。钱学森坚持自己的观点毫不退让,令冯·卡门十分生气,拂袖而去。事后冯·卡门经过思考,认识到学生钱学森是对的,第二天亲自向钱学森道歉,冯·卡门的博大胸襟令钱学森终生受用。当冯·卡门发现了"紊流的力学相似原理"之后,老师普朗特诚恳地表示:"一方面,我感到委屈,眼看到他工作干得比我少,却又一次运用他那众所周知的去粗取精的才能取得了成功;另一方面,我为他感到骄傲,我从前的这个学生和助手没有辜负我的期望。"对自己学生的成果,普朗特不仅不会攫为己有,反而一再申明"卡门在我之前先得到了结果"。从这些事例与言语可窥:从工具理性与人文观念的比较反观工具理性本身,可以进一步看到文化的内在制约作用。三位科学家不欺人、不骗己、不蔽上、不蒙下、认认真真、实实在在,对专业学术负责,是科学精神背后人文的内涵与精神的体现,他们以科学奠基,以人文导向,继承并发扬优秀的文化传统,培育尊重科学价值、心无旁骛地"求真"的科学精神,秉承学术伦理、将学术研究作为一种志业,将前沿性的学术专业文化内涵内化为一种文化自觉精神,形成社会行业文化的先导,引领着社会文化前进。

没有文化的专业建设是残缺的,专业技术与专业文化对专业建设与高等职业院校的发展犹如双翼,只有双翼健劲,方能长空竞胜。高职教育在办学思维方式上,要抛开传统形态的"经世致用"的办学价值观,转变高职教育专业建设重科技成果转化"显服务"、轻原始创新和人才培养"潜服务",重物质经济支撑"硬服务"、轻文化引领"软服务",重一时之需的"当前服务"、轻百年大计的"长远服务"等教育理念,将企业文化引入专业,让专业教育与人文教育交融,使专业文化成为校园文化的支撑和主体,成为人才培养的环境,成为专业建设的灵魂,成为校企文化对接的桥梁,让高等职业教育更好地适应国家现代化发展的需求。

日出峰峦

德国有一句脍炙人口的谚语："一个人的努力是加法，一个团队的努力是乘法。"

中国也有一句家喻户晓的谚语："一根线容易断，万根线能拉船。"

有时候，团结就是力量，它像阳光般温暖，照亮我们前行的道路。

正如滴水不成海，独木难成林，团结是众志成城的信念。只有大家紧紧团结在一起，才能汇聚成强大的力量。

在我的职业生涯中，先后在苏南、苏中、苏北三所大学工作过，先后担任过扬州、徐州两所大学的书记、院长。一路走来，我对团结能办事，团结成大事，是深有体会的。

说来也巧，我在南京和扬州工作期间先后牵头组织拍摄过三部电视宣传片，这个过程正是开头两句谚语最为精辟和生动的诠释。

现在回过头想想，时光如白驹过隙，一晃那已经是 30 年前的事情了。当时，为迎接中国兵器工业总公司组织的对南理工申报"211 工程"的部门预审，南理工决定"剑走偏锋"，不用传统的纸质材料书面汇报模式，而是在南理工历史上第一次采用最新颖、最直观、最精彩的汇报方式——电视片,从而起到一鸣惊人、技压群芳的效果。对这部电视专题汇报片,校领导更是大胆且创新地决定,不外请编导和摄制人员,利用学校已建立电视台的条件,指定时任人事处师资办主任的我任总编剧,宣传部电视台台长殷巧生负责总摄制。摄制组从1994年10月开始构思、采访、阅档、创作、拍摄等一系列紧锣密鼓的行动,足迹遍布北京国防系统相关机关、上海港、远望号军舰、卫星发射基地、大型军工企业、特种作战部队……电视专题片《日出峰峦》于1995年3月初终于"杀青",3月下旬完成制作。

　　2007年4月底的一天,我到任扬工院不久,就把迎评办公室主任、副院长秦建华,党委组织部、宣传部、统战部部长陈大斌,教务处处长傅伟等人叫到我办公室了解迎评的准备事宜。他们三人一通汇报之后,我对迎评的准备情况有了大致了解,临了我单独把陈大斌留了下来,专门询问了校园文化宣传和氛围营造方面存在的困难。陈大斌先是给我点上一根香烟,然后自己也抽出一支夹在手上,朗声说道:"张院长,目前校徽、校训的征集工作正在进行,现在在氛围营造上事情很多,三个部门合署,也就三个人,宣传上也没有趁手的家伙事,我们很有信心,但人手是显得有点紧。"说完,陈大斌点上香烟猛吸一口。

　　学体育出身的陈大斌部长,一米九几的大块头,说起话来声如洪钟,思路清晰,既没有叫苦连天,也没有怨天尤人,既表达了存在困难,又宣誓了工作信心,语言表达能力着实了得。我心知他所言非虚,他一个人带两个刚工作两三年的毛头小子钱俊和武智,三个部门一大摊子事都压在他一个人的身上。俗话说,

"饭要一口一口地吃,路要一步一步地走"。还是一步一个脚印,什么事情都得一步一步慢慢来,不能操之过急!想到这里,我话刚到嘴边,想让他牵头尽快去拍迎评宣传片的任务,又被我咽了回去。

"请人办事总要先给点盼头。"打定主意,我主动说:"大斌部长,需要人,你在学校里踅摸着找找看,哪个人合适、靠谱,瞅准了,我给你调人,宣传部需要的设备抓紧调研,抓紧购买。"

"兵贵神速,事不宜迟!"不久后,经学校研究,把团委副书记徐华调到宣传部改任宣传部的副部长。一天,宣传部的办事员武智乐呵呵地拿着摄像和摄影器材购买申请跑到办公室找我,我大笔一挥就批了。紧接着,宣传部徐华副部长牵头邀请扬州电视台的记者吕震和小武三人一道到南京采购专业摄像和摄影器材,经过拣选,买回了索尼专业摄像机、佳能照相机,还增配长短焦的专业镜头。

趁手的家伙有了,宣传部几个人的工作干劲一下子提高了一大截。拍摄迎评电视宣传片的事宜也被摆上重要议程,并且快马加鞭地推进,有了拍摄南理工迎评专题电视宣传片的经验,我就对扬工院迎评宣传片的拍摄工作格外上心,从选题、脚本撰写、素材拍摄和现场录制到定型成片我都很关心。我至今还记得,迎评宣传片定名为《三位一体 五化并举》,邀请曹雨平书记作为总策划、我担任总监制,还从外面邀请了杨翔平和陈大斌一起担任撰稿人,宣传部更是全体总动员,徐华担任制片人,武智、钱俊担任剧务,历时大半年一直到12月初才杀青。纪实性地反映扬工院人才培养情况的电视宣传片《三位一体 五化并举》在淮左名都大酒店会议室当着迎评专家的面一经播出,引起了不小的反响。宣传片与我近 30 分钟从容自信的迎评报告相得益彰、相映成趣,给全体专家留下了深刻印象。

这里还要讲一个小插曲。在拍摄宣传片的间隙,也就是 2007 年 7 月 6 日,隆重举行了扬州工业职业技术学院校徽、校训的启用仪式。曹雨平书记动情地说,校徽、校训是学校文化建设的重要组成部分,也是学校办学理念、人文精神的集中体现,是凝聚人心,激励师生开拓创新的精神旗帜,是大学精神的载体,是师生员工精神风貌的重要展示,是学校历史传统和精神文化的积淀和凝练。校徽、校训的征集是学校的发展积累,是开启征途的号角,标志着扬工院进入了注重内涵发展的新时期。

其实,校徽、校训的征集和启用凝结着设计者的智慧和心血。陈大斌部长也向我汇报了好几次进展情况,扬州工业职业技术学院校徽 LOGO,由建筑工程学院主持党总支工作的副书记盛英淼策划设计,青年教师李云杰执笔绘制。从接到任务,到最终定稿交稿,两位老师付出了大量的精力和心血。在设计构思过程中,不辞辛苦,不计较个人得失,多次走访调研,听取企业、校友等各方意见,融入校徽设计,力求体现学校精神。2006年 11 月,盛英淼联系无锡的平面设计公司,带上设计草案,与设计师深入交流,在企业设计师的建议下,对设计方案进行了全面而系统的调整,也确定了大致的方向。2007 年 1 月,冒着严寒,克服交通不便状况,盛英淼、李云杰老师再次走访苏州、上海、江西、安徽等地的校友,将初步成型的校徽进行展示阐述,听取校友们的意见。毕业多年的校友怀着对母校的敬意,纷纷发表各自意见，对校徽的设计起到了至关重要的作用。带着各方意见，盛英森、李云杰回到学校，再次投入校徽设计的工作当中，反复汇报、反复修改、反复打磨，历时大半年，在学校领导及宣传部门的支持下，最终给学校交上了一幅满意的设计作品。学校还给他们颁发了奖状。

我至今还记得校徽的释义：校徽主体图形的核心内容由古图腾"飞鸟"造型演变而成，它如同一只翱翔在云天的飞鸟，时刻准备冲向理想之巅、科学之峰。这个寓意为"大鹏展翅，直冲云霄"且极具动感的飞鸟图案，集中体现了奋发向上的工职院精神和对知识与真理的永恒追求，也象征着我院生机蓬勃、蒸蒸日上、薪火相继，不断传承与创新人类的文明。"飞鸟"造型的内涵有三点：一是汉字"工"的手写体，体现工业之意；二是"扬州"拼音的第一个声母"Y"的变体，隐含学校扎根扬州办学的地域性；三是"飞鸟"造型与其外面 3/4 圆的组合形成"工业"二字拼音的第一个声母"G"和"Y"，来整体突显学校工科院校的特性。校徽以蓝色和红色为基色："飞鸟"的红色代表热情、奔放，突出扬工院生机蓬勃、蒸蒸日上的大好形势；"扬州工业职业技术学院"及外圆的蓝色象征着蓝天、理想，与"飞鸟"的"大鹏展翅"相吻合，也更突显学校知识传承与科学研究并重、严谨治学的特征。

整体图标古朴典雅而不失现代时尚气息，极具文化品位，既有扬州历史文化内涵，又体现扬工院的办学特色，同时又洋溢着奋发向上的校园文化精神。后来，随着学校的发展，对校徽进行了优化设计，但主体要件和主要内涵得以传承。

说到校训的确定，着实费了一番脑筋。陈大斌部长拿着一沓从全国各地应征者那里征集来的、陈述各异、五花八门的校训投稿,看着有点让人眼花缭乱,确实有"公说公有理,婆说婆有理"的感觉,一时还真是没法定夺。后经过评审专家的遴选和论证,最后提交到学校进行研究,确定"厚德、强能、笃学、创新"作为扬州工业职业技术学院的校训。这四个词语八个字的校训文字简练、内涵丰富、清新高雅、寓意深刻,是对学校长期办学思想、办学理念、办学特色的高度概括和凝练。

所谓"厚德",即是重视道德品质教育。厚,重视。《周易·坤卦》说:"君子以厚德载物。"又曰:"坤厚载物,德合无疆。"把"厚"和"德"联系在一起,谓"厚""德"者可以"载"。即有道德的人才能承载天下的重任,担负起宏大的事业。古人非常重视"德",他们把"德"看成是和天地一样的大事情。

所谓"强能",是指强化技能,崇尚能力。学校作为一所高等职业院校,以培养高素质技能型专门人才作为立足点和出发点。在教职工中注重教师能力素质的培养,强化技能教学,崇尚专业技能;在学生当中,注重动手能力的培养,强化学生实践能力,全面提高学生的技能素质。

所谓"笃学"即笃志于学。孔子曰:"博学而笃志,切问而近思,仁在其中矣。""笃信好学,守死善道"。"笃"有真诚、厚实、专一的意思,古人一般将"笃"字与做人联系在一起,为人要有人品,治学也要有"品格",品与学,即德与才,是一个人立志成才的两大基础条件。

所谓"创新",即由"创"与"新"组合而成,乃合意词。"创",颜师古注《汉书》解释为"始造之也"。"新",《辞海》解释为"初次出现的""改旧；更新"。"创新"从字面讲就是抛开旧的，创造新的，意在除旧布新，破旧立新，革故鼎新，与时俱进，有新的发现和发明。创新不仅仅是对旧事物的改革和增删，也包括对事物功能的重新定位及新的价值追求，因此，是带有全面性、结构性、本质上的革新和发展。

扬工院确立的"厚德、强能、笃学、创新"校训，将学校主体功能与办学特征相统一，将历史传承与与时俱进相统一，将全面协调发展与特色打造相统一，对于指引扬工院人坚持社会主义办学方向，坚持用科学发展观统领学校建设与发展，以服务社会尤其是地方区域经济建设为宗旨，以市场需求和就业为导向，以石油化工为特色，以校企结合为途径，立足苏中，面向长三角，把学校建成以应用型工科为主，多学科配套与协调发展的高水平高等职业技术学院，既具有现实意义，又具有长期的指导意义，有助于建立和保持学校在社会和师生心目中的形象。

一转眼到了 2012 年 7 月，我转任学校党委书记，与刘金存院长搭档。大约 11 月份的时候，为了进一步展示扬工院的办学成果，助推学校的省示范高职院校建设，迎接建校 35 周年，我和刘金存院长商量拍一部反映扬工院建设成就的形象宣传片。说干就干，我找来宣传部部长丁传安、副部长徐华，还有办事员孟跃，布置筹拍宣传片的事情，宣传片的名字几经斟酌，也没有定论。突然，在我的脑海中，音乐缓起，出现了久违的画面——一轮红彤彤的朝日如同一只巨大的火球，穿越上升在高低远近各不同、枯荣陡缓千百态的峻岭山峰中，随着音乐的渐渐推升，屏幕上的红日迅速掠过一座座峰岭。当音乐进入高潮，红日已飞升至万山之上,就在此时,从红日的中心赫然迸放出四个大字:日出峰峦! 我又一次想起了在南理工拍的那部电视宣传片。经过35年的发展,扬工院不正如一轮新日飞升在群山峰峦之上吗? 因此,这部宣传片也就定名为《日出峰峦》。

与南理工《日出峰峦》开头不同的是,随着明快的音乐响起,朝日霞光四射,高天流云涌动,画面的右上方,苍劲有力的"日出峰峦"四个字自上而下依次渐出,美不胜收!

"我来自扬工院"

"我来自扬工院"

"我来自扬工院"

……

扬子江药业集团海慈公司副总经理叶迎九等七位校友先后分别出镜,以同说一句话的形式拉开宣传片的序幕,映入眼帘的是扬州代表性的二十四桥、五亭桥的风景……我至今还记得我出镜时脱口而出的概括扬工院校情校貌的一段话:"我们扬州工业职业技术学院经过30多年的发展,已经成为苏中地区最大的一所工科类的高等职业院校,是一所化工、建筑、机械、电子、经管和人文等多学科配套的综合院校,目前也是扬州地区唯一的一所省级示范性高职院校。"然而,时过境迁,现在离说这句话又过去了12年的时光!

在我2014年北上徐州之后,扬工院的校领导班子前后又换了三届,在刘金存书记、孙兴洋院长的带领下,完成了省示范校建设,教学质量与科研水平不断提高,获得了省级教学成果一、二等奖,深化了"厚植文化底蕴,精湛一技之长"的办学理念,国际化合作办学水平和影响力不断提高,为经济社会发展作出了新的重大贡献。

学校在刘金存书记和陈洪院长的带领下成功跻身江苏省高水平职业学校,实现了刘金存说的,"我们的办学就是要最好地满足学生对知识和自身发展的渴望,对我们的学生负责,对学生家庭负责,对党的教育事业负责"。这是一份职教初心和教育情怀,也是一份沉甸甸的承诺。现在,扬工院正在陈洪书记、倪永宏院长的带领下发展得越来越好,正在开启瞄准国家"双高"、建设高水平高等职业技术大学目标的新征程。

受南理工《日出峰峦》启发,从《三位一体 五化并举》再到扬工院版的《日出峰峦》,拍摄前后跨越18年的光阴,我既是亲历者,更是见证者,无数的画面在光影的世界流转,无限的感动跨越山海和岁月的洗礼,留下满满的回忆。按理说,这一篇章,原本写到这里也就可以停笔了,但细想之下,还觉得意犹未尽。盖因我是一个学化工出身的理工科大学生,偏偏喜欢文字和写作,工作中和文化宣传结下了不解之缘吧。

在扬工院工作的七年里,我对学校文化宣传工作是非常支持的。在那段时间里,学校很多方面的发展都是敢想敢干、敢为人先的,可以说,干部职工工作激情很高,事事争先恐后,都是一门心思力争走在前列的。其中,在和宣传部的接触中,重视大学生记者团、支持办好《扬州工业职业技术学院报》和校园广播台的往事,让我记忆犹新,每每回想起来,别有一番滋味涌上心头。

时间还是要追溯至2007年5月的一天,当时,我在办公室忙完手头的工作,小憩片刻,随手翻看报刊,一份《扬州工业职业技术学院报》吸引了我的目光。我拿起来仔细翻阅，校报排版规范，体现出一定办报水平。我看到一则简讯得知，扬工院大学生记者团和校报刚刚举办过一周岁的纪念日，这让我对宣传部办的这个报纸留下了良好的第一印象。

至今犹记得，记者团的小记者每每给我送新出版的校报我都要和孩子们聊上几句，我渐渐得知，扬工院的校报编辑部是一名专职老师带着十几个孩子在办，心底顿时一惊的同时，也着实感到欣慰。"不以小事为轻，而后可以成大事。"我时常用这句话勉励负责校报的武智老师和校报记者团的孩子们。我后来一有空也会欣然接受学生记者的采访，在记者节参加校报小记者举办的活动，参加《扬州工业职业技术学院报》创刊 100 期的座谈会，还欣然命笔给校报创刊 100 期题写了"墨香传文脉 笔耕育英才"的贺词，以示支持。题词的事情仿如昨日，实际上那也是12 年前的一桩旧事了。扬工院的校报由宣传部牵头，以一群学生为骨干力量，这在全省高校中也是很有特色的，校报在学校迎接评估、全国化工技能大赛、招生宣传、省示范院校迎评创优等工作中发挥了重要的宣传作用。校报作品在全省校报好新闻评审中屡获佳绩，在高校校报办报质量考评中还获得了优秀等级……这桩桩件件成绩的取得着实是不容易的事情，这些都给我留下了深刻的印象，现在每每想起仍让我感动不已。

2008 年开始，校园广播站从宣传部转为团委负责管理，团委书记刘晓明提出要购买新的调音台和相关设备，扬工院还在大学生活动中心专门找一间房子给广播站使用。那个时候学校经费很紧张，但对于宣传经费，对校报、广播站的经费，还是给予大力支持和保障的。

2013年，新媒体方兴未艾，我要求宣传部尽快研究，在巩固传统宣传媒体阵地优势的基础上尽快创建新媒体矩阵，学校还开通了扬工院自己的官方微博和百度贴吧账号，2014年在我调离学校不久，学校微信公众号正式开通，后面包括二级学院部和机关也开通了微信公众号，再后来扬工院还进驻了B站、抖音，融媒体宣传矩阵正式形成。这些虽都是后话，但是也让一直关注扬工院发展的我感到无比欣慰。

目前扬工院的微信公众号已成为全省乃至全国高校知名的头部品牌，扬工院信息宣传工作也连续多年受到江苏省教育厅的表扬，扬工院的"扬帆"理论宣讲团获评江苏省学雷锋活动示范点……这些成绩的取得，让我这个曾经的"扬工人"备受鼓舞、倍感欣慰。

扬工院的宣传思想文化工作一直做得很用心，很不错，从有样学样到有模有样，再到有声有色，得益于有一支团结的团队，他们如同一个大家庭，能够克服任何困难，取得丰硕的成果。因为团结，他们能够携手共进，共同成长，到现在已经长成了参天大树。宣传文化工作条线的前后几届领导、同事、同学薪火相传，团结拼搏、接续奋斗是工作取得成功的"密钥"，唯愿扬工院的宣传思想文化工作取得更多更亮眼的成绩，成为展示扬工院高质量发展质效，展示"扬工人"精气神的一方阵地、一面镜子、一张名片。

吹响教改"集结号"

作家梁晓声说,人要经常换换脑子。

在我开始动笔写这一章的前几天,心里一直在为起个什么标题而纠结犯愁,脑海突然跳出文章开头的那句话,索性从书房走到客厅,随手按动电视遥控器上的按键,无意中点开了战争题材电影《集结号》,本想借观影换换脑筋,最后索性照葫芦画瓢就给本章起了一个唬人的名字《吹响教改"集结号"》。

一

当然,我不是要写悬疑小说,也不是写我拿手的谍战小说,这其实只是一个比喻。还是言归正传,说说关于扬工院教学改革的那些事儿。

这里有必要交代一下当时推动教学改革的背景。2007年12月,扬工院遵循评建二十字方针,在由曹雨平书记和我任组长的评建工作领导小组的正确领导与指挥下,把评建作为"饭碗工程、提升工程、腾飞工程"来抓,明确工作目标,落实工作任务,检查工作效果,解决评建工作中的重大问题;学校各层各级分工明确、责任到人,使评建工作高效、有序地进行。这次评估,推动了教学质量的不断提高,学校办学指导思想更加清晰、办学定位更加准确、办学特色更加鲜明。

当时,校领导班子提出扬工院以服务社会尤其是地方区域经济建设为宗旨,以市场需求和就业为导向,以石油化工为特色,以校企结合为途径,立足江苏,面向长三角,把学校建成以工科专业为主,其他专业群配套与协调发展的高水平职业技术学院的办学指导思想。在专业设置的"适应需求、服务行业、类群集聚,协调发展"十六字原则指导下,确定了重点发展石油化工类主线专业,稳步发展机械、电子和建工等主线支撑型专业,适度发展管理、经贸与人文社科等专业的专业发展思路,逐步形成了"构建校企深度合作新型机制,培养高素质技能型专门人才"的办学特色。

在我担任院长期间,先后建设了两所大学的新校区,扬工院就是其中之一。我担任扬工院院长后,多方筹措七亿多元资金,加快教学基础设施建设,用三年时间超常规完成了新校区建设,进一步提升了办学条件。那个时候,扬工院新校区的建筑总面积达27.85万平方米,图书馆纸质藏书27.2万册、电子图书100.9万册。各类教学仪器设备价值5 183万元,各项教学设施完全能够满足教师教学和学生学习的要求。当时有一位上级部门的领导到扬工院视察,看到新落成的新校区,竖起大拇指连连称赞,连说了三个"没想到":"没想到扬工院新校区建设的进度这么快、没想到扬工院新校区建设得这么好、没想到扬工院新校区建设的花费这么少。"

转眼到了2008年,我提出学校教学工作要按照"巩固、创新、提高、发展"的方针来推进。顾名思义,所谓"巩固"就是巩固和扩大评建成果;所谓"创新"就是在课程建设上有革命性的变革;所谓"提高"就是提升专业建设整体水平;所谓"发展"就是以创建示范性高职院校为发展目标。

方向和目标都已经确定了,但要想实现发展的战略意图,扬工院还是要下大力气的,必须破釜沉舟、背水一战。

那个时候,扬工院面临的发展形势还是非常严峻的。经历过那段岁月的人都还清楚地记得,从 1999 年到 2007 年,高职院校如雨后春笋般展现出勃勃生机,高职教育的规模得到迅速扩大,甚至已经占据我国高等教育的半壁江山。在扬工院升格为高职院校的第二年,也就是 2005 年 10 月,国务院提出国家在"十一五"期间建设 100 所示范性高等职业院校的计划。那个时候扬工院是新升格的高职院校,还不具备参与遴选的条件。后来教育部、财政部先后在 2006 年 12 月和 2007 年 8 月,分两次评选出了首批 28 所和第二批 42 所"国家示范性高等职业院校建设计划"立项建设院校。毋庸置疑,这些学校的示范性建设在提振高职教育信心指数的同时,也极大地带动和影响了全国高等职业院校的改革与发展,可以说,高等职业教育迎来了前所未有的发展机遇。到了 2008 年,第一轮的高职高专院校人才培养工作水平评估已基本结束,评估极大地促进了高职院校的发展,涌现出了一批优秀的学校,提升了高职院校的办学水平,使我国高等职业教育改革与发展进入了新的发展战略机遇期。

"人无远虑,必有近忧。"我再次把目光聚焦到省内。可以说,江苏省高职教育始终走在全国的前列。在 2006 年 11 月 8

日开幕的全省第十一次党代会上,关于全面达小康、建设新江苏的全局性部署中,教育是唯一提出要率先实现现代化的领域,这充分体现了教育优先发展的战略地位,体现了省委、省政府对教育的高度重视。当时,江苏共有高职高专院校 76 所,已有 64 所院校完成了人才培养工作水平评估。为进一步从整体上提升江苏省高等职业院校办学水平,江苏省 2007 年启动了示范性高等职业院校建设工作,对全省高等职业教育发展起到了引领示范作用。当时,南京工业职业技术学院(现升格为南京工业职业技术大学)等 5 所院校已成为国家级示范性高等职业院校建设单位,徐州建筑职业技术学院(现为江苏建筑职业技术学院)等 7 所院校已成为省级示范性高等职业院校建设单位。

回过头来看看扬工院。那个时候,我们经历了 30 年办学历程、3 年的升格后艰苦建设、2 年的全面准备、100 天的拼搏冲刺、5 天的全方位展示,得到了评估专家组的充分肯定,达到了高职高专人才培养工作水平评估优秀的预期目标。但是,作为院长,我内心深知随着经济社会的不断发展,高等职业教育发展呈现出了新的趋势和方向,同时高职院校之间的竞争也日益激烈。扬工院的教育教学工作势必将面临巨大的挑战,如何适应经济社会的发展要求,科学定位,办出特色和优势,提高人才培养质量,增强学校核心竞争力,在新一轮以内涵建设为核心的高职院校的建设中冲出重围,脱颖而出,是我们必须要立即予以解决的问题。我暗暗下定决心,扬工院必须以加强内涵建设为核心,全面而又深入地开展教育教学改革,进一步提升教学工作水平和教育教学质量,增强学校核心竞争力,努力创建省级示范性高职院校。

　　当时提出这个目标绝不是拍脑门子定下的权宜之计,而是推动学校向更高水平迈进的必经之途。我得出这样的判断,也不是盲目的,我通过认真的分析,得出扬工院创建示范性高职院校已具备了至少三个方面良好基础的结论:第一,扬工院的评建工作已取得阶段性成果,通过评建,理清了办学指导思想和办学思路,明确了服务定位和目标定位,强化了教学中心地位,凝练了"构建校企深度合作新型机制,培养高素质技能型专门人才"的办学特色,形成了以石油化工为主线的专业格局。这是我们争创示范性高职院校的核心竞争力,也可以说,是我们扬工人最大的底气。第二,通过合并升格、融合发展,扬工院的凝聚力和战斗力得到很大增强,办学规模不断扩大,办学质量不断提升,社会服务能力不断增强,学校的形象也得以很好展示,社会美誉度和影响力得到了很大的提升,具备了创建示范性高职院校的基本条件。第三,经过三年超常规的建设,扬工院全面完成了新校区的基本建设任务,各项教学设施和条件也得到了极大的改善,已具备了良好的创建示范性高职院校的物质条件。

　　话虽如此,我也意识到创建示范性高职院校与人才培养水平评估相比,更注重学校的内涵,需要一个踏踏实实、苦练内功的过程。接下来,我心里念兹在兹的是创建省示范高职院校的这盘大棋到底应该怎么下。正所谓,"观念一变天地宽"。我首先想到的是要不遗余力地使扬工院的办学指导思想得到升华,办学模式得到优化,办学质量得到提升。首先要用先进的职业教育理论指导扬工院的教育教学改革向纵深发展。

二

"谋定而后动。"思虑至此,我心中渐渐地勾画出了一条创建省示范院校的"路线图",可以概括为"六个要":"要以就业为导向,以校企合作为途径,以工学结合为手段,丰富专业内涵建设,全面改革人才培养模式;要以理实一体化为原则,加大课程建设力度,形成一批优秀课程和精品课程;要以培养学生的实践能力为重点,建成一批工学结合、先进高效的实验实训基地;要着力打造一支水平高、结构合理的师资队伍;要培育一批优秀的教学成果和科研成果;要提高我们的人才培养工作水平和社会服务能力。"

说千道万,归根结底,扬工院创建示范性高职院校与迎评创优一样,只是一种手段,是前进道路上必须迈上的一个新台阶,我们要通过这个台阶,减小差距,实现超越,变"跟跑"为"领跑",使学校实现"弯道超车",跨越式发展。

"凡事预则立,不预则废。"我当时代表学校党委、行政提出了创建省级示范性高职院校的"两步走"战略。第一步是2008年11月前,以《关于全面提高高等职业教育教学质量的若干意见》和《高职高专院校人才培养工作水平评估方案(试行)》为标准,巩固和发展人才培养工作水平评估的成果,落实各项整改任务和措施,尽快克服学校建设发展的薄弱点;大力开展以重点专业为龙头、相关专业为支撑的示范性专业建设,促进课程建设,使学校人才培养工作的整体水平再上一个新台阶,为创建省级示范性高职院校打下坚实的基础。第二步是 2009 年完成省级示范性高等职业院校建设方案,全力冲击省级示范性高职院校建设项目,实施建设任务,将我院建设成为办学定位准确、办学条件优良、领导能力突出、教育质量较高、教育改革领先、专业建设成绩显著、办学行为规范的省级示范性高职院校。

"纲举目张,执本末从。"可以说,当时的重头戏就是大力推进课程建设和教学改革。课程作为高职教育的核心,直接影响着高职人才培养的质量,高职教育多年的课程实践已经证明:学科系统化的课程体系已成为我国高职教育课程改革需要摈弃的"顽瘴痼疾",由于高职教育自身特有的职业性、实践性等内在规律,其课程建设也必然建立在整体的、过程导向的职业分析基础之上。早在 20 世纪 90 年代我就远渡重洋赴德国汉堡求学,对德国双元制熟稔于心,了如指掌。当时,国内工作过程导向式及类似的课程建设在理论和实践中都取得了令人振奋的成绩。在我看来,在工作过程导向的学习内容的开发与编排上跳出学科体系,帮助学生获得最受企业关注的工作过程知识和基本工作经验,以满足企业和劳动力市场的需求,已经成为基本的理论共识。工作过程导向的教学改革模式最吸引我的地方还在于,项目课程、任务引领型课程等带有工作过程导向的课程已在实践中得以成功应用和推广,并在课程体系上进行了重构,这种创新具有革命性的意义,代表了今后我国职教课程建设发展的价值取向。

实话实说,当时扬工院对承袭于中专校的教学模式多少有点"敝帚自珍"的意思。最大的问题在于课程建设情况与建设省级示范性高职院校目标还有相当大的差距,给我最深刻印象的问题主要有课程体系还没有完全脱离三段式;课程内容学科性太强,应用性、实践性、职业性不足;教学方法上仍习惯于课堂讲授,过分强调知识的系统性和连贯性;教学手段过于陈旧,现代教育技术在教学中应用不多;课程质量标准还没有建立,评价标准不尽合理;教材建设滞后于教学内容的改革等六个方面。

亦步亦趋,人云亦云显然是没有出路的。虽然扬工院顺利以优秀等级通过教育部人才培养水平评估,但是,我一门心思地琢磨如何通过推进教学改革来提高教师教学能力和教学水平。那几年扬工院因发展需要大量进人,大都是从校门到校门的本科、硕士毕业生,缺乏工程实践经验,更缺乏职业教育的教改意识。存量教师中,大都是习惯性地沿袭中专校的那一套,对新理念、新方法学得不多,日常教学中还是"以不变应万变"的多,以"新瓶装旧酒"赚吆喝的也大有人在。评估中暴露出来的"教师教得很辛苦,学生学得很疲累,学习效果却很差"的尖锐矛盾和现实短板,到了亟待弥补的地步。一个大胆的想法在我心中酝酿,在和曹雨平书记和其他班子成员碰完头后,我心里已经有了计较。

陶行知先生说:"最有价值的知识是关于方法的知识。""好的先生不是教书,不是教学生,乃是教学生学。"话虽然如此,但谈何容易。那个时候对于教学改革,很多教职工甚至部分中层干部都是有抵触心理的。扬工院升格以后忙了三年多以优秀等级通过教育部的人才培养水平评估,许多人滋生了"刀枪入库、马放南山"的麻痹思想,有的人甚至有"船到桥头车到站"的躺平思维,更有甚者认为现在教得好好的,推动教学改革纯粹是没事找事。

"决不能打无准备之仗!"拿定主意后,我利用寒假开展了一系列准备工作,一面进行了深入广泛的调查研究,一面联系邀请国内一大批职教领域的顶尖的大专家,"工作过程系统化教学改革"已经箭在弦上,蓄势待发了。我当时的主要考虑是构建以工作场所职场性、工作活动实践性、工作层次基础性、工作要求规范性、工作环境综合性、工作团队合作性等为特征的高素质技能型专门人才的培养模式,必须实现由学科型向技能型的转变。我下定决心给广大教师"换换脑筋",要在先进高职教育理论指导下,大力开展课程建设,勇于创新,按照职业实践的逻辑顺序,建立适应职业岗位(群)的学习领域和以项目课程为主体的模块化课程群。

三

2008 年新学期,开学之初,我找来分管教学的秦建华副院长和教务处傅伟处长布置邀请专家来校开展系列教改讲座的事情。傅伟闻令而动,开始紧张的讲座筹备工作,扬工院由此吹响了教学改革"集结号"。

"人要学会换脑筋,学校发展绝不能慢。"扬工院召开了为期3 天的 2008 年工作会议。曹雨平书记把 2008 年确定为扬工院推进各项改革、深化内涵建设,全面提升办学水平的关键之年,并掷地有声地动员全体教职工要以"改革创新的精神状态、求真务实的工作作风,切实抓好各项工作的落实,为争创省级示范性高职学校奠定坚实的基础"。我在会上对即将开始的教学改革及专家培训进行吹风和动员,提出要以教育教学改革为动力,让教师们"开开眼界""换换脑筋""鼓鼓干劲",从而全面提升教育教学质量。

秦建华副院长围绕专业建设是重点、课程改革是关键、教材建设是支撑三个方面,就高职教育教学改革工作做了专题发言。在为期三天的会议中,与会人员分成三个组进行了充分热烈的讨论。组织部部长陈大斌、教务处处长傅伟和化工系主任沈发治代表各个小组做了表态发言,起到了良好的效果。

扬工院利用两天时间围绕"工作过程系统化导向的教学改革",采用高强度、高密度的高端专家讲座"密集轰炸",在教师间掀起了一阵强烈的"头脑风暴"。

3月22日下午,教学改革的"饕餮盛宴"正式开启,两位全国知名专家分享智慧。我国著名职教专家、中国职业教育学会课程理论与开发研究会秘书长、中德职教师资进修项目协调员、教育部职教研究所研究员吴全全女士,以《课程改革与职教教师专业化发展》为题,进行了深入的学术报告。吴全全研究员长期致力于职业教育师资、职业教育比较、职业教育课程及教学研究,参与了"面向21世纪职业教育课程改革与教材建设规划"等项目。她从职业教育教师动态发展观、教学目标、课程演变及课程观、基础观、价值观、实践观、能力观等多个角度,对基于工作过程导向的职业教育教师成长路径进行了详尽阐述。

全国著名职业教育专家、国家级教学名师、成都航空职业技术学院院长助理李学锋教授,应我邀请,做了《基于工作过程导向开发高职课程体系》的专题讲座。李学锋教授结合自身实践,着重阐述了校企合作、工学结合的"3343"课程开发模式,强调通过"做中学,学中研,研中做"的循环,打造出基于工作导向的人才培养方案。这一方案在课程体系、课程内容、教学模式等方面都引发了颠覆性的变革,同时也对教师提出了新的挑战。

3月23日,全体教师迎来了另一位教育大咖——教育部职业技术教育中心研究所所长、《中国职业技术教育》杂志主编、著名职业技术教育专家姜大源教授。他以《关于职业教育课程改革与实践》为题,进行了深入的专题报告。我亲自主持了此次报告会,学校大学生活动中心三楼报告厅座无虚席,场面壮观。

这里多点笔墨介绍一下姜大源。他出生于湖北武汉,毕业于清华大学自动控制系,是一位在职业教育领域具有深厚造诣的学者。他在德国亚琛工业大学深造,并曾担任中国驻德国大使馆教育处二等秘书、一等秘书,以及教育部中国留学服务中心柏林分中心主任(参赞)和教育部职业技术教育中心研究所教学过程研究室主任等职务。

姜大源对职业教育的研究深入且广泛,他将职业教育作为一种教育类型,对其本质特征予以深刻剖析。他提出了基于职业属性的专业观、基于多元智能的人才观、基于生命发展的基础观、基于能力本位的教育观以及基于工作过程导向的课程观。在此基础上,他从课程开发要素、课程结构类型、课程发展指向等方面,明确了课程开发的两个标准:课程内容选择标准和课程内容排序标准。

姜大源进一步通过多个典型案例,详细解说了工作过程导向课程开发的基本原则和方法。为了让老师们更好地理解和操作,他提出了工作过程导向课程开发的基本路线。他的讲座反响热烈,深受老师们欢迎。

当天下午,全国著名职教专家、邢台职业技术学院副院长刘彩琴教授亲临扬工院,做了题为《示范性高职院校与课程转型的实践与思考》的学术报告。刘教授的演讲在在场所有人心中激起了深深的思考。她所阐述的五个观点,不仅深刻体现了她对高职教育理念的深度理解,更是对我国高职教育发展方向的精准掌控。刘教授以先进教育理念为引领,构建了高职教育人才培养的能力体系。这一观点强调了教育理念在实践中的引领作用,也为我国高职教育人才培养明确了路径。她强调,能力体系的建设既需要理论指导,更要有实践操作,这呼唤着我们高职教育工作者不断探索,勇于创新。她倡导的"能力中心型"教学体系,强调职业能力的训练,是对高职教育模式的重要创新。这一模式将教学重心置于学生能力的培养上,使学生在学习过程中,不仅掌握专业知识,更能在实践中提升职业能力,为未来的职业生涯奠定坚实基础。此外,她积极倡导创建具有鲜明特色的高职教育模式,这是对我国高职教育特色的突出强调。她主张,每个高职院校都应依据自身特色,创新教育模式,为学生提供更加契合市场需求的教育。因此,刘教授强调要全方位营造有利于学生关键能力养成的育人环境。她认为,我们需要在校园环境中融入职业教育理念,让学生在潜移默化中提升关键能力,为他们的未来发展做好准备。

在讲座的最后,刘教授语重心长地建议扬工院尽快建立高效的扁平化组织机构,为省示范性职业技术学校建设提供组织保障。她认为,高效的组织机构是实现教育目标的重要保障,我们需要不断优化机构设置,提高工作效率,以更好地服务于高职教育的发展。在我看来,总体而言,刘教授的讲座为我们提供了宝贵的教育经验,也对扬工院的发展提出了很多靠谱管用的建议。作为高职教育管理者,我意识到这个讲座很及时,对教职工深入学习、理解并贯彻这些理念,起到了很好的促进作用。

紧接着,来自深圳职业技术学院的宋荣老师对基于工作过程的教学过程设计进行了深度剖析。他着重强调,教学过程设计应以培养学生实践能力为核心,紧扣工作过程,以项目为导向,让学生在实践中消化专业知识,提升职业技能。他进一步解读了基于工作过程的教学模式,包括项目驱动、案例教学、角色扮演等多种形式,旨在激发学生学习兴趣,培养学生解决问题的能力和创新能力。

在报告的尾声,宋荣老师分享了他在基于工作过程导向的课程开发过程中的心得体会。他认为,教师在课程开发中应坚守教育理念,关注学生个性化发展,充分挖掘学生的自主学习潜能。同时,他鼓励教师们勇于创新,不断探索适应我国国情的职业教育发展之路。

此次报告会在全校教师中引发热烈反响,大家纷纷表示,宋荣老师的精彩讲解让自己受益良多,对基于工作过程导向的课程开发有了更清晰的认识,对未来的教学工作具有极大的启发意义。报告会的成功举办,也为我校进一步推进基于工作过程导向的课程改革,探索工学结合的人才培养模式提供了有力支持。

打那以后,扬工院校陆陆续续邀请相关领域的专家学者,通过各类培训和研讨活动,提升教师的教育教学水平,推动学校教育事业的发展。扬工院的老师们在这些先进理念的引领下,一步一个脚印,不断加大改革力度,以工作过程为导向,深化课程改革,为学生提供更加符合社会需求的优质教育资源,为扬工院的事业发展贡献力量。

四

离开扬工院已经整整 10 年了,很多事情现在想起来依然历历在目,记忆犹新。我至今还清楚地记得,当时亲自抓的几个重点工作,都取得了很好的成效。比如,建设校级示范性专业。众所周知,专业建设是高职院校发展的龙头,集中体现了学校发展的方向和水平,也是一所学校地位和特色的主要标志。当时我提出扬工院专业建设的重点是以特色、品牌专业为龙头的示范性专业建设。2008 年扬工院首批建设了 6 个示范性专业,分别为沈发治主持的应用化工技术专业,张文英、陈锁金主持的工业分析与检验专业,袁强、傅伟主持的化工设备维修技术专业,钱静主持的电气自动化技术专业,张理晖主持的建筑装饰工程技术专业和吕著红主持的市场营销专业。我还根据高等职业教育专业人才培养的要求和示范性高职院校的标准,在进一步拓宽专业口径的基础上,继续推进人才培养模式改革,大力倡导以能力为本位的人才培养模式,培育若干优势明显、特色鲜明的专业群。重点建设办学理念先进、产学结合紧密、改革成绩突出、基础条件好、队伍实力强、特色鲜明、就业率高的专业。以重点专业为基础,形成基本覆盖生产、建设、管理、服务一线主要技术岗位的重点专业领域,以此带动扬工院专业建设和发展。

"兵马未动,粮草先行。"办学有时候和行军打仗的道理一样,要做好保障工作。到了 2008 年,虽然新校区建成了,但扬工院也是债务在身(那个时候,"无债一身轻"的高职院校凤毛麟角)。"当家方知柴米贵。"尽管手头不是很宽裕,我还是下定决心秉持高标准、高起点、高效益、实用性、生产型和职场化的原则,每年投入 1 000 万元,补充和不断扩大实训室的规模,提高装备水平,进一步完善化学工程实训中心、应用工程实训中心功能,重点建设机械工程实训中心、建筑工程实训中心和电子工程实训中心,逐步建设经贸实训中心,营造职场化实训氛围,在示范性专业率先实现实验仪器设备值生均 1 万元;以现代分析测试中心为示范,将化学工程实训中心建设成为省级高职教育实训基地;充分发挥校内实训室在教学科研中的作用,主动向学生开放,积极同行业、企业挂钩,为企业提供服务,使之成为企业科研、试验、职工培训和提高学生实践能力的基地。进一步建设稳定的校外教学实践基地,继续探索、完善校企合作的实践教学模式,建立一批工学结合的示范性校外实训基地,提高实践教学质量。此外,进一步加强图书资料建设,我也挤出经费,每年投入100 万元,新增图书资料 3 万—5 万册,提高生均图书拥有量。同时充分发挥校园网的作用,积极引入电子资源,实现资源共享,提高利用率。

这里我想起了一件往事,2008 年 4 月,为贯彻教学大会精神,推动教育教学改革落在实处,曹雨平书记带一队中层干部和专业与课程负责人南下改革开放的前沿广东省深圳市开展调研,重点走访调研了深圳职业技术学院和深圳信息职业技术学院两所高职院校。我带一队中层干部和专业与课程负责人前往四川学习调研,主要到四川工程职业技术学院和成都航空职业技术学院取经,交流学习让大家收获很大。记得我们这一队是4 月 11 日从成都返回南京再回到扬州。短短一个月后的 5 月12 日 14 时 28 分在四川汶川县发生 7.8 级强烈地震,且余震不断,灾害已波及德阳市。"一方有难、八方支援。"扬工院立即向四川工程职院和成都航空职院两所兄弟院校发出慰问信,表达真挚的慰问,并表示扬工院随时愿意伸出援助之手,与他们一起克服困难、战胜地震灾害!扬工院还以向汶川灾区捐款和交纳特殊党费等形式,与地震灾区的同胞共渡难关,灾后重建!

政策是在决策或处理问题时指导及沟通思想活动的方针。2008 年 5 月 28 日,扬工院召开了党委理论学习中心组扩大会议,认真学习贯彻江苏省教育厅下发的《省教育厅关于高等职业教育课程改革与建设的实施意见》(苏教高〔2008〕15 号)和《省教育厅关于进一步加强高等职业教育人才培养工作的意见》(苏教高〔2008〕16 号)文件精神。我做了题为《坚定信心深化改革持续推进学院教学改革工作》的文件精神解读报告;曹雨平书记对文件精神的学习和贯彻落实提出了具体的要求;教务处傅伟处长在会上通报了学院教学改革进展情况。全体院领导、中层干部和教研室主任出席了会议。

曹雨平书记号召全校广大教职工,提高认识、统一思想,要把认真学习贯彻苏教高〔2008〕15、16 号文件精神作为当前一个时期首要工作任务。各系部要以教研室为单位,组织广大教师认真学习文件精神,全面理解文件内涵,准确把握文件实质,拓宽工作思路,创新工作方法,全面推动学院教育教学改革向纵深发展。

随着两份文件的出台,我敏感地意识到在江苏省高等职业教育改革与发展取得阶段性成果的基础上,两份文件对我省高等职业教育的发展提出了新的更高要求,也为学院的教育教学改革与发展指明了方向。两份文件内涵丰富、理念先进、可操作性强,符合当时高等职业教育发展的潮流。

当时,扬工院以工作过程系统化课程开发为基础,已启动了七个专业的教学改革试点工作和十三门课程的新课程建设工作;正按照苏教高〔2008〕15、16 号文件精神,着力推动专业建设、课程改革与建设,全面提高人才培养工作水平。实践证明,开展专业教学改革试点工作是改革高职人才培养模式,提高教师队伍素质,培养学生动手能力,提高人才培养质量的有效途径。为进一步深化我院教学改革,提高办学水平,促进学校的可持续发展,扬工院决定在 2009 年启动第二批专业教学改革试点工作。坚持"以服务为宗旨,以就业为导向,走产学研相结合的发展道路"的办学指导思想,选择试点专业开展以提高人才培养质量为目的,人才培养模式改革与创新为主题的专业教学改革试点工作,建设一批条件优良、改革领先、特色鲜明的示范专业,以全面推动我院教育教学的改革和发展。经批准开展教学改革试点工作的专业,学校都给予了 2 万元的专项建设经费支持。2009 年 3 月 17 日下午,在图文信息大楼小报告厅召开了扬工院第二批教学改革试点专业立项建设答辩评审会。秦建华副院长主持了答辩评审会,我担任评审组专家组长。在答辩评审会上,七个申报第二批教学改革试点专业立项建设的专业负责人向评委汇报了申报专业的基本情况、改革的社会背景与行业背景、社会对专业人才的需求情况、改革的目标与指导思想、改革方案及模式等情况;并回答了各位评委的现场提问。最后,经九位评委综合评议,精细化学品生产技术、机械设计与制造、应用电子技术、建筑工程技术和文秘五个专业通过评审,并经院长办公会批准被确定为学院第二批教学改革试点专业进行立项建设。扬工院决心在政策和资金等方面对试点专业进行重点扶持,以推动试点专业教学改革顺利实施。后来的实践证明,首批教学改革试点专业经过两年多的建设,在专业定位、人才培养目标、人才培养模式、课程模式、教学模式、师资队伍建设、教学条件建设等方面取得了显著成效,教学质量明显提高。特别值得一提的是,在以工作过程系统化为引领的专业建设与改革中形成了基于工作结构的课程体系、基于工作任务的课程内容、基于学习情境的教学方式、基于学习过程的评价标准,凸显了高等职业教育特色,提高了人才培养的水平,将扬工院以"质量工程"为主题的内涵建设进一步推向更高层次,为扬工院实现全面、协调和可持续发展奠定了良好的基础。

此后几年,扬工院教学工作面临的压力与挑战依然不小,摆在面前的建设与改革任务仍然十分艰巨。但让我颇感欣慰的是,全校师生员工都积极行动起来,变被动为主动,化压力为动力,视挑战为机遇,同心同德,扎扎实实做好教学改革工作,扬工院以立项建设16门教学改革课程为抓手,为构建以能力培养为本位,以培养学生的专业技能和职业综合素质为着眼点,以职业实践为主线,以项目课程为主体的模块化专业课程体系,推动教学方法、教学手段的改革和教材建设工作,深入实施工学结合的人才培养模式改革;以职业岗位群的需要为依据,建立由专业技术课、实践技能课与素质教育课三大课程模块组成的职业能力型课程体系,彻底摒弃学科型的三段式课程体系,极大地提高了教育教学质量,取得了实实在在的高水平教改成果,其中,以曹雨平、秦建华、傅伟、沈发治、陈锁金为主要完成人的"以工作过程系统化为导向的化工类高素质技能型人才培养模式的探索与实践"项目获得了2009年江苏省高等教育教学成果一等奖,为创建省级示范性高职院校奠定了坚实的基础。

印象·"扬州工"

一个民族的复兴始终以文化的兴盛为强大支撑,而一个时代的进步也总是以文化的繁荣为鲜明标识。扬州,这座因工而美、因产而兴的城市,以其独特的工匠文化成为家喻户晓的典范。"天下玉,扬州工"的佳话世代流传,扬州玉雕、漆器、雕版印刷等行业优秀工匠代不乏人,他们以实际行动诠释了"执着专注、精益求精、一丝不苟、追求卓越"的扬州工匠精神。

一

2023 年 10 月 23 日,扬工院"扬州工"文化传承与创新基地成为江苏省社科普及基地。作为一名与扬工院有着数十载深厚情缘的省社科联党组书记,我深感这份荣誉来之不易,同时精神也为之一振,我有幸见证了"扬州工"这张历史名片在扬工院校园焕发新的生机与活力。

高校肩负着文化传承与创新的神圣使命,如何立足社会需求,挖掘优秀文化资源,发挥文化引领作用,是每个高校亟待破解的时代课题。在这一领域,扬工院交出了一份令人满意的答卷。凭借对扬州深厚文化底蕴和学校文化传统的坚守,以及对

"扬州工"文化的深入挖掘、创新与传承,扬工院致力于提升校园文化品质,不断唤醒沉睡的文化记忆。

在未来的发展中,我期待更多的高职院校能够借鉴扬工院的优秀经验,立足本地文化底蕴,发挥文化引领作用,为中华优秀传统文化繁荣和中华民族伟大复兴贡献力量。

提及"扬州工",我们不能不追溯扬州的历史底蕴。熟知这座古城的人皆知,扬州是全国最初的二十四座历史文化名城之一。据《尚书·禹贡》记载,上古时期洪水肆虐,大禹受舜之命治理水患,将天下划分为九州,扬州便是其中之一。公元前486年,吴王夫差北伐齐鲁,开凿邗沟、修建邗城,沟通江淮,扬州自此载入史册。两汉时期,扬州屡次成为诸侯国都城。隋唐时期,隋炀帝曾短暂迁都扬州,而有唐一代更有"扬一益二"的美谈,足见当时扬州的繁荣昌盛。北宋时期,扬州延续唐之辉煌,节制淮南十一郡之地。至清朝康雍乾时期,扬州盐业迎来空前繁荣,税收占清廷半数。

扬州,这座古老而悠久的名城,因水而生、因水而兴、因水而美。作为一座东方千年水城,水元素贯穿了扬州2 500年的历史文脉,也为现代扬州注入了源源不断的生命力。水的灵动与温婉赋予了这座城市精巧雅致的风格。在两千多年的历史长河中,扬州数度辉煌,成为区域乃至全国的经济和文化中心,手工业昌盛,经济繁荣,文教兴盛。然而,历史上扬州亦屡遭创伤,城池荒废。因此,现代国学大师钱穆曾言:"瓶水冷而知天寒,扬州一地之盛衰,可以觇国运。"扬州的兴衰与中华民族的命运紧密相连,在中国城市发展史上,鲜有城市能与扬州相提并论。

"三分天下月色,二分独属扬州。"扬州,一幅流动的水墨画,岁月洗礼中,愈发显得韵味十足。这座因水而生,更因运河而兴的城市,具有独特的文化气质。作为扬州历史文化的重要组成部分,扬州传统工艺以悠久的历史、齐全的品种、精湛的技艺和鲜明的地域特色闻名于世,"扬州工"文化便是其典型代表之一。

"扬州工"的文化源头可追溯至先秦时期。据记载,扬州的琢玉历史可追溯至约 5 000 年前的夏朝。1977 年,扬州蜀冈出土的新石器时代墓葬中,发现了玉璧、玉琮等器物,为这些历史记录提供了实物佐证。此外,高邮龙虬庄新石器时代遗址出土的玉璜、玉玦、玉管等玉器,将扬州的琢玉历史提前了 1 300 多年。扬州漆器则起源于战国,兴于秦汉。

汉代时,扬州的漆器、玉器、铜器等产品生产已颇具规模,玉雕工艺技术也出现了历史上的第一次发展。扬州出土的汉代墓葬玉器,品类丰富,造型奇特,刀工简约,展现了当时的高超技艺。

唐宋时期,扬州玉雕进入鼎盛期,青铜镜、金银饰品、漆器、玉器、雕刻、刺绣、绒花等工艺美术品成就最高。元代,錾胎珐琅生产兴起,山子雕产品问世。明代,扬州创立了百宝镶嵌、软螺钿镶嵌(现称"点螺")、剔红雕漆等名贵漆器新品种,形成了特有的艺术风格。

清代,扬州工艺品生产迎来了巅峰。乾隆时期,朝廷设立"扬州玉局",从新疆和田运送珍贵的玉料至扬州,由扬州师傅雕琢成贡品。其中,一件大型玉雕《大禹治水图》在乾隆五十九年(1794)进贡给朝廷,其雕工精美,被誉为"世界玉器之王",受到乾隆皇帝的赞誉。因此,人们将扬州精湛的琢玉技艺称为"乾隆工"。由于和田玉是玉料中最好的一种,扬州琢玉技术又最为出色,于是"和田玉,扬州工"在业内流传开来。后来,"天下玉,扬州工"的说法,不仅成为业内共识,更成为全国公认的"现象级"扬州特色文化。

尽管1855年,黄河改道导致大运河淤塞,扬州失去了漕运交通枢纽的优势,商业逐渐萧条,但千年文化传承,"扬州工"依旧光彩夺目。20世纪初,"谢馥春"香粉、"扬州酱菜"、"扬州漆器"荣获巴拿马世博会大奖,成为扬州走向世界的文化名片。

如今,千年传承延续,"扬州工"的技艺已超越了玉石雕刻的范畴,涵盖了漆器制作、雕版印刷,和富有地方民俗特色的三把刀制作技艺、茶点制作技艺、刺绣,以及古典审美的园林营造技艺、盆景技艺、剪纸等。"扬州工"广泛应用于扬州各行各业的绝技、手工艺,成为赞美扬州手艺的代名词。

世界主要博物馆大都有扬州漆器传世作品。如故宫博物院已知20余件,南京博物院已知4件,上海博物馆、中国历史博物馆、洛阳博物馆、避暑山庄以及日本、英国、美国等国家的博物馆均收藏有传世扬州漆器。北京故宫博物院所藏6件大型玉器,均出自扬州名匠之手,享有"扬州琢玉,名重京师"的美誉。《关山行旅图》《云龙玉瓮》《丹台春晓》《大禹治水图》等名作,见证了扬州工艺的辉煌。

这里插一句,2008年北京奥运会发生的一件有纪念意义的事情。扬州生产的3 030枚玉环,完成了奥运奖牌的最后一道工序——"金镶玉",这标志着青海玉料与扬州雕工、上海铸造的一次完美结合,奖牌的设计惊艳了奥运史。

2010年上海世博会江苏馆的镇馆之宝——玉雕《螳螂白菜》,一经展出便惊艳世人。此作品鲜嫩菜茎紧密相裹,流畅自然,菜根粗须缠绕,错落有致,白菜叶子薄如蝉翼,舒卷自如。尤为引人注目的是,白菜上的两只螳螂生动逼真,犹如点睛之笔。这件佳作由工艺美术大师江春源及其徒弟时庆梅耗时四年合作完成。

二

扬州,延续着千年的文化传承,向世界展示着独特的魅力。其中"扬家匠"的工匠精神融合了匠心、匠术和匠德三者。匠心是对职业的高度认同,表达出安于做一名工匠的志愿;匠术则是基于技术、技能运用所追求的合理、科学的技巧;匠德则体现为对职业的专注,敬业且有成就。本质上,扬州工艺所涵养的正是这种对中国传统工匠优秀品质的虔诚敬畏,对制造过程的精益求精,以及对从业底线的遵循坚守。比如,扬州玉雕、漆器制作和雕版印刷等技艺享誉世界。每一件精致的扬州工艺作品,都源于工匠们精湛的手工技艺。扬州玉雕设计独特,做工精巧,造型剔透;漆器制作色彩鲜艳,造型华贵,格调清新;雕版印刷字体优美,排布工整,用墨均匀,纸张洁白。扬州工艺具有技法丰富、技艺难度高、工序复杂和耗时长的特点。当代漆器大师、扬州工匠张来喜先生的作品《笔海》色彩明艳,雕刻精美,造型庄重典雅。张大师手工制作历经四道工序,耗时三年方才完成。

　　扬州一直以来都有一批学者和工艺美术界的业内人士,致力于研究、整理和宣传扬州工艺这笔宝贵的精神财富。然而,遗憾的是,至今仍缺少一个能让"扬州工"文化在理论体系上落地生根的土壤。高职院校作为工匠精神传承的主阵地,理应承担起让"扬州工"发扬光大的责任。

　　2007年,我从南理工调任扬工院院长。在扬州生活期间,我曾无数次漫步扬州东关古街、古宅园林、小巷深处,感受着岁月的年轮,抚摸着时间的脉络,体味着扬州昔年的繁华。我为扬州精致的生活工艺品以及精益求精的"扬州工"所震撼。在此期间,我将校园文化建设视为头等大事,并尝试引入扬州非遗。例如,建工学院的张苏俊院长就曾向我提议将扬州古园林、扬州古建筑、园艺设计等非遗元素引入专业文化建设中。然而,相关工作仅开了个头,我便调任徐州,令人遗憾。离开扬州的这些年,我仍关注着扬工院。欣慰的是,刘金存书记、孙兴洋院长以及陈洪书记、倪永宏院长几届班子坚定不移地围绕"扬州工"特色校园文化建设展开探索。经过他们不懈努力、开拓创新,"扬州工"文化品牌在扬工院落地、生根、开花、结果,时至今日已经蔚为大观。

　　概而言之,扬工院以"扬州工"文化为核心,实施了三大策略:

　　首先,高起点规划,使"扬州工"文化贯穿于人才培养的全过程。扬工院巧妙地将"工匠精神"融入校园文化建设,通过与扬州市社科联合作,刘金存书记担纲成立了扬州市"扬州工"文化研究中心,倪永宏院长还领衔主持完成省社科联"扬州工"文化的重点课题,积极开展文化研究。此外,还设立了"扬州工"文化研究所,整合校内外专家资源,对扬州地方传统技艺、美术、运河水利工程、工业制造、饮食文化等进行深度探究,为"扬州工"文化建设提供了有力的智力支持、理论基础和专业支撑。

其次,高标准建设,使"扬州工"文化焕发活力。通过打造文化地标、保留文化记忆、升级专业文化、设立文化展厅、丰富文化体验,让"扬州工"文化变得可触可感,充满生机与活力。结合各二级学院的专业特点,聘请校内外技能大师,建设技能大师工作坊,特别是引进具有扬州传统工匠技艺和现代工业技能的人才,指导学生进行技能训练。

最后,高质量推进,让"扬州工"文化"活态化"传承。通过文化实践活动提升文化认同,服务地方高质量发展,将"扬州工"文化融入日常,让师生与历史对话,与传统共鸣,使文化自信扎根于心。近年来,扬工院聘请扬州历史文化学者和文化艺术专家为兼职教授,开设地方文化讲座和培训,鼓励教师开设与扬州地域文化相关的选修课程,如文化遗产概览、戏剧鉴赏、玉雕加工与鉴赏等,让师生在愉悦中学习扬州历史文化。

尤为让我印象深刻的是,扬工院建立了扬州八怪艺术实践基地,为学生提供了一个体验和实践传统文化的平台。基地设有多个功能区,每个区域都有独特的版式、色调和光线设计,以代表性作品为背景,营造出诗、书、画、印相得益彰的文化氛围,让学生在体验工作中感受扬州厚重的历史。

此外,扬工院还通过建设特色文化展厅、扶持文化社团、设立文化实践基地,开展"一届扬工人、一世扬州情"系列活动,传承扬州的文脉和精神。依托扬州地方红色资源,精心打造"红色故事宣讲大赛""信仰故事汇"等校园红色文化精品。因此,扬工院荣获全国职业院校校园文化建设"一校一品"称号,并被批准为全国职业院校"非遗教育传承示范基地"和"传统技艺传承示范基地"。

"知行合一,行胜于言。"扬工院积极开展主题鲜明的实践体验活动,以"扬州工"文化实践体验为主线,围绕文物古迹等内容,组织大师工匠寻访和文化考察活动,激发学生深入了解扬州、热爱扬州、融入扬州的深厚情感,以及扎根扬州干事创业的热情。

三

用学术讲好"扬州工"文化。扬工院不仅在实践体验方面下功夫,还注重从理论层面加强"扬州工"文化的研究。2021年,由刘金存、倪永宏、徐华等人主编的《"扬州工"文化概论》出版,成为扬州首部关于"扬州工"研究的教科书式的理论著作。该书内容不仅与学校人才培养目标高度契合,名称与之相符,还为高职院校在教学、科研、人才培养等领域,汲取地方文化优秀元素,转化为优良办学成果,探索出一条新途径。

我随手翻开《"扬州工"文化概论》,大运河、五亭桥、东关古渡、扬州八怪等鲜明地域特色跃然纸上,浓郁的传统文化气息扑面而来。全书分为七大章节,分别从"扬州工"的起源、代表人物、传承与发展等方面展开介绍。这是首次以"扬州工"文化为研究主体,梳理了"扬州工"文化的历史发展脉络,介绍了扬州漆器、玉器、剪纸、古琴、雕版等十余个文化典型代表。有助于读者更好地领略"扬州工"文化的内涵和特征,启发学生深入理解"扬州工"文化,学习历史上扬州的"工匠精神"。

据"扬州工"文化建设顾问、扬州大学华干林教授透露,为撰写该书,编写团队付出了巨大努力。他们多次走进扬州双博馆、图书馆,探访市井小巷,拜访工艺美术大师、非遗传承人,并邀请地方学者专家指导编写。"全书立足优秀传统文化和地域文化,阐述了'扬州工'的文化源起,明确其概念,列举其内容,深入挖掘其内涵。"编委孟跃对此印象深刻,特别是在"巧手匠心通市井"章节,详细介绍了与生活相关的"扬州工",如扬州三把刀、折扇、刺绣、通草花等。

"本书中许多内容是学校教师带领学生实地走访获得的一手资料。"倪永宏院长对书稿编著的过程如数家珍,并由衷地赞叹道:这本充满"扬州味"的教科书,不仅瞬间拉近了大学生与第二故乡的距离,还在他们心中播下了"磨技艺、守匠心"的种子。许多学生在拿到教材后表示,"教材中对扬州的详细介绍给人留下深刻印象,有机会一定要实地去看看,未来或许会成为我们的从业方向"。独具匠心的是,教材在每个章节末尾都设有"课后作业",如在《大运河和运河文化》这一节中,要求学生走进东关街,实地调研瓜洲古渡、打卡八怪纪念馆,通过文化寻访,希望学生在体验中有所感悟。

"文化传承是高校的历史使命。挖掘和弘扬'扬州工'文化,既是培育和发扬中华优秀传统文化和民族精神的有效载体,也是实施爱国主义教育的重要内容,对凝练办学特色、涵养校园文化和聚焦思想政治教育等方面具有独特的价值和功能。"本书领衔主编刘金存表示,教材从"扬州工"文化入手,对"工匠精神"培育路径进行了探索。"学校着眼于紧扣知识传播和素养提升理念,将文化传承、职业素养和工匠精神培育的内容与读者的文化实践、生活关切、自我感悟等结合起来,对涵养文化自信和工匠精神具有引领作用。"

以文化人,以德润心。我深信在扬工院的传承发扬下,"扬州工"文化这块金字招牌将更加光彩夺目。在"扬州工"文化品牌的助力下,一批批怀揣梦想、坚守匠心的扬工院学子必将肩负起传承"扬州工"文化,争当大国工匠的使命。

夺金密码

　　前段时间,在省社科联办公室,我接待了一帮"老家人"——我曾经担任过院长、书记的扬州工业职业技术学院,新任党委书记陈洪、组织部部长唐明军和宣传部部长周可可一行来拜访我。在交流闲谈中,陈洪书记难掩兴奋地告诉我,2023 年 12 月 6 日,在天津大学落幕的中国国际大学生创新大赛(原中国国际"互联网+"大学生创新创业大赛,笔者注)上,扬工院"小檬侠——粒粒鲜果构建茶饮果业新生态""罐军——引领化工储罐内壁除锈新技术"2 个项目斩获金奖,同时"小檬侠——粒粒鲜果构建茶饮果业新生态"项目在青年红色筑梦之旅赛道中与本科院校同台竞技,取得扬工院在该赛道的历史突破,扬工院也成为本届比赛江苏省唯一荣获红旅赛道金奖的高职院校。值得关注的是,这也是自 2018 年以来,扬工院连续第六年荣获大赛金奖。

　　听到这个消息,我打心底里为扬工院感到高兴,我从媒体报道中也了解到,2023 年的这次大赛含金量十足,共有来自 151 个国家和地区 5 296 所学校的 1 709 万人次报名参赛,参赛项目 421 万个。决赛阶段共有 423 个项目获得金奖,国内 4 支团队、国外 2 支团队参加冠军争夺赛。而扬工院能够蝉联六金,这样的荣誉更是全国高职院校中的独一份。

一

"人非草木,孰能无情。"作为扬工院成长历程的亲历者、见证者和鼓劲者,我对曾经工作过的这所朝气蓬勃的高职院校,心里多几分牵挂也是人之常情。静下心来,我决心找点空闲,花点时间写一写一所升格办学仅20年的高职院校,何以能够从高手如林的国际赛事中脱颖而出,在全国高职院校中独占鳌头,何以能够与众多本科院校"掰手腕",探寻流淌在扬工人血脉里的因"创"而兴,因"新"而成的国字头赛场上的"夺金密码"。

纵观扬工院的发展历程,不难发现,"创新"成了学校一路传承的精神图腾。谈到创新,那是根植在学校的基因里的。1978年,原扬州化工厂革委会主任范祖英,扬州农药厂孙长怡、陈明山等人组成筹建工作班子,靠着东拼西凑而来的3万元家当起步,开始了扬州化工技术学校的办学历程。他们发扬"利用一切力量、不浪费一切资源办学,没条件创造条件"的精神,吃苦在一线,平地起高楼,硬是用3年时间建成了学校的第一幢教学楼。由此,"穷办学、苦读书""艰苦办学,勤奋学习"也成为扬州化工学校的精神源头,激励着扬州化工学校立足宝塔湾、走出黄金坝、迈向扬子津,一次次迈出自我陶醉的"舒适圈",勇闯创业创新"无人区",涵养出"勤奋、守纪、团结、创新"的优良校风,孕育出艰苦奋斗、创新自强的创业精神。

谈到创新,那是浸润在学校办学育人的方方面面的。早在

20世纪90年代,扬州化工学校便提出了以"管理求效益,拼搏求进取,开拓求生存,改革求发展"的奋斗目标,并提出富有战略性的创新举措,即从以课堂为中心转向以市场为中心,从以理论教学为重点转向以培养能力为重点,从传统教学模式转向现代化教学方式,从以教师为主体转向以学生为主体的"三个围绕、四个转变"的办学思想。进入21世纪,学校又提出了"三个围绕、三个面向"的办学指导思想。与此同时,创新的理念和触角深入推动CBE教学改革、"产学研"结合、重视实践技能培养、实施"多证制"、试办高职专业、提高师资素质、推行后勤社会化等方面,重点探索创新职业技术教育的现代化教育模式和教学方法。围绕"职业"和"能力",探索多层次、多学制、多规格、多途径的办学形式和方法,在构造全新的现代化职业技术教育模式和教学机制上起到骨干示范作用,提供有益的经验。

谈到创新,扬州建筑工程学校背后的故事同样精彩。为了中华人民共和国的国防事业,扬州建筑工程学校的创建者们以天为被、以地为床,风餐露宿、隐姓埋名,成为我国第一颗原子弹、第一颗氢弹爆炸成功背后的功臣。此后,他们告别戈壁滩,挺进大西南,拉开了在西南地区建功立业的序幕,为我国第一艘核动力潜艇的成功下水立下汗马功劳。1978年改革开放大幕徐徐铺开,他们又汇聚于扬子江畔的仪征青山,在浩荡奔涌的市场经济大潮中砥砺前行,开启二次创业新征程。1981年,依托数幢破旧厂房和几间仓库,扬州建筑工程学校在一片荒凉的养蚕场中开始了筚路蓝缕的办学之路。几多艰难几多坎坷,其间扬州建筑工程学校几经变迁,甚至还曾面临停办危机,但创建者们还是挺了过来。中华人民共和国的核工业是在艰苦奋斗的道路上成长、壮大起来的,一无所有的戈壁滩、崇山峻岭的大西南,祖国最艰苦的地方都留下了核工业人的足迹,"忠诚坚忍,勤恳简朴"也刻在了扬州建筑工程学校的骨子里。

"不日新者必日退。"成功的机会总会留给善于和勇于创新的人,谁排斥变革,谁拒绝创新,谁就会落后于时代,谁就会被历史淘汰。正是高擎创新大旗,扬州工业学校才能够成为苏中地区唯一的工科类国家级重点中专校;也正是因为坚守育才强国的神圣使命,扬州建筑工程学校才能够博得核工业部的"黄埔军校"的美誉。

二

根据熊彼特和德鲁克创新理论,颠覆式破坏、有组织的创新是推动社会不断发展的根本动力,以创新创业为特征的企业家精神是一切组织必须具备的精神气质。高职院校的一个显著特征是面向市场和产业办学,理应成为创新创业的"生力军",培养具有双创意识和能力的大学生应当成为深化高职院校综合改革的重要方向。为此,2009 年经过集体决策,正式吹响了扬工院创新创业教育的"冲锋号"。那个时候主要是开展创业教育,我记得扬工院涌现出大学生创业三剑客等创业典型,这里姑且称之为双创教育 1.0 版本。

扬工院于 2010 年以"江苏省高等教育人才培养模式创新实验基地"建设为契机,积极开展"基于实践创新能力培养的'333'

实践教学模式的研究与实践"等省部级课题研究,初步确立了
"面向人人、面向岗位",以实践创新能力培养为重点的双创教育
改革思路,并积极开展课堂教学、创新实践、创业孵化的探索。
2010年以后,高职院校根据教育部《关于大力推进高等学校创
新创业教育和大学生自主创业工作的意见》和国务院办公厅《关
于深化高等学校创新创业教育改革的实施意见》,积极推进创新
创业教育改革并取得一定成效。但高职院校在双创教育实践
中,普遍存在文化引领作用不强,双创教育人文涵育功能"缺
位";与专业融合度不深,双创教育与专业教育"脱节";师资教育
能力不足,高质量双创教育遭遇"瓶颈"等突出问题,直接影响了
双创教育改革的持续推进,导致学生双创意识薄弱、能力不强;
双创项目孵化难、水平低。双创教育归根到底是学校人才培养
的一部分,高职类院校在构建双创教育体系的过程中,不能背离
基本的教育规律,尤其是要避免出现双创教育与专业教育"两张
皮"现象。课程作为教育教学的基础单元,也是决定双创教育属
性的生命线。有鉴于此,2013年开始,扬工院提出加强以创新
素质的培养为核心的创新创业教育,这是扬工院双创教育2.0
版本。

2014年,刘金存书记、孙兴洋院长提出以专业素养为基础、
深化以创新素质为核心的创新创业教育,重点放在专创融合教
育上,这可以算得上是扬工院双创教育3.0版本。这里需要多
花点笔墨说道说道。当时,扬工院提出构建双创课程体系时,突
出强调"全方位"融入学校原有教育体系,即探索形成由基础能
力、专项能力和拓展能力三大模块组成的多层次课程体系,推动

"专创融合"不跑调。

了解职业教育的人都知道,高职学生动手能力强,未来工作普遍在一线,尤其是工科学生,在结合生产实践进行技术改造或工艺流程革新方面具有优势。在人才培养过程中,扬工院根据高职人才培养的特点和定位,打造了"基础课程＋成长课程＋实践课程"三层递进的"全方位"双创课程,如开设"创新思维训练与实践""创业基础"4学分的双创基础课,开设"创业财税通"等32门双创成长课,每个专业开设1—2门如"机械产品创新设计"的综合运用专业技能的双创实践课程。

双创教育是一项特别注重实践能力培养的系统工程。为了深化"专创融合",扬工院设立了"创新创业学分银行",并制定了《创新创业实践学分认定细则》,尝试构建了"创新创业实践学分"的积累与兑换机制。学院倡导全面树立"大创新创业"理念,不仅将课题、论文、专利、创业、获奖等视为课堂学习成果,还将双创素质活动、职业资格证书及技能培训等纳入双创实践活动,并为之兑换相应学分。为了实现双创实践能力培养与学校"能力感知—能力精进—能力应用"专业实践教学体系的紧密结合,扬工院打造了"全周期"双创实践教育体系,即"种子计划""青苗计划"和"硕果计划",分别对应创新创业感知、专业能力提升和项目实践成果孵化。

如何构建"全周期"的双创实践活动?怎样将其融入学校的育人体系?扬工院的策略是:依托专业、分类孵化、一站服务。扬工院打造了1.2万平方米的大学生创业园,设有"科技孵化空间""文创孵化空间""电商孵化空间"和"综合孵化空间"等特色孵化器,以及一站式服务大厅、项目路演厅、业务洽谈室、产品展览室等公共服务设施。同时,各二级学院依托专业资源,打造了3D创客中心、非遗创客空间、柴火创客空间等多个专创融合的创客实践平台,形成了"一园四区多平台"的立体化格局。

秉持"春种一粒粟,秋收万颗子"的理念,扬工院积极实施"种子计划""青苗计划"和"硕果计划",分别立项100个大学生技能或双创社团、每年资助100项大学生创新创业训练项目,以及每年立项资助100项"创业雏鹰孵化项目",旨在培育创新创业的种子,让种子生根发芽,以及促进成果孵化。此外,扬工院还设立了一站式服务大厅和创业导师工作坊,为学生提供一站式服务及全过程指导。学院引进多家第三方服务机构和风投机构,为创业学生提供专业支持。特别值得一提的是,对于成功孵化出园的项目,学院会进行长达五年的跟踪辅导,确保指导服务"不断线"。

扬工院深知双创项目孵化离不开企业、政府等社会力量的参与,因此与产业园共建特色产教联盟,撬动政府政策和资金支持,形成"区园企校共发展"的办学特色。扬工院遵循《国务院办公厅关于深化高等学校创新创业教育改革的实施意见》,致力于建立健全课堂教学、自主学习、结合实践、指导帮扶、文化引领五位一体的创新创业教育体系。

在双创教育研究与实践的基础上,扬工院充分利用数千年的"扬州工"精神所孕育的独特的扬州工程、工艺与商业文化,探索文化引导学生双创价值取向、思维认知和行为规范的方法。双创学院逐步明晰了以文化浸润为引领,以双创教学与实践为重点,以师资建设为关键的双创教育改革思路,并出台了《扬州工业职业技术学院深化创新创业教育教学改革实施方案》。

自 2019 年起,扬工院将双创教育提升至 4.0 版本,重点打造浸润"扬州工"文化的"三全三融"双创教育品牌,实现课程、实践、校企合作的全面融合。以此为依托,学院构建了"全链条"的项目孵化机制,实现了与产学协同育人的办学体制机制有机融合。

通过与扬州市人社局、科技局等多部门联手,打造了扬州市创业孵化基地和创新创业培训示范基地,进一步拓展了学校双创人才培养的支持体系。据统计,超过 4 000 名毕业生选择在扬州就业创业,其中自主创业者达数百人。为更好地为扬州双创人才培养服务,我们与扬州市双创办合作,针对建筑、机械等行业中小微企业开展双创培训,累计培训职工数万人。

通过与政府共同创建"就创业服务指导站",将双创资源向全市创业者开放。作为"全国高职高专院校创新发明教育基地",扬工院牵头组建了"扬州市职业学校创新创业实践教育联盟",为扬州市创新驱动发展战略提供了有力的智力支持和人才支柱。

通过深化政企校合作,学校与扬州市政府共同出资 1 000 万元设立了双主体百分百创意产业园,园区面积达 2.1 万余平方米,入驻创客企业 135 家,吸纳就业 1 223 人,实现总产值 3.16 亿元。园区内教学培训中心、创业实践中心、导师工作室高效运营,为学生专业实训、顶岗实习、就业创业以及教师企业实践、科技服务提供保障,并实现校内、校外创业园的互动。

总的来说,扬工院在"十三五""十四五"事业发展规划以及第三次、第四次党代会上,都将双创教育作为重点工作,始终强调深化创新创业教育改革,打造专创融合育人新模式。2017年,扬工院在省内率先成立独立教学单位——创新创业学院,统筹全校双创教育;双创学院院长兼任教务处副处长,汇聚双创教育合力;构建了学校统筹、部门协同、二级学院主导、专业落实的双创教育的"四级联动"运行机制。

在学校层面,扬工院深入挖掘"扬州工"文化,凝练出"精致、独特、创新"的校园双创文化内核,系统构建了尊重、支持双创教育的政策、机制和环境,引领学生学技术、思创新、谋创业。

在专业层面,扬工院升级以"扬州工"为核心的专业文化,建设扬州八刻、儒商文化等 8 个专业文化展馆,聘请扬州技术技艺大师等担任双创导师,传承"精益求精"的工匠精神,引领学生立匠德、树匠心、砺匠术。

在课程层面,扬工院秉承"扬州工"文化,获批出版江苏省重点教材《"扬州工"文化概论》,开发建设了扬州园林赏析等 5 门课程,在专业课程中增加扬州建筑、扬州工艺、扬州制造等体现"扬州工"文化的模块以及数字化教学资源,塑造"匠心独运"的价值追求,引领学生勤于工、精于技、敢于闯。由此可见,"扬州工"文化的有效浸润,塑造了学生"善学、敢闯、会创"的精神特质。

具有开创意义的是,扬工院人才培养方案明确了双创教育目标和质量标准,以专业能力培养为基础、以创新素养培养为核心,将"全方位"双创课程融入课程体系、"全过程"双创训练融入实践体系、"全周期"创业孵化融入校企合作育人机制，"学做创赛"相结合，形成了"三全三融"的双创育人新模式。客观地看，"三全三融"纵向上双创教育结构清晰、要素完整、内容全面，横向上双创教育与专业教育一一对应，联系紧密、有机融合，在知识传授、能力培养、素质提升和文化熏陶等方面实现了有效衔接，凸显了双创教育，为专创深度融合提供了新路径。

遵循"行业发展趋势、技能创新要求、典型创业经验"的思路，扬工院出台了专创融合课程建设与管理办法，研制了专创融合课程建设标准，在职业教育领域率先提出专创融合课程的典型特征。明确了专创融合课程教学目标、教学内容与资源、教学方法和评价方式等方面的基本要求，为课程建设质量建立了可度量的标尺，为教学过程建立了可执行的规范。让人津津乐道的是，扬工院将职业技能竞赛项目、大学生双创训练计划项目、教师研究课题项目、企业项目开发成课程资源，立项建设覆盖各专业的专创融合课程 36 门；深入挖掘课程中的双创元素，嵌入双创"微教学单元"，打造了一批"课程双创"示范课，构建了专创融合的范式。

三

种瓜得瓜，种豆得豆。创新创业的基因在一代代扬工人的血脉中传承、繁衍、聚变，静待着那个光彩夺目的绽放时刻。

在上演全国双创大赛夺金故事之前，扬工院师生也是铆足了劲，在各大比赛中崭露头角。比如，2014 年 10 月 17 日，在第九届全国高职高专"发明杯"大学生创新创业大赛决赛中,扬工院机械工程学院的"'健身按摩休息'智能办公椅"项目荣获创意组一等奖;"宝贝计划评价网"项目获创意类二等奖;"小型精密范成法磨头""自动硬币分拣机"以及经济管理学校的"'青扬团子'志愿者培训学校创业计划书"项目获创意类三等奖。此外,扬工院还斩获"优秀组织奖",机械工程学院王家珂老师获"优秀指导教师"荣誉称号,颜正英老师则荣获"双创教育中心""组织工作先进个人"和"优秀指导教师"荣誉称号。2016 年 5 月 14日,在"挑战杯——彩虹人生"江苏省职业学校创新创效创业大赛决赛中,扬工院经济管理学院的张清等同学的作品"高职生物质主义价值观现状调查及对策研究报告"获得社会调研论文类一等奖;机械与汽车工程学院的邵峰等同学的作品"一种双层环境双层压辊秸秆压块成型机"获得生产工艺革新与工作流程优化类二等奖;电气与信息工程学院的薛震等同学的"'蓝天飞梦'模拟飞行俱乐部"获得创意设计类二等奖。2016 年 5 月 27 日至 29 日,在 2016 年"创青春"全国大学生创业大赛江苏省选拔赛决赛中,扬工院电气与信息工程学院的王贺等同学的作品"闸门启闭机变频调速网络控制系统"、建筑工程学院的巫悦等同学的作品"Around——公益在你身边"均荣获铜奖。

自 2009 年起,扬工院厚植创新创业土壤,培育创新种子,浇灌青苗成长,最终结出硕果。回顾六年的中国国际"互联网＋"大赛参赛历程,我们可以梳理出一条清晰的脉络。扬工院共斩获 11 项金奖,其中多数与扬工院的专业建设密切相关,彰显了专业教育与创新创业教育的深度融合,以及实践型创新人才培养的成效。借此机会,让我们一起走进几段大赛金牌项目获奖者的故事。

小螺母,大学问——中国恒力防松螺母的开拓者。螺母与螺栓广泛应用于生产生活的各个方面,二者通过螺纹连接。尽管螺纹本身具有自锁性,但在振动大、温差大、变形大的复杂工况下,热变形和塑性变形会导致"非旋转松动"。针对这一行业难题,高铁接触网、海洋工程、港口机械、重型机床设备等领域均未能找到理想解决方案。目前,在高端螺纹防松技术方面,日本、美国、瑞典等发达国家处于领先地位。

赵奕淳,扬工院 2022 届机电维修专业毕业生。大一时期,他随专业导师赴企业实训,发现该企业 4 000 吨热模锻压机床存在螺纹松动问题,且长期难以解决。在导师的指导下,赵奕淳带领六名学生组建螺纹防松技术创新团队,历经三年研究、实验与应用检验,成功发明高性能防松螺母——智紧王恒力防松螺母。该技术将楔形增力结构和柔性补偿结构相结合,实现"刚柔并济"的双重防松,实现"预紧力恒定"的螺纹防松新突破,具备"免维护"的使用效果,并成功应用于扬力集团 4 000 吨热模锻压机床。

目前,智紧王恒力防松螺母已获得 12 项专利,并通过国家质量检测中心的权威认证,其防松性能核心指标超越国际优秀标准。经扬力集团等企业使用测试,复杂工况下防松效果可替代同类进口产品。2021 年,赵奕淳的创业项目"智紧王——中国恒力防松螺母的开拓者"在第七届中国国际"互联网+"大学生创新创业大赛中斩获金奖,产品也因此获得更广泛的推广应用。2022年,赵奕淳荣获共青团中央、人力资源和社会保障部授予的"全国青年岗位能手"荣誉称号。

新时代,创新创业的机会无处不在,缺少的是发现这些机会的敏锐目光。在工作中和生活里,我们总会遇到各种难题。扬工院一直致力于培养学生的洞察力和创新能力,让他们学会寻找生活中未被满足的需求,捕捉创新创业的机会。通过培养学生们创造性解决问题的能力,扬工院助力他们通过一系列的小发明和小创造,让生活变得更加美好。

"神机妙收"——职业院校学生发明秧草自动收割机。多茬叶菜是一种速生蔬菜,以鲜嫩的茎叶为食用部分,其特点是收割周期短,收割茬数多。秧草,作为一种典型的多茬叶菜,在我国长江中下游地区广泛种植。秧草是江苏镇江扬中市的特产,享有"扬中秧草"地理标志产品的荣誉。然而,长期以来,秧草的收割难度大、损耗严重,成为当地农民的一大困扰。

在扬工院的智能机械设计兴趣小组中,一群来自扬中的学生深知父辈种植秧草的艰辛,于是他们决定发明一款秧草自动收割机械。经过深入田间地头调研,他们发现:秧草鲜嫩,使用镰刀人工收割容易损伤叶片,影响品质;叶片轻细,扫拨落筐过程中容易掉落,造成损耗;秧草生长周期短,仅七天就有一茬,长期弯腰作业的农民容易腰肌劳损。针对这些问题,团队在老师的指导下,历经三年努力,成功解决了秧草收割的一系列难题,研制出了秧草智能收割机。2022年,"神机妙收——叶菜全自动收获机行业的新变革"荣获第八届中国国际"互联网+"大学生创新创业大赛"金奖"。

四

聚是一团火焰,散是满天繁星。创业创新教育不仅使扬工院在各大比赛中脱颖而出,成为"常胜将军",还助力毕业生解决了就业问题,推动他们迅速成长为岗位骨干,甚至有一些成为创业达人。

毕业生丁蓉蓉永远铭记扬工院对她的创业扶持。在2018年第四届全国"互联网＋"大赛中,她的团队荣获主赛道金奖和最佳带动就业奖。如今,该项目已带动5 000多名农民就业。

在淮安市淮阴区,提及丁蓉蓉的名字,人们可能不太熟悉,但提到"冰草女王",无不竖起大拇指称赞:"那个女孩真不简单。"这位90后女孩种植的冰草销售量一度占据华东地区40％、淮安地区90％,得到了当地民众的一致认可。2022年,她当选为淮安市第九届人大代表。

丁蓉蓉毅然休学创业,投身田园。2013年暑假,她在日本亲戚家首次品尝到冰草,觉得口感佳、营养丰富,深受日本消费者喜爱。回国后,她劝说家人种植冰草,却发现进口的昂贵种子在本地"水土不服"。当时还在上大学的她,决定放弃学业,回家乡投身冰草产业。她遍访农业专家、查阅大量资料,不断进行试验,终于成功种植出冰草。她找到了适合冰草生长的温度、湿度、土壤酸碱度等数据,使日本冰草在中国"安家落户",激动得热泪盈眶。她也因此成为江苏规模化种植冰草的第一人。

为降低冰草种子成本,丁蓉蓉再次开展研究。2016年5

月,她成功研发出新品种"大叶冰草"的种子,填补了国内空白,将原本每斤 5 万元的进口冰草种子成本降至每斤 3 000 元。如今,她的种植基地面积已从最初的数十亩扩大到 300 多亩,公司实现全产业链运营,线上线下销售渠道全面畅通,预计 2022 年年销售额将突破 2 000 万元。她还荣获全国百姓学习之星称号,成为"互联网+"大学生创新创业大赛专家。

赠人玫瑰,手有余香。在创业最艰难的时刻,当丁蓉蓉准备放弃之际,是母校扬工院的老师伸出援手,给予了她无私的帮助。扬工院不仅提供了 10 000 元基金,还邀请专家协助解决栽培技术与销售难题。对母校的恩情,她铭记在心。2019 年,她与母校携手推动电商产教融合,为大学生搭建就业创业基地与实践基地,激发创业热情。2020 年,她又与淮阴师范学院达成合作协议,开展校企合作项目,年均扶持 30 名左右大学生创业就业。在公司中,有一位名叫花开国的实习生,是 2018 年加入团队的。花开国的学习能力尤为突出,怀揣回乡创业的梦想。丁蓉蓉无私地将冰草栽培技术传授给他,为他创业奠定基石。在马头镇,丁蓉蓉通过培训班、专题讲座等形式,将冰草技术传授给当地农民。提及此事,她笑得灿烂:"农民们原先种植的是萝卜、黄瓜、辣椒等普通蔬菜,如今种植的是每斤售价数十元的冰草,收入大幅提升。"丁蓉蓉的公司直接带动了 100 多人就业,户均增收 20 000 余元。展望未来,她希望帮助更多大学生实现高效就业创业,为我国农业和乡村振兴贡献力量。

初心如磐,笃行致远。丁蓉蓉作为年轻企业家,深知知识的力量。她培育出的冰草品质优良,注册了"天英冰草"品牌。除了种得好,她还注重销售,逐家逐户上门推销,逐渐占据市场主导地位。线下市场稳定后,她又拓展线上业务,2021年建立了自家线上平台,积极开展电商推广,并与京东、天猫、拼多多、美团等成熟电商平台合作。丁蓉蓉心里有个梦想,未来公司及农业发展离不开知识,她将继续深入研究。作为百姓选举产生的人大代表,她深知责任重大,需为民众打造更好、更安全的食品供应链。在淮安市第九届人民代表大会第一次会议上,尽管因疫情未能亲临现场,她仍提交了第一份建议,关注乡村旅游与人才发展。身处农村一线,她深知人才在乡村振兴中的关键作用,呼吁更多大学生投身农村,为家乡发展贡献智慧。

五

一批又一批的扬工院毕业生回到家乡,化身为乡村振兴的先锋。其中,来自青海玉树的拉东才索南无疑是这批佼佼者中最耀眼的一个。

2010年4月14日,青海省玉树藏族自治州遭遇7.1级地震。当时正在读高二的拉东才索南幸免于难。面对家园的废墟和逝去的生命,这个年轻人对生命的意义有了更深层次的理解。在全国各地的支援下,曾经满目疮痍的玉树经过重建,重获新生。

在大学期间,走出大山的拉东才索南视野开阔,知识丰富,心中多了一份牵挂。"家乡美景如画,资源丰富,但乡亲们的生活并未因此好转。我又能做些什么呢?"他深思熟虑,认为家乡并非缺少财富,而是缺少带领大家创业致富的领军人物。"学有所成,让乡亲们过上更好的生活。"这个梦想在他心中悄然生根。

从扬工院毕业后,拉东才索南带着创业积累的资本回到家乡,准备大干一场。"看着吧,我要让乡亲们都能捧上'金饭碗'。"面对家人的反对,他坚定地说。

拉东才索南的家乡是黑青稞的主要产区。这种作物含有丰富的β-葡聚糖,具有调节血糖、降低胆固醇等功效。然而,种植难度大、产量低、产业化程度低、经济效益不佳等问题一直限制着黑青稞的种植规模。

拉东才索南为家乡绘制了一幅创业蓝图:首先要种植出优质高产的黑青稞;其次,实现黑青稞的精深加工,走产业化之路。说干就干,他找来儿时的伙伴,一头扎进黑青稞地里。

然而,种植黑青稞并非易事。优质种子从何而来? 先进技术如何获得? 如何激发农户种植黑青稞的积极性? 面对创业初期的艰难,拉东才索南深感责任重大。

在最困难的时候,扬工院向他伸出援手。在母校的支持下,拉东才索南和团队攻克了黑青稞育种、土壤改良、抗倒伏、病虫害防治、产品精深加工、市场开拓等各个环节的难题。学校还专门成立了指导团队,为他们提供全方位的帮扶。在多方的努力下,拉东才索南和团队逐渐走上了创业的正轨,对未来充满信心。

如今,拉东才索南和团队创建的卓根玛公司已拥有一级黑青稞种植基地1 500亩,并初步实现了从田间管理到精深加工的产业化布局。公司生产的黑青稞产品深受消费者喜爱,其中主打产品黑青稞酒成功结合了古法工艺和现代技术,解决了黑青稞出酒率低、品质不稳定的问题。

拉东才索南表示,创业的初衷并非仅让自己和乡亲们过上好日子,更是想通过奋斗传递给家乡年轻人一种敢于追梦的精神。多年来,他出资搭建了多个创业平台,助力当地青年创业。在拉东才索南和伙伴们的努力下,这些平台吸引了越来越多的年轻人回乡创业。他成功培育出 20 余家成长良好的企业,为弘扬创新创业文化、带动当地青年就业、促进地区经济发展作出了突出贡献。2019 年,囊谦众创空间被评为青海省省级众创空间。同年,"雪域高原黑珍珠——优质高产黑青稞种植及产业化"项目在第六届中国国际"互联网+"大学生创新创业大赛总决赛上斩获金奖。

2019 年,拉东才索南团队的年营收已超过 1 000 万元,带动 44 户建档立卡贫困户脱贫,人均增收 6 500 元。从校园到乡村,这位藏族青年将梦想的种子撒向了高原。"我们的初心就是扎根在青藏高原,成为黑青稞产业的引领者,将幸福的滋味传递给千家万户。"拉东才索南说,他最有成就感的事便是成为母校扬州工业职业技术学院的创业导师,"是学校帮我实现了创业梦想,我也希望能将希望传递给更多年轻人"。

六

梦想有多远,就能走多远。在创新创业之路上,扬工院从未停止过前进的脚步。

自 2016 年以来,直播电商在我国迅速崛起,已成为推动经济社会发展的关键动力。然而,在此背景下,行业所需的专业、多元、高素质人才却成为最紧缺的资源。2019 年,扬州工业职业技术学院在全国范围内率先创立首家电商直播学校,并于2020 年成功申请增设直播电商专业。学院积极回应国家乡村振兴战略,携手中国乡村发展协会共建乡村振兴人才联合培训学校,致力于培养乡村直播电商人才。

尽管直播电商行业正经历爆发式增长,但其标准化管理体系尚不完善,门槛较低,导致货品质量差、销售数据造假和直播销售违规等问题频发,对行业生态环境产生不良影响。诚信缺失等问题成为制约行业健康发展的重要因素。因此,在人才培养过程中,除专业理论和技能培训外,职业操守等伦理教育亦至关重要。

直播电商专业具有显著的社会属性。扬工院强调人才培养与实践相结合,将"专业实践、课程思政、劳动教育"融入教育教学全过程,充分发挥专业和人才优势,为国家战略和地方发展提供有力支持。学院成立电商直播学院和"满天星"直播助农公益团队,以实现学生专业与社会服务的紧密结合。

2020 年,部分地区订单减少,农产品销售困难。扬州工业职业技术学院近千名学生化身"带货主播",通过网络直播助力湖北秭归脐橙、茶叶等农特产品销售。其中,大学生陈佳佳在直播中介绍秭归脐橙:"大家看,这就是闻名遐迩的秭归脐橙!橙子具有果实大、无核、皮薄、色鲜、肉脆汁多、香郁味甜的特点,早在两千多年前,屈原的《橘颂》就赞颂过它!"两小时直播吸引全网 53 万人次观看,售出橙子 10.5 万斤,销售额达 63 万元。

与此同时,南京的陈忠强也为秭归脐橙直播带货。他放弃近 100 万元的直播订单,专心梳理秭归脐橙的历史,并制作预热短视频。直播现场还穿插即兴 rap、呼啦圈表演等环节。秭归县果农胡师傅感激地说:"感谢大学生和社会各界爱心人士的帮助,橙子卖出去了,我们悬着的心也放下了。直播让我们长了见识,以后也可以尝试自己开直播卖橙子。"湖北省宜昌市三峡坝区工作委员会党工委委员、办公室主任夏家刚也对大学生们的公益直播活动表示真诚的感谢。

创新创业教育,为扬工院注入了蜕变的动力,同时也赋予了个人凤凰涅槃般的机遇。

昔日"满天星"公益团队成员陈佳佳,2019 年毕业后,毫不犹豫地回到故乡——江苏省宿迁市泗洪县金锁镇,担任居委会副主任。到了 2022 年,他带领当地志愿者队伍,通过直播销售农产品,成绩突破 430 万元。如今,他已经成为当地闻名遐迩的"网红村干部"。

孙吉,曾是团队的学生领头人,毕业后选择留校,成为团队的指导教师。在不断探索中,"满天星"已在全国设立了 23 个村播基地,直接或间接培训了近 1.5 万名乡村主播。他们先后策划并组织了 160 余场公益助农活动,销售农产品总额达到 445 万元,助力各地村播基地自主销售农产品超过 1 028 万元。在此基础上,扬工院提出了"百县千村万主播"工程,计划在全国 100 个县设立 1 000 个村播基地,培训万名村播人才。这一项目已被列为江苏省东西部协作的"十大重点工程"。扬工院也成功入选全国首个消费帮扶电商直播教学中心。

唯创新者进,唯创新者强,唯创新者胜。在这个以大数据、人工智能、云计算等技术为新标志的时代,创新已成为驱动发展的最强引擎。深信扬工院将凭借创新创业的坚实基石,开拓出更加宽广的未来,谱写出更精彩的创新创业篇章!

文育英才

　　出生于 1963 年 6 月的江苏兴化人张文英,1986 年 6 月南京师范大学本科毕业后,毅然决然地选择来到扬州化工学校化工科成为一名化学老师,从此扎根教学一线,一干就是 30 多年,一路成长为高级讲师、副教授、高级工程师。她曾被表彰为江苏省优秀教育工作者,并当选扬州市维扬区人大代表。我初识张文英老师是在到扬工院担任院长之后的 2008 年教学改革工作中,那个时候张文英勇担重任,和陈锁金一起负责工业分析与检验专业的教学改革,同时还是化学分析课程的教改带头人。她给我留下的第一印象就是谦和。

一

　　化学是一个五彩缤纷的世界,有物质变化美,有质量守恒美,有色彩转换美,而且化学教学和化学实验还可以引导学生认识到世界的变化。张文英老师从教 30 多年来,怀着对化学的热爱,扎根教坛,孜孜以求,不仅让学生认识到化学之奥秘,更是通过言传身教,谆谆教诲,让学生们喜欢上化学课。三十几年的教书育人生涯中,她始终用化学之美填充着自己的职业人生,丰富着化工教育内涵，让职业教育这一"化学反应"绽放最美丽的光彩。

张文英是个不务虚功的人。"师者，所以传道、授业、解惑也。"在工作中，张文英最大的梦想就是要成为学生心目中"无所不能"的好老师；但同时张文英老师也深知"授人以鱼不如授人以渔"的道理，因此，她对工作的要求苛刻到了极致。她经常挂在嘴边的一句话就是，只有自己有了过硬的专业技能才有资格去教学生。多年来，张文英的教育教学工作从来不搞"大呼隆""一刀切"，一直坚持根据每个班级学生的不同特点，精心设计教案，因材施教；她的课堂上以知识的传授为根本，学懂弄通每个知识点是底线。她特别注意与学生的沟通与交流，让学生"知其然，更要知其所以然"，还要让学生做到举一反三，从而达到良好的教学效果。对于这一点，被授予全国优秀教育工作者称号的金党琴教授最有发言权，她回忆说："每一次授课，张文英都严格要求自己，不管是新课，还是讲授了多次的老课，她都坚持课前重新备课，都有密密麻麻的手写备课笔记。她一直保留一个习惯，上课从不站在讲台上，为拉近与学生的距离，增加与学生的互动，她习惯肩挎扩音器，手持遥控器，在教室巡回走动，流动授课，深受学生好评。对于学生的化学分析基本操作，张老师利用课余时间和周末指导学生规范操作，她精益求精、无私奉献的精神都是值得年轻老师学习的。"

张文英是个不图虚名的人。沈发治和傅伟等同志不止一次在我面前为张文英老师竖起大拇哥，那个时候由她领衔的教师指导团队带领学生在全国石油与化工职业院校学生化学检验工技能大赛中屡创佳绩,但是每次她都将来之不易的"大赛优秀指导教师"的荣誉让给团队中的青年教师。

在化工学院的师生眼里,张文英老师师德高尚、事业心强、理念先进、治学严谨,多年年度考核优秀,多次获校优秀教师等荣誉称号。"张文英老师一直从事工业分析与检验专业教学工作,主持及完成院级精品课程'常量组分分析'、精品教材《常量组分分析》,主编教材《定量化学分析实验》和《常量组分分析》,《定量化学分析实验》荣获第八届'中国石油和化学工业优秀教材奖'一等奖,被国内多所高职院校采用。"化学工程学院党总支书记龚安华如数家珍地评价道。

二

张文英老师具有较强的专业建设影响力和较高的知名度。翻开张文英老师的履历,我们看到她先后被多家企业聘为技术顾问和技术培训教师,并合作多项横向课题;担任学校和企业化学检验工大赛培训教师、组织者与裁判,国家职业技能鉴定化学检验工高级考评员、国家职业技能竞赛裁判员;担任2012年全国职业院校技能大赛工业分析检验赛项裁判组副组长;多次被评为学校优秀教师,获得校"五一巾帼标兵"等荣誉称号。这些经历和荣誉是对她的认可和褒奖,的确实至名归。

张文英老师有着很强的组织、管理和领导能力。她善于整合与利用社会资源,通过有效的团队管理,形成了良好的团队运行机制和"传、帮、带"文化,教学团队具有很强的凝聚力、向心力和创造力,在各项工作中发挥着"排头兵"的重要作用;及时跟踪产业发展趋势和行业动态,准确把握工业分析与检验专业(群)建设与教学改革方向,保持专业(群)建设的领先水平;结合校企实际、针对专业(群)发展方向,制订切实可行的团队建设规划和教师职业生涯规划,实现团队的可持续发展;认真履行对青年教师的指导和培养职责,关心青年教师的思想品德修养,重视师德师风建设,培养青年教师实事求是、严谨治学的科学态度和教书育人、为人师表的敬业精神;制定业务提高的目标和进修计划,指导青年教师完成各项教学工作任务,听课指导、开课研讨,为他们做教学示范,带领他们积极进行教学改革;将工作过程导向的理念融入教学改革,积极开展任务驱动、项目导向等新教学模式探索,效果良好。化学工程学院的姜业朝老师曾动容地说:"我是1989年进入扬州化工学校工业分析专业学习的,有幸成为张文英老师的学生,张老师教我们分析化学。四年后我留校工作,成为张老师的同事。"作为张文英老师的学生,姜业朝在校学习期间,张老师总是手把手地、一个一个动作地教,反复地教,在他失败的时候鼓励他继续尝试,在张老师的不懈努力和悉心教导下,姜业朝学会了课程中所有的操作。她用实际行动诠释了什么是化学分析与检验人的工匠精神。留校任教以后,作为张老师的同事、搭档,姜业朝在初期缺乏上课的经验,张文英老师总是详细地指导、手把手地传授专业技能,让他的操作熟练规范,很快适应了实践教学。她那细心、严谨的工匠精神,使姜业朝具备了过硬的操作技术、吃苦耐劳的职业素质,自身的业务能力也得到了认可。

张文英总是喜欢与年轻教师打成一片。她教学能力强,教学水平高,教学质量评价多次获得优秀,教学效果好。她得知绝大多数新教师都是从校门进校门,没有上课的经验,就带领教学团队积极开展教学改革、专业学术研究和社会服务,制定"定目标、重考核、抓项目、促发展"的管理措施,详细地指导他们如何上好课。

江苏省教学名师、化工学院龚爱琴教授对一件小事至今记忆犹新:"在进校工作前,我就听说张文英老师是一位严谨认真、乐于助人的好老师,于是在我第一次参加教学比赛时,纠结犹豫了大半天,最终鼓起勇气,走进办公室去找张老师帮忙指导修改写好的初稿。因为急切需要老师指导,我也没意识到去找张老师时已是下午5点多了,张老师已经关电脑准备下班。知道我的来意后,张老师二话不说就又打开了电脑,然后一页一页地跟我讨论每张ppt的内容,讨论结束后都快晚上7点了。张老师的这种诲人不倦、乐于助人的精神一直影响着我,给我今后的成长带来了很大的帮助。"龚爱琴由衷感谢张文英老师的关心帮助。

张文英老师对徒弟的指导是倾囊相授、毫无保留的。2003年的夏天,徐洁老师第一次去扬州化工学校报到,"那时的自己有激动,有忐忑,有迷茫,因为自己是非师范专业毕业的,对教师这份职业既有着美好的憧憬,也有着很多不确定,担心自己是不是能上好第一节课,担心自己能不能管住学生,担心自己能不能胜任这份工作"。回忆起工作初期,徐洁老师说起了那时的担忧与困惑。"很幸运遇到了我的师父张文英老师,张老师是一个非常严谨认真的人,她的耐心指导让我们这些后辈少走很多弯路。"刚工作,开学的第一节课对于一个新老师来说非常重要。张老师先把学校的教学相关规定和要求以及教学资料范本提供给徐洁,介绍了自己备课的方法和技巧,让徐老师自己去准备。2天后,张老师组织了几位老教师一起来给徐老师的第一次课把关。几位老教师都觉得徐老师的课知识点都讲到了,但是缺乏生动性,很难吸引学生的注意力,需要改进。张老师留下跟徐老师从课程引入开始,慢慢打磨每一个知识点:这个知识点该如何讲,那个知识点可以加入什么小故事吸引学生,这里板书怎么写,那里该提问学生什么问题。那时候没有 ppt,所有教学设计都是一笔一画写下来的,一直弄到晚上 10 点,写了 20 页纸,终于完成第一次课的备课。1 天后,还是那几位老教师再次来听徐老师的课。最终这堂课得到了所有老师的认可。张文英老师对新教师第一次上课的重视,手把手的教授帮扶,对于新教师教学理念的建立、教学态度的形成有着巨大的影响。

张文英在悉心指导徐洁之余,还把徐洁推荐到同在分析检验技术专业的穆华荣、樊树红、于晓萍、丁邦东、毛云飞等前辈那里接受指导。"从他们那里我知道了知识和技能的传授不是纸上谈兵,而是自己能吃透,自己能动手,然后再用学生喜欢和能理解的方式传授给他们;从张文英老师等前辈那里我知道了管学生不在'管'上,而是要跟学生真心沟通交流,跟他们成为朋友,真正融入学生中;从张文英老师等前辈那里我知道了教师不仅仅是一份职业,更是一种信念、一种追求、一项事业,这也将是我毕生执着追求的事业。"徐洁老师非常感激在工作中帮助自己的前辈们。张文英老师现在已经退休了,在她的指导下,从教

20 年,徐洁老师从一名实验小白成为全国石油和化工行业技术能手,从一名讲台前的新手到站上教学能力大赛的舞台,从一名技能大赛的门外汉到登顶全国最高领奖台。

传承是对师父教诲最好的报答。徐洁老师继承了张文英老师的衣钵,现在不仅是一名分析检验技术专业教师,也是新教师的导师。她带着全新的化学实验技术赛项教师团队备战技能大赛,把张文英老师等前辈传授给她的经验传给新教师。她希望能够把老一辈分析检验技术专业团队严谨、精细、精确的精神继续传承下去。用心关怀、为学生成长护航是为了团队更好地发展,成就学生是教师的终极追求。张文英老师时常挂在嘴边的话:"学生一句简单的表达是对我们教师工作最好的肯定,是让我们坚持教师这份事业最好的动力。能够参与学生们的成长、看到他们的进步,是作为教师最大的快乐。"这些话语让人如沐春风,已经成为徐洁的座右铭。"20 年前,我选择了教师这个职业,今后仍将继续坚守教书育人这份事业,像我的师父张文英老师那样,尽自己所能,成就每一位学生。"抬头看向办公桌上党员先锋岗的工位卡,徐洁老师坚定地说道。

在张文英的带领下,扬工院工业分析与检验专业教学团队被评为校级优秀教学团队,部分教材被评为全国优秀教材。不少同志利用业余时间搞科研,发表科技论文的数量在全院名列前茅,培养的学生在全国化学检验工技能大赛中多次获一等奖和二等奖,很多学生已经成长为单位的业务骨干。化学工程学院的陈海燕副教授,每当回忆起自己和张文英老师相处的点点滴滴,总感觉一切是那么亲切,那么温馨,仿佛就在昨日:"自我步入扬州工业职业技术学院执教以来,始终有一个榜样在我的职业生涯中熠熠生辉,她就是我的师父——张文英老师。张老师不仅是我在教学路上的引路人,更是我心中对教育事业执着热爱的楷模。"陈海燕回想起初来乍到时,自己对职业教育的理解尚停留在理论层面,对于如何将专业知识与实践技能相结合,如何激发学生的学习兴趣和潜能,常常感到迷茫和困惑。是张老师向陈海燕伸出了援手,她以数十年的教学经验,用实际行动诠释了工匠精神在职业教育中的重要性。

有一次,陈海燕在教授酸碱滴定基本原理时遇到难题,学生们对枯燥的理论知识反应平淡,课堂气氛沉闷。张老师看到后,并没有直接告诉她解决方法,而是邀请这个徒弟一起旁听观摩自己的课。张文英老师深入浅出地讲解专业知识,巧妙地融入生活实例,引导学生动手实践,课堂瞬间活跃起来。那一刻,陈海燕豁然开朗,深深领悟到,教育不仅仅是传授知识,更要点燃学生的求知热情,培养他们独立思考和解决问题的能力。

俗话说,"要知道梨子的滋味要亲口尝一尝"。在实训环节,张老师都是亲自示范,手把手地教陈海燕如何规范操作滴定分析仪器,详细解说每一步骤背后蕴含的原理与技巧,展现了一位资深职业教师深厚的手工技艺与匠心精神。

"立德树人不是光讲大道理,要浸透在教书育人的细节里。"张老师告诉陈海燕,作为一名职业院校教师,不仅要注重技能的传授,更要关注学生的人格塑造和价值观引导。张文英正是以自身的教学经历启发陈海燕,对待每一个学生都要有耐心,要善于发现他们的闪光点,鼓励他们在失败中寻找成功,在实践中找到自信。"在张老师的悉心指导下,我逐步找到了自己的教学节奏和风格,更加坚定地走在职业教育这条道路上。"正是张文英老师严谨治学、无私奉献的精神以及对学生无微不至的关怀让陈海燕明白了作为教师的责任与担当。

"回首过往,感恩有张老师这样的领路人陪伴我成长,她是我职业生涯的启蒙导师。在她的身上,我看到了一名优秀教师应有的品质和风范,更看到了职业教育的美好未来。"陈海燕决心以师父为榜样,继续秉持初心,传承匠心,为高水平新扬工建设添砖加瓦,为我国的职业教育事业发展贡献自己的一份力量,以实际行动致敬最美职教人张文英老师。

三

张文英还是学生心目中的"妈妈老师"。张文英所教的学生大多数是工业分析与检验专业的,他们走上工作岗位后是做质量监控工作的,因此细心、严谨、洞察力强是他们必备的职业素质。在教学设计中她通过操作的细化、细节的规范、结果的精准、现象的观察等手段来强化这方面的训练。但她知道,要想获得精准的结果,没有扎实的基本功是不行的,仅靠课堂上的训练是达不到这一要求的。于是,她经常利用休息时间建立第二课堂的训练,早早地来到学校,很迟才回家。有一次由于工作太辛苦,再加上感冒,咽喉炎非常严重,话都讲不出来了,但她在失声的情况下,硬是用气流形成的微弱的声音坚持讲完分析天平的使用,这次课实验室特别安静,学生听得特别认真,觉得那气流就是一串串坚强的音符,震撼着他们,激励着他们,他们觉得要像老师一样尽自己的全力来完成学业,有再大的困难也要克服。在孩子们的心中,张文英就像妈妈一样不厌其烦、不讲条件地关爱着他们。张文英曾经遇到一个学生,他什么也不想学,什么也不想做,在实验室里他根本不动手,更谈不上能跟上其他人的步伐,张文英主动关心他,他说他学不会,从小学到高中毕业他都没好好学,老师对他的要求都是只要不影响他人学习就行了,所以他不可能学会。对于这样的学生她没有放弃,在教会其他同学后,她对他进行了一对一教学,一个动作一个动作反复地教,当他失败的时候鼓励他继续尝试。在她的不懈努力下,这个学生学会了课程中所有的操作,其他同学也对张文英老师伸出了大拇指。从此班上所有同学都尽心尽力做好每一件事。

团结互助是现代人必备的良好品质,对于这方面素质的培养,张文英没有跟学生讲大道理,而是通过合作完成项目来进行。比如要完成从醋中测定醋酸这一项目,她将班级学生分成若干小组,组内每位学生都必须进行方案设计、标准溶液标定、醋酸含量测定,并对各项进行打分,每位同学的成绩都将影响小组成绩,同时小组成绩也会影响个人成绩。所以学生除了要自己得分外,还要帮助组内其他同学提高成绩,在这个过程中共同讨论、共同试验,相互交流经验,增进了学生的友谊,提高了学生理论联系实际、运用所学知识的能力,提高了学生的操作技能,团队合作意识明显增强。在教学中她经常通过一些事情让学生学会学习、让学生学会做人,如仪器摆放整齐、用后及时归位,让他们养成爱整洁、做事有条理的好习惯;又比如,她提倡男生去给蒸馏水水桶装水,教育男生要有担当,鼓励女生给蒸馏水水桶装水,教育女生当自强;等等。多做一些这样的事后大家都心情舒畅,做事效率更高。她利用化学教学中的一切德育因素进行职业教育,收获了学生全面发展的成果。

2004 年,0001 分仪班的顾同学被查出患有白血病,张文英积极组织大家参加募捐活动,并利用周末的时间去看望他,鼓励他战胜病魔,早日康复。1997 届学生王同学家庭十分困难,他母亲患肝硬化、肝腹水,常年服药,父亲为了照顾母亲只能在家种少量的田来维持一家人的生活,他和他的哥哥都在读书;这位学生多次想退学回家打工挣钱来帮母亲看病、支持哥哥读书,张文英了解到这些情况后,毅然从并不宽裕的家庭生活费中每月挤出 80 元支持这位学生完成学业。

四

然而,自古"忠孝难两全",张文英忠于自己热爱的教育事业,但母亲抱恙在床,没有很好地照顾,成了她心里永远的遗憾。那是 1990 年的春天,张文英老师的母亲被查出患有胃癌,按理说,她应该放下手中的工作去照顾母亲。因为在她很小的时候父亲就去世了,是母亲含辛茹苦把她拉扯大,那个时候,家里并不宽裕,母亲省吃俭用,倾尽家中所有也要供她读大学。张文英工作的第四个年头,已经成长为一名出类拔萃的骨干教师。她工作兢兢业业,对自己严格要求,她不想给单位和领导添麻烦,一直坚持按时到校给学生上课。那个时候医疗条件一般,张文英用微薄的工资给母亲求医问药,但也只能求个心理安慰,她也矛盾过、彷徨过,最终她觉得不能耽误学生的前途,她要尽到一名老师的责任,直到她母亲病危,也就是她母亲去世的前一天她才回到了家。后来张文英听人说,母亲一直盼她回来,想让她帮她洗个澡干干净净地离开人世,就是这样一个简简单单的要求都没能满足。每当想起这件事,她都觉得愧对母亲,但她并不后悔,她觉得母亲能理解她。虽然她的休息时间少了,对亲人的关心少了,但学生收获了过硬的操作技术,收获了吃苦耐劳的精神,她也收获了学生成长的快乐。

张文英老师用实际行动诠释了什么是化学分析与检验人的工匠精神,她对工匠精神的追求得到了各级部门的认可:2001年被评为江苏省优秀工作者、当选扬州市维扬区人大代表(2002—2006);2005年被聘为中国职业技术教育学会教学工作委员会化学教学研究会(高职)委员;2017年,成功入选"感动江苏教育人物——最美职教教师"。张文英以自己的爱心、热心、匠心为基调,用理想和坚持为学生和青年教师的成长与成才呕心沥血、不辞辛劳,绽放出了最美职教人的绚丽光彩!

洋眼看扬

校友是一所学校最好的名片,对于扬工院而言也是如此。扬工院主动响应国家教育对外开放战略,一路从无到有,由弱变强,跻身"世界职业院校和技术大学联盟"会员单位、"世界职业技术教育发展联盟"和"鲁班工坊"建设联盟成员单位,连续3年入选全国高等职业院校"国际影响力50强"。除此之外,扬工院还是"江苏德国高职教育合作联盟项目"首批轮值主席单位、江苏省级"一带一路"人才培养高职院校合作联盟建设单位。选择到扬工院留学的外国留学生越来越多,这些"洋校友"让扬工名片飞往世界的每一个角落。

一

因为学习工作的关系,我先后去过世界上七十多个国家和地区,也曾远赴德国留学,在扬工院和徐州工程学院担任书记、院长的时候就很关注国际合作与交流工作。也许因为自身的留学经历,在不同的岗位上,我都关注留学生的工作。可以说,扬工院的留学生工作做得风生水起,有声有色,可圈可点。因为工作的关系,我也时常通过参加项目评审、听取工作汇报、交流学习研讨等形式收集相关素材。借此机会,我想花点笔墨写一写扬工院"洋"校友的那些事儿⋯⋯

这里先说几句"闲话"。记得我到扬工院担任院长后参加的第一场外事活动是在 2007 年 6 月 22 日,我和曹雨平书记、秦建华副院长、校外办主任丁建华等人一起接待韩国木浦科学大学副学长郑明基、产学协力处处长洪灿奎、国际交流研究所所长崔正石和田兰老师一行四人。我后来与郑明基、崔正石等人成为很要好的朋友。记得那个时候,扬工院开展韩国、法国、澳大利亚等四个中外合作办学项目,项目的优秀学生会选择到合作院校继续拓展深造,那个时候的高职院校还没有启动来华留学生培养机制。我在扬工院工作差不多半年以后,学校进行了涉外工作机构改革,将原先的外事办从党办和校办中分离,另设国际交流中心(现海外教育学校前身),考虑到高职院校实际,该中心与外事办、港澳台办合署办公,兼具外事行政、对外办学和港澳台事务职能,目前高职院校大多保留了这样的机构模式。应该说我们的那次机构调整在高职院校中还是起步较早的,很多做法现在看来还是很有创见的,也为以后的工作奠定了基础。

因为我曾经的工作经历,很多评审项目都会邀请我去做评审专家,有机会了解扬工院的留学生培养情况。据我所知,从2015 年开始,刘金存书记、孙兴洋院长力推随企出海,携手海螺水泥、中国石化等优质走出去企业,在副院长黄华、海外教育学院院长杨丽等人的努力下,扬工院先后为 30 多个共建"一带一路"国家开展"中文＋职业技能"教育教学达 350 000 人次,其中学历生规模位居江苏省前列，难能可贵。经过多年的打磨，扬工院"服务'一带一路'倡议，聚力打造'丝路人才'教育品牌"案例还成功入选 2018 年全国高职高专校长联席会议"优秀案例"。后来，在刘金存书记和陈洪院长的重视和大力支持下，扬工院顺利成为江苏省"留学江苏培育学校"并入选首批"留学江苏优秀人才遴选计划高技能人才项目"，学校立项建设的"中印尼'丝路人才'产教融合联合培养项目"入围 2019 年全国"中国—东盟双百职校强强合作旗舰计划"项目。徐华副院长在工作汇报之余告诉我，扬工院 2019 年启动的海螺印尼区域"丝路工匠"培育坊于 2024 年 1 月经教育部正式认定为全国"鲁班工坊"运营项目，成为江苏唯一入选单位。此外，扬工院承接的江苏省国家级中阿（联酋）产能合作示范园"郑和学校"建设项目还在 2023 年获得江苏省首批"郑和学校"立项建设。扬工院作为全国首批通过来华留学生高等职业教育质量论证的八所院校之一，依托国家级"鲁班工坊"、江苏省级"郑和学校"等高质量境外办学实体化平台建设，以"趋同管理运行良好、校企合作深度融合、成长平台持续彰显、人文交流丰富多元"四大核心要素构建的"留学扬工"品牌成了全省乃至全国有名的"金字招牌"，扬工院也连续五次捧回了"江苏省来华留学生教育先进集体"的殊荣……听到这些好消息，我为扬工院在留学生培养和对外交流、服务国家"一带一路"倡议方面取得的成绩，感到无比的高兴和欣慰。

二

还是回归到正题上来。下面我借扬工院几位"洋校友"的视角"洋眼看扬",以此来寻味扬工,品味扬州,一起感受"洋名片"心中的中国情缘、扬州情愫、扬工深情。

"爆竹声中一岁除,春风送暖入屠苏。"转眼到了龙年春节。在扬工院 1804 国际电子商务班印度尼西亚籍校友文初夏的心里有一份跨越大洋的"中国年"记忆。在文初夏的潜意识里,春节作为中国人一年中最为盛大节日已传承了几千年,它不仅是一个简单的时间节点,更承载着中国人太多的感情、愿望、伦理、信仰和梦想。虽然它起源和流传于农业社会,但在历史的进程中,它本身也在不停地发展变化、推陈出新,丰富着人们的生活,滋养着人们的心灵。

对文初夏而言,从他刚刚来到中国学汉语开始,每一位中国老师都会跟他讲春节对于中国人的意义,中国人过春节的点滴细节。扬工院每一位留学生都对中国一年一度的春节充满了各种期待。

在文初夏的家乡印尼,春节期间各地都会举办各具特色的庆贺活动,洋溢着热闹喜庆的气氛。这些活动以除旧布新、祛邪禳灾、拜神祭祖、纳福祈年为主,形式丰富多彩,凝聚着中国传统文化的精华。雅加达唐人街被各种春节节庆用品装饰成红色的海洋,寺庙会举办送神仪式,在春节前一周"送神明回天宫"向天神报告人间一年来的好事;寺庙会准备一人多高的大蜡烛供信徒"还愿",信众为各路神明打扫清洗神像迎新春。

文初夏说,印尼有很多华人,随着中国和印尼友好关系日益加深,像她一样来中国学汉语并想了解中国文化的印尼人也越来越多,她早已把中国当作第二故乡,对这里充满着依恋。

在文初夏的记忆里,在扬工院过的每一个春节,海外教育学院的老师们都会与留学生们欢聚一堂,带领来自天南海北的留学生包饺子、吃饺子、猜谜语,体验传统的民俗文化。起初,面对精心调制的饺馅和白花花的饺皮,留学生们个个摩拳擦掌、跃跃欲试,却很难包出像样的饺子。文初夏补充说:"但是在老师们和食堂阿姨们的耐心指导下,我们大显身手,包起了各种形状的饺子。尽管一开始手法生疏,但通过多次练习,饺子包得越来越熟练。"让留学生感到开心的是,每年大年初一一早,学校的领导和老师还会来到留学生的宿舍看望他们,为他们送上新春的祝福和大礼包。

文初夏感动地说:"来中国后的每一个春节都让我刻骨铭心,在老师组织下,我们曾经去过扬州火车站和警察一起执勤,体验中国春运一线气氛,感受到春运中回乡过节的繁忙与喜悦,也同样感知到在旅客安检、进站、候车、上车,和谐有序进行的背后,是无数铁路职工和警察舍小家、为大家的默默坚守。"

同样是描写中国年,扬工院1801建工班的巴基斯坦籍校友李瑞却另有一番滋味在心头。"巴铁"李瑞是个小中国通。他有模有样地说,中国有句俗语,叫"过了腊八就是年",现在中国的节日气氛越来越浓,自己马上也要在中国过第三个春节了。

李瑞在巴基斯坦国内时,那里的人们对中国都感到很亲切,巴基斯坦有很多汉语学校,很多巴基斯坦人会说汉语,大家喜欢中国的文化。"有一次,我在电视上看到中国人过春节的节目,给我留下了深刻的印象。因此,我一直希望有机会来中国,学习中国的文化,体验中国的生活。"李瑞兴奋地说着来华的初衷。

2018年,李瑞终于来到美丽的扬州读大学,并很快就爱上了这座城市,爱上这里的风景,爱上这里的美食,爱上这里善良的人们。最让他感到幸福的是自己过的第一个中国年。东关街上挂起了红灯笼,它们象征着幸福、光明和团圆。商店的橱窗里挂上了中国结,它们代表着吉利、幸运和美好。扬州的大街小巷充满节日氛围,让人感到愉快和期待。老师们说,这就叫"年味儿"。除夕那一天,老师们陪一大帮子留学生一起包饺子,一起剪窗花,一起写对联。大家包的饺子的形状不一样,剪出的窗花的图案不一样,但大家的脸上都洋溢着一样的笑容。春节的第一天,老师们带着留学生们互相拜年,表达美好的祝福。这些有趣的体验,也让李瑞明白中国的春节是一种文化的传承。

李瑞的第二个中国年,特殊又温暖。2019年底,突然出现的新冠疫情让大家感到很紧张,学校进行了封闭管理,留学生们不能走到街上去感受节日的氛围。老师们给他们送来了春联、福字和饺子,虽然不能大家一起聚会来庆祝,但是李瑞感受到了满满的温情。在第一次网络课上,李瑞学会了一个成语叫"众志成城"。这个成语的意思是大家齐心协力,就像城墙一样牢固,比喻大家团结一致,就能克服困难。他明白,众志成城其实就是中国的文化、中国的精神,也是中国的智慧!最让李瑞感动的是当蝗灾和新冠疫情让巴基斯坦人民遭受磨难的时候,是中国政府和人民第一时间向"巴铁"提供了帮助。所以,李瑞觉得来中国读书是一件幸运的事,也是一件幸福的事。

李瑞的第三个中国年,平安又美好。李瑞两年多没有回国,很想念家乡和亲人。今年过年时,李瑞写了一封信给他的家人,告诉他们自己在中国的故事和收获,让他们安心,并送去新年的祝福。李瑞的新年愿望是想在寒假好好学习汉语和专业课,他想积极争取继续在中国深造,学到更多知识和技能,还想着回国找一份好的工作,发挥在扬工院学习建筑工程专业的优势,通过自己的努力让家乡发展得更好,同时介绍更多的朋友来中国、来扬州、来扬工院学习和交流,做一个真正的"巴铁"。

在来扬州求学之前,李美珊曾问过自己:扬州到底是一座什么样的城市?

在国内时,老师无数次提及"烟花三月下扬州",仅仅一句诗就引发了李美珊的无穷想象,这是她心目中关于扬州的最初印象。

当李美珊真正来到扬州,穿越人流如织的文昌阁,走在青石板路的东关街之上,观览烟雨朦胧的山水楼台,她才发现这座被人无数次提及和描绘的古城的真正样貌。

在李美珊眼里,"扬州是悠闲的"。虽然不复"万商落日船交尾,一市春风酒并垆"的繁荣,却依旧有"春灯如雪浸兰舟,不载江南半点愁"的悠闲。扬州人喜欢泡茶馆,喜欢一遍又一遍地沏茶打发时光,喜欢优哉游哉地过日子。"早上皮包水,晚上水包皮"就是对扬州人慢生活最准确的描述。

在李美珊的印象里,"扬州是诗意的"。扬州的诗意在水,在桥,在园,在楼。杜牧《寄扬州韩绰判官》:"青山隐隐水迢迢,秋尽江南草未凋。二十四桥明月夜,玉人何处教吹箫。"身在仕宦,心留江南,诗情画意,梦里魂牵。那些留存在纸页间的美,沉浸在月色里,是李白写下的"烟花三月下扬州";是即将从扬州奔赴长安的杜牧,写下的"春风十里扬州路";是张若虚笔下"孤篇压全唐"《春江花月夜》中的"何处春江无月明";是徐凝笔下激起不计其数的人对扬州的痴爱的"天下三分明月夜,二分无赖是扬州"。

在李美珊眼中,"扬州是特别的"。《中国国家地理》是这样解读扬州的地理位置的:"把扬州看作是江南更重要的原因,是扬州与江南的神似,甚至可以说扬州曾经比江南更江南。"扬州的地理位置,造就了柔美江南的情调。"古老的大运河贯穿南北,发达的长江水系横跨东西,扬州自古以来就是东西南北中重要的水上交通枢纽。古代帝王,江都巡幸;才子落魄,江南寄情;商贾往来,漕运繁忙。扬州见证了太多的繁华过往和沧桑烟云。"李美珊说完抬眼望向天际若有所思。

在李美珊言语中,"扬州是难忘的"。"人生只合扬州死,禅智山光好墓田",说出了多少古人的心声,也倾吐出他们对扬州刻骨铭心的不舍和留恋。李美珊来到这座城市,念念不忘的是舌尖上的味道。冒着热气的早茶,烫干丝搭配蟹黄汤包,是汪曾祺用人间烟火吟出的诗。胡同里,古街边,巷弄里的人间烟火;一杯香茗、一笼包子,背后写着从前慢——是令人难忘的味道。

"扬州,是我的梦开始的地方,是一座让人一见就深深爱上的城市,杜牧有旷世名句'十年一觉扬州梦',此时不来扬州更待何时?"李美珊曾幻想过长城的蜿蜒曲折,梦见过故宫的庄严肃穆,但是,当来到扬州,她才找到了真正的"最中国":是大运河赓续千年的绵延悠长,也是江南文脉融贯古今的馥郁芬芳。李美姗说,通过走访,留学生眼中的每一种历史陈设、每一段人文故事、每一帧生活细节映射的都是中国的发展进程。在此过程中,留学生消除了因文化隔阂而产生的刻板印象,感受到的是中国人民进取包容的处事秉性,更促使他们成为知晓中华文化精神内涵、了解中国社会处世逻辑、乐于交往勤奋友好中国人民的知华、友华、爱华人才,并通过他们的视角展现出一个亲切、生动、立体的中国。

李莉美,一位来自"千岛之国"印度尼西亚的一个普通城镇家庭的扬工院留学生。从小,她的母亲就对她和姐姐有着很高的要求,始终教导两个女儿:"坚持做难而正确的事,坚持做需要时间积累的事。"她始终把母亲的叮咛作为自己前行的动力。

2017年金秋,李莉美怀揣着对中国、对扬州的无限向往,告别了自己的家人,来到了扬州。一个行李箱,一个背包,一个稚气懵懂的女孩,在一个平凡的日子里,她的留学生涯就此开始。"说不上太多为什么,也说不上具体是什么时候,或许是从小在身边华人朋友的影响下,不知不觉中我爱上了这片辽阔的土地——中国。"

来到扬州,来到扬工院学习,李莉美的汉语老师告诉她:"中文的奥秘需要用一生的时间去探寻。"她至今记得有一堂课老师说过:"中国的成语用最简短的语言表达最丰富的内涵,是智慧浓缩的精华。"在扬工院三年,李莉美提升了自己的汉语水平,不仅通过了汉语水平四级考试,还选择了机械制造与自动化专业,在老师的引领下,结合实训实践经验,初步构建了自己在机械专业领域的知识架构。

2020年初,李莉美大三第一学期结束的那个寒假,她选择回到印尼,经过层层选拔,进入与扬工院紧密合作的中资企业——印尼海螺水泥进行了长达四个月的实习。在海螺水泥实习的日子里,李莉美深深地被企业领导和工程师的工匠精神所吸引,他们对待生产流程那种一丝不苟、精益求精的态度深深地印刻在她的脑海中。

"干一行,钻一行,精一行。"在扬工院老师的指导下,李莉美系统地深化机械专业知识,丰富专业领域认识,在实践中解决自己存在的疑问;她还大量阅读专业书籍,拓宽自己的知识面,提高自己在专业领域思考的深度,收获了来自领导和同事们的称赞和鼓励。

功夫不负有心人,在扬工院老师的帮助和自己的努力下,李莉美顺利完成了论文答辩,也完成了在扬工院的学习任务。

虽然扬工院的学习已经结束,但是对李莉美而言,中国历史和人文的无尽魅力、更多专业领域的知识都是她想再探索和再攀登的动力源泉。于是,在2020年7月,李莉美鼓起勇气,同时怀着对江苏这片土地的眷恋之情,她申请了淮阴工学院机械电子工程专业本科阶段的学习,也有幸成为淮阴工学院2020级新生中的一员,开启了在华本科阶段的学习。怀着对中国文化的热爱,通过自学以及在老师和朋友的帮助下,李莉美于2022年初顺利通过了汉语水平五级考试。

　　学习的路途往往不是一帆风顺的,李莉美坦言:"虽然我已经完成了本科阶段的学习,但是,扬州已经成为我的第二个故乡,这里的每一分、每一秒,我都会无比怀念。"也许是冥冥之中的机缘,李莉美幸运地通过了层层考核,被扬州大学机械工程学院录取为机械制造及自动化专业2022级研究生。

　　时光如烟花般绚丽多彩,2022年的秋天,李莉美开启了自己在中国的第三段求学旅程。她动情地说:"我还将继续不忘初心,努力感知中国传统文化之精髓,体验现代中国之变革,成为知华、友华、爱华,同时具有全球眼光的国际人才;我还将继续努力提升自己的跨文化交际能力,成为中国与印尼文化交流的使者,并主动发声,做中国故事的讲述者,成为中国文化'走出去'的传播者。"

　　"扬州城,巷子深,户对户,门对门。"让我们跟随着"洋校友"张智雅的脚步,漫步仁丰里,品味市井生活的随性惬意,感受穿越千年的宁静诗意,寻找"老扬州"最真实的优雅精致,感受这座城市的脉搏与灵魂。

　　"扬州是个好地方。"国人对这句话都不陌生。但扬州好在哪里?扬工院2201市场营销班的印尼籍张智雅同学有着自己的判断。这里保存着历史的痕迹,时光仿佛在这里凝固,让人感受到岁月静好的情调,感受到独特韵味,人们可以远离喧嚣,静心品味古城的历史和文化。

　　仁丰里所展现的"广陵"故事,通过古老的建筑、街巷布局、历史遗迹,向人们述说着扬州丰富的过去。从旌忠寺到阮元的住宅和家庙,再到明代兵马司的衙署,每一处都如同一个历史博物馆,将古老时光凝结在砖瓦之间。

仁丰里不仅是城市的一部分,更是一段时光的见证。老居民们似乎与车水马龙无关,享受着自家小巷的宁静。在这里,时光仿佛变得悠长,让人可以慢下来,品味生活的美好。

仁丰里成为游人探寻古城奥秘的打卡地,这也是对这座小巷独特魅力的认可。在这里,游客可以感受到扬州古城的韵味,沉浸在历史的记忆中。古老的木围栏、大爷的鸟笼、青砖绿瓦,都成为城市最真实的一部分,散发着岁月静好的氛围。漫游仁丰里,仿佛能穿越千年,置身于宁静和诗意之中。

在张智雅看来,这样的构思和表达方式不仅传递了地方历史文化,也唤起了全世界的人们对于宁静、诗意、岁月静好的向往,更帮助来华留学生群体消除了因文化隔阂而产生的刻板印象,引导他们感受中国人民进取包容的处事秉性,体验中国最"接地气"的社会生活,拉近彼此的距离。中国不仅给予他们知识技能,还是与他们灵魂交契的第二故乡。可见,"洋校友"张智雅是"中国故事""扬州故事""扬工故事"走向世界的重要"讲述者"。

接下来,我们放慢脚步,跟随俄罗斯籍学生毛佳怡,体味好地方扬州的点点滴滴。

2022年毛佳怡来到扬州,时刻感受着这座城市的芬芳。

在扬州,各种缤纷的浪漫,将毛佳怡的生活绘成了一幅精彩的画卷。

今年是毛佳怡学习汉语的第6个年头,但是"烟花三月下扬州",这样一句神奇的诗句始终在他的耳边萦绕,似懂非懂,而这也是他对扬州最初的印象。

"什么是扬州？"

毛佳怡心里自有评述：扬州是各种文化交织融合、肆意生长、互相碰撞出灿烂的火花的地方。东关街的清丽柔美、瘦西湖的宁静闲适、皮市街的浪漫文艺、西区的摩登时尚……每个人都在熟悉的生活里，看见属于自己的扬州。没错，大江大湖、市井人间、摩登未来等，这些词都是对扬州这座城市最准确的表述。

毛佳怡眼里这座城市的迷人瞬间，既在街道建筑的肌理之间，也藏在扬州人闪光的日常之中。摊开扬州地理版图，江湖密布，山水交错。过江环湖，总能打开不一样的扬州城。

毛佳怡的家乡是乌拉尔河以东图拉河畔第一大城市秋明市，有着近500年的建城史，虽然是一座"石油城"，但也是一座依水而建、向水而生的城市。这一点，与扬州倒有几分神似。

扬州地处长江与京杭大运河交汇处，是一座因水而兴的城市。长江奔流，为这座城市倾注澎湃热血，也带来浪漫野趣。毛佳怡曾在六圩灯塔公园驻足，看着轮渡来来往往，追溯百年旧时光；也曾在廖家沟旁，凝望野花芦苇四时更替，落日从廖家沟大桥入长江。运河的隐藏彩蛋，是"橘子汽水味"的落日。扬州人对这座城市的爱，如长江奔涌激进，也如细水般温婉长流。

"千年扬州城，仍在少年时。"光影交错、时节流转之间，不禁会让人感叹眼前的扬州古城在千年的发展中早已变得如此摩登灵动。对于留学生们来说，扬州日新月异、人头攒动，各式建筑是摩登时尚的代名词，但对于老扬州人来说，这里从阡陌农田变身现代都市，也不过是一眨眼的事情。

时代浪潮拍岸，中国大运河博物馆、运河大剧院、京华城、双博馆、图书馆、音乐厅、国展中心、星耀天地、五彩世界……一座座建筑如雨后春笋般在扬州的蓝图上拔地而起,新旧地标各具特色,光影交织间璀璨耀眼。这些地标,也成为留学生们时常造访的目的地。

在毛佳怡的心里,扬州是一座古城,是中国古代极少的通史式城市之一,经济繁荣、文化昌盛,名人辈出。唐代著名诗人李白曾多次来到扬州。清代孙洙选《唐诗三百首》时对李白"故人西辞黄鹤楼,烟花三月下扬州"诗句批注为"千古丽句"。"烟花三月下扬州"成为扬州的"专利"。杜牧在扬州为官多年,喜宴游,"春风十里扬州路,卷上珠帘总不如"。他离开扬州后,"厌江南之寂寞,思扬州之欢娱",在《寄扬州韩绰判官》诗中写道:"青山隐隐水迢迢,秋尽江南草未凋。二十四桥明月夜,玉人何处教吹箫。""吴中四杰"之一、扬州人张若虚,更以一首《春江花月夜》"孤篇压全唐"。"春江潮水连海平,海上明月共潮生",正是当时扬州南郊曲江一带江滨月下夜景的艺术再现。

在毛佳怡的眼中,扬州也是一座新城,扬州高铁站惊艳亮相,城市快速内环全线贯通。城市光速发展之下,扬州人的生活在车水马龙间,就此翻开了新的一页。

"生活在扬州,有你未曾见过的浪漫。"如果说历史古迹是扬州向世界递出的一张名片,那么街头景象就是快速走进本地生活的入口。日子平淡细碎,时光温柔缓慢,最纯粹的市井烟火、人间滋味总能让人共情。商务区高楼背后,纵横交错的老街延展出都市的烟火;城市腹地,承载着千姿百态的市井生活。

踩着缝纫机,朝镜头招呼的大妈;玩着手机,晃晃悠悠打着瞌睡的爷爷;随意支着塑料凳,卖水果的大叔……一切就好像旧时的生活场景,从胶片机里"走"了出来。横过熙熙攘攘的街道,拐去街角的早茶店,来上一笼包子、一碗烫干丝,毛佳怡瞬间也变成了"老扬州",掉进了扬州人小时候拉着爸妈一起来吃早茶的"记忆"里。

扬州是个好地方,扬州也是让我与美丽中国邂逅的地方。扬州用自己一往无前的"快发展",让生活在这里的人们拥有了"慢生活"的底气。这城市江湖美丽壮阔,但其实更眷恋人间烟火。

扬州,从见到她的第一眼,就知道这是一座凝固了老时光的、生活着的、诗意的城。作为在扬州工作、生活、居住七年的一位扬工人,我在这一章选取了6位追寻扬州2 500多年历史文化底蕴的扬工院留学生,他们各自讲述了对扬州这座城的诗意印象。从古老的大运河到诗意的山水楼台,再到悠闲的生活方式,描绘扬州的悠闲、诗意以及令人难忘的味道,勾勒了一个充满历史底蕴和文化气息的扬州,展现了这座城市的独特魅力,表达了洋校友们对扬州的深情和对扬工院的热爱。

洋眼看扬,纸短情长。我提腕搁笔,掩卷沉思,回想起在写这一章的时候,得到了我的老同事原海外学院院长杨丽的大力支持,她和王露扬老师做了大量的工作,精心遴选很多素材,让我的心中充满了感动,也让我体味到她们对扬工院、对留学生、"洋校友"们那份沉甸甸的爱。扬工院"洋校友"的故事还在继续书写,借此机会,也祈盼更多的校友能读到这段文字,一起为"留学扬工"加油,一起为更多的扬工"洋校友"喝彩,让我们一起架起沟通友谊的桥梁,让扬工名片飞向世界。

三国演义

2014 年 9 月 19 日晚,在素有"北国锁钥、南国门户"美誉的江苏省徐州市,盛大恢宏的江苏省第十八届运动会开幕式在市奥体中心上演。

看台上,数万名观众神采飞扬,手中挥舞着旗子和荧光棒,随着场内氛围的变化,或手舞足蹈,或呐喊助威,声震云霄。

主席台上,省委书记罗志军和省长李学勇等领导在掌声中落座。随着一声哨响,开幕式前的暖场活动开始了。

此时,在看台中央的场地上,有三支舞龙队正在做着开幕前的暖场表演,吸引了主席台上一众领导的目光,看台上的上万名观众更是凝神观看。

"龙"是中华民族世世代代所崇拜的图腾。中华儿女都以是"龙的传人"而自豪。舞龙是中国极富民族色彩的民间艺术之一。眼前的这三支舞龙队可不是随便请来的民间草台班子,全都是来自省内高校的高水平运动队,分别是南京理工大学舞龙队、扬州工业职业技术学院舞龙队和徐州工程学院舞龙队。

或许是感受到了万千目光聚焦于一身,身着各式民族服装、中筒靴子、灯笼裤、布制腰带的舞龙小伙子们,个个英姿勃发,生龙活虎,舞得特别干练、潇洒、有力。

作为观众中的一员,我坐在看台上,眼睛一眨都不眨地紧紧盯着这三支表演的队伍,演到精彩处,我和其他观众一样,情不自禁地为他们鼓掌助威。别人或许不知道,但我自己心里清楚,这是发乎内心的欣慰的掌声,是自豪的掌声。这掌声是送给他们的,也是送给我自己的。因为,这三支舞龙队就像自己的三队孩子一样,都和我有着不解之缘。

一

三支队伍中,南京理工大学舞龙队是最早组建的。

思绪被拉回到 2003 年,那是南京理工大学举办五十周年校庆的年份。俗话说,三十而立,四十不惑,五十就是半百了,是知天命的年纪,意味着成熟、稳重、事业有成和蒸蒸日上。当时,整个学校从领导到广大师生都非常重视,为此,学校决定专门举办一个隆重而又喜庆的仪式予以庆祝纪念。

庆祝活动提前半年就开始策划。怎样才能隆重而又喜庆呢?当时我在学校办公室(党办和校办一体化)任副主任,兼任五十周年校庆筹备办公室常务副主任。碰头会开了一轮又一轮,大家绞尽脑汁,各抒己见,着实耗费了校庆领导小组成员们不少的脑细胞。

就在前一年的春节,我回河南老家上蔡过年时,心里还一直惦记着工作上的事情。闲暇时与老人聊天,聊到什么活动喜庆热闹又能烘托气氛时,他们说,正月十五闹元宵,哪一样活动不是热热闹闹的?

仔细想想，还真是。小时候，每到正月十五前后几天，街上到处都是"玩晚会"的。具体的形式各异：撑旱船的、踩高跷的、打铁花的、舞龙和舞狮的等等。这些都是传统的民间艺术形式，能登上大雅之堂吗？带着疑惑，我开始关注这方面的信息，从理论层面到实践层面，逐一进行仔细调研。

舞龙又称耍龙灯、龙灯舞，是中国独具特色的传统民俗娱乐活动。从春节到元宵灯节，中国城乡广大地区都有耍龙灯的习俗。经过千百年的沿袭、发展，耍龙灯已成为一种形式活泼、表演优美、带有浪漫色彩的传统舞蹈。舞龙运动具有悠久的历史，据考证起源于汉代。古人认为龙能行云布雨、消灾降福，象征着祥瑞。舞龙最初是作为祭祀祖先、祈求甘霖的一种仪式，每逢干旱，先民们便敲锣打鼓，舞龙祈雨，并有春舞青龙、夏舞赤龙、秋舞白龙、冬舞黑龙的规矩。自唐宋以降，舞龙已是逢年过节时颇为常见的民俗活动，历代不衰。人们在喜庆日子里用舞龙来祈祷龙的保佑，以求得风调雨顺、五谷丰登，反映出农耕时代百姓靠天吃饭的祈求。所以以舞龙的方式来祈求平安和丰收就成为全国各地的一种常见习俗。久而久之，舞龙作为中华优秀传统民间艺术形式，逐渐成为一种文娱活动。每逢春节或其他庆典活动，各地百姓都会在阵阵锣鼓鞭炮声中，舞龙舞狮助兴，祈求吉利。

在我们的认知里，上下数千年，龙的形象早已渗入中国社会的各个层面，成为一种文化的凝聚和积淀。龙成了中国的象征、中华民族的象征、中国文化的象征，寓意祥瑞尊贵、昂扬不屈、和谐平安。对中华儿女来说，龙的形象是一种符号、一种意蕴、一种血肉相连的情感！"龙的子孙""龙的传人"这些称谓，令我们激动、奋发、自豪。屠洪刚唱的《中国龙》、张明敏唱的《龙的传人》曾让多少人热血沸腾。中华民族通过舞龙运动，将抽象的、虚构于精神世界的龙变成了可见、可知、可感的实物。高擎的巨龙翻飞舞动，充满了和谐、灵动之美，龙文化这一光辉灿烂的优秀文化，通过舞龙运动勃发出新的活力与光彩。

经过认真思考，我认为舞龙这个活动很靠谱。

在各种喜庆节目中，舞龙节目是一个团体活动，需要大家团结一致，凝心聚力，才能把一条龙舞得神采奕奕。这也契合了龙文化的精髓。龙文化对于实现国家统一和民族复兴具有强大的感召力、凝聚力、向心力，处于爬坡上升阶段的南京理工大学正需要提倡并发扬光大这种龙文化。南理工地处六朝古都南京东郊紫金山（古称钟山）南麓，与中山陵风景区浑然一体，而"钟山龙蟠"自古以来即是形容南京地貌的说法。蟠龙意为蛰伏在地而未升腾之龙，在校大学生正可被喻为蓄势待发的蟠龙。南理工应该紧抓区域优势，立足南京，争先传承和发展龙文化。

当我在碰头会上提出在校庆庆祝大会上，以表演舞龙助兴暖场的想法时，时任校党委书记郑亚和校长徐复铭立即表示赞同，负责校庆筹备的副校长刘丽华和校办主任张春福也连声说好。我便立即找到时任南理工体育部主任的王宗平教授，谈了我的想法。令人兴奋的是，王主任当时也正在琢磨如何改革体育课的问题。原来，千禧年来临后，他在新一轮学校教学改革中提出"要勇于创新高校体育教学改革，注重引进更多民间传统体育项目到大学体育课程之中"。舞龙是青年人喜闻乐见的民间传统体育项目,引入大学体育课程毫无问题,况且还能为建校五十周年庆祝活动增光添彩,何乐而不为?把舞龙运动做大做强,既可以为校庆活动锦上添花,也能打造精品体育课程,带动大学生强身健体。我和王主任一拍即合,立即着手筹备组建校庆表演的高水平舞龙队伍。更加令人鼓舞的是,当时的青年教师葛国政已在学校组建了舞龙学生社团,并开设了舞龙课程。作为国内高校首度开设的舞龙选修课,小葛的课程吸引了一百四十余名大学生参加。学校组建的两支年轻的学生舞龙队,在经管院二十周年院庆庆典上首次献演,便博得师生的一致好评。在他的带领下,校舞龙队刻苦训练,不断提升自身技术水平,创新动作编排。2001 年 12 月,南理工两支舞龙队在江苏省五台山体育节开幕式上首度亮相,一鸣惊人!巧妙的编排与精彩的表演迎来喝彩声一片,受到社会各界一致好评。

抽空观看了几场学生舞龙队的表演之后,我感觉的确有发展前途,但学生舞龙的技能还需要提高,舞龙设备老旧,且队伍数量也不够。兵马未动,粮草先行。2003 年初,经领导同意,我从校庆专项经费中专门拨出 5 万元活动经费,用于学校舞龙队在训练器材、服装、技术与人员上的保障。当时的 5 万元是一笔不小的经费,王主任和小葛激动的神情溢于言表,心底自然是十分满意的,学生队员们更是欣喜若狂。

我提议,组建五支舞龙队为校庆庆典大会进行隆重的开场表演。说干就干,王主任同意后,我们两人就委托时任校庆办成员的骆宇飞与葛国政专门到上海采购最高级的舞龙装备。两个人不辞辛劳,冒着酷暑,现场考察制作龙具的工厂,在上海跑了好几天,精心比较,挑选了最好最得心应手的舞龙设备。为了省钱,两个实心后生舍不得费钱托运,硬生生扛着买来的几条长龙,挤火车回到了南京。

时至今日,骆宇飞已经是省委组织部的处长,葛国政也已成为教授,并且担任江苏省龙狮运动协会秘书长,但当年舞龙队行头的置办少不了这两位风华正茂的年轻帅哥的功劳。

话说回来,挑选龙具也是一项技术活。舞龙的主要道具是"龙"。扎制龙具的师傅告诉他们,龙是用草、竹、布等扎制而成,龙的节数以单数为吉利,多见九节龙、十一节龙、十三节龙,多者可达二十九节。十五节以上的龙就比较笨重了,不宜舞动,主要用来观赏,这种龙特别讲究装潢,具有很高的工艺价值。还有一种"火龙",用竹篾编成圆筒,形成笼子,糊上透明、漂亮的龙衣,内燃蜡烛或油灯,夜间表演十分壮观。

两人当时考虑到,学校定制这种龙具是为了学生上课及表演使用,基本都是大学生小伙子们在使用,首要条件之一就是要结实,抗摔打,二是要轻巧,否则几个人举着龙具一直在跑跳,时间长体力上也吃不消。所以,他们挑选了用布扎制的大小适中的十一节的龙具,舍弃了好看而不好用的节数太多的龙和"火龙"等。

由于五支龙队组建时间短,要想出效果就需要高强度的训练。我怕到正式表演时出现纰漏,一有空就跑去舞龙队看他们训练,与教练和同学们一起探讨中国传统龙文化的渊源,并鼓励同学们发扬南理工人不怕吃苦、奋勇献身的军工精神,刻苦训练,为校争光。王宗平主任讲,正是这个时期开始铸就南理工舞龙的文化之根,也为日后塑造南理工舞龙的灵魂与精神奠定了坚实基础。

说实话,舞龙这种演出形式,我从小就在看,但是对于其中门道,还真是一窍不通。有时候看得兴起,也试着扛起挑把与同学们一起舞一回,可无奈技巧跟不上,体力跟不上,最后只能是草草了之。葛国政看我累得气喘吁吁,把我拽到一边休息,一边递水,一边眉眼翻飞、动作夸张地给我科普舞龙秘技。

人不学,不知道。原来舞龙并不是只要举着挑把跟着跑就行,舞龙的动作千变万化,随心所欲,关键在于几个人的密切配合。九节以内的龙侧重于花样技巧,较常见的动作有蛟龙漫游、龙头钻裆子、头尾齐钻、龙摆尾和蛇蜕皮等。十一节、十三节的龙,侧重于动作表演,金龙追逐宝珠,飞腾跳跃,时而飞入云端,时而入海破浪,再配合龙珠及鼓乐衬托,成为一种集武术、鼓乐、戏曲和龙艺于一身的艺术样式。

玉不琢,不成器。经过半年没日没夜的刻苦训练,五支舞龙队已经很是像模像样了。2003年9月20日是南京理工大学建校五十周年庆祝大会的日子。一万五千余名校内外嘉宾、校友和师生员工代表在大操场上齐聚一堂,共同见证这美好而难忘的时刻。大会正式开始之前,暖场活动开演,五支舞龙队如脚踏祥云的五条蛟龙,从五个方向飞入会场,瞬间便惊艳了全场。五条不同色彩的蛟龙,形成鲜明的对比,异常醒目,在龙珠的引导之下,有的腾云驾雾,忽隐忽现;有的乘风破浪,穿越沧海,让人联想起东海里的老龙王。龙在云雾中穿梭,时而互相追赶,时而龙身绞在一起,时而互相嬉戏,五条龙姿态各异,精彩纷呈,令人目不暇接。

　　舞龙的小伙子们快速地奔跑,敏捷地穿梭,卖力地挥舞,尽力把每一个动作做到位,保持整条龙飞舞时的流畅与灵动。表演大约持续了二十分钟,把场上的喜庆气氛充分调动了起来。表演结束,掌声、欢呼声响成一片,所有在场的观众都毫不吝啬地把掌声送给舞龙的小伙子们。如果你离得近,一定能够看到他们个个满头大汗,大口大口地喘着粗气。俗话说,台上一分钟,台下十年功,此话一点都不假。没有他们的刻苦训练,就不会有整条龙的自由翻飞,没有他们的汗水,就不会有今天的掌声和欢呼声。记得那年校庆结束后,舞龙队当之无愧地受到学校先进集体表彰。

　　五支队伍的精彩表演震撼了所有师生与社会媒体,可以说一炮而红。舞龙队声名远扬,也不断被邀请参加各类大型社会活动。相继参加了世界青年女子垒球锦标赛开幕式、江苏省大学生艺术节闭幕式、第十届全国运动会吉祥物揭牌仪式等。2005 年 5 月,在全国龙狮精英赛开幕式上,时任全国政协社会和法制委员会副主任的伍绍祖为南理工舞龙队点睛。同年 10 月,南理工舞龙队应邀亮相全国十运会,为包括时任中共中央总书记、国家主席胡锦涛等嘉宾在内的全场六万余名观众进行舞龙表演。鉴于在普及推广大学生舞龙运动方面的突出贡献,南京理工大学先后被批准为"江苏省舞龙舞狮运动教学训练基地""江苏省学生体协高校工作委员会舞龙舞狮分会"和"全国龙狮训练基地"等。

　　南理工舞龙运动开始逐步走向规范化、科学化与专业化发展道路,并开始在各类比赛中崭露头角,拿奖拿到手软。甫一亮相便在长沙中南大学举办的"首届中国大学生龙狮锦标赛"中斩获银牌;在"2004年全国舞龙邀请赛"中更是一举夺冠,受到学校领导的高度赞扬与肯定;同年11月,参加上海举办的"第八届中国国际龙狮邀请赛",作为比赛中唯一的由在校大学生组成的业余队伍,力夺铜牌;2006年,南京理工大学首次举办"江苏省大学生龙狮精英赛",南理工舞龙队获得舞龙比赛一等奖。

据葛国政粗略统计,自2004年至今,南理工舞龙队获得各项奖励仅国家级的就有四十项。国家体育总局社会体育指导中心副主任、中国龙狮运动协会副主席雷军对南理工舞龙队给予高度肯定,夸赞"舞龙是中国传统体育运动,南理工大学生舞龙队在音乐编排与表演中融入了许多现代元素,具有创新性,值得肯定"。他还表示"从目前的发展趋势看,高校正成为舞龙运动的引领者,为龙狮运动提供了人才和资源上的储备。南京理工大学是正式走在前面的龙狮运动领舞者"。

一分汗水一分收获。荣誉的背后是队员们刻苦的、专业化的训练。学校舞龙队曾受邀参加第三届全国体育大会舞龙舞狮比赛,赛前主教练葛国政在接受采访时说:"别看我们的队员全是大学生,他们可不比其他省的专业队差,他们是冲着金牌去的。"当时,侯晓鹏是舞龙队的队长兼龙头,作为舞龙队代表人物,说到对比赛的印象,他用了"坚持、坚持、再坚持"这句话。"舞龙运动不仅是单纯的竞技体育,还是一种反映中华文化的民俗运动,舞龙过程中能否完美地展示出龙的精气神韵,最关键的就是要看龙头的表现力。这就要求龙头能够很好地和音乐配合,是昂首挺进,是一声怒吼,还是游龙戏珠,全凭龙头对龙神态的把握,做出相应的寻珠、戏珠、戏尾等动作。"队员丁黎说:"我大学期间最开心最充实的时光是在舞龙队度过的。舞龙队是个充满爱的大家庭,葛国政老师是我们的大家长,在这里我们结识了一群志同道合的朋友,也享受着共同奋斗的幸福感。虽然训练非常辛苦,但通过团队配合完成一个又一个看似不可能完成的动作,拿下一场又一场比赛的胜利,那种成就感根本无法用言语来表达。转眼离开舞龙队快十五年了,但兄弟们在一起摸爬滚打走过的日子,已成为我们一辈子的回忆。永远怀念在校舞龙队的日子!"备战第三届全国体育大会期间,由于是代表省队出战,又是主场,他们承受的压力不小,专门闭门训练半年,在这半年时间里,队员们白天上课,晚上训练,放弃了周末和假期的休息,大年初六就到学校集训。

当然,大学的主要任务还是培养人才,所有的活动都必须围绕这一主要目标进行。南理工很好地将龙狮文化与大学生人格培养结合起来,使二者相辅相成,相得益彰,参加舞龙对学生的学业发展产生了显著的激励作用。作为学校舞龙典型人物的2021届材料学纳米材料与技术专业的学生廖阳被保研至清华大学,他在接受采访时说:"舞龙对我个人影响也很大,通过舞龙运动磨砺了坚忍的意志,勇敢地克服各种困难,才有了成功保研清华大学的机会。舞龙课程不仅培养了我对舞龙的兴趣,更让我认识了许多志同道合的朋友,让我在大学期间有了一段难忘的经历和弥足珍贵的记忆。加入校舞龙队是我本科期间最幸运的事情。每次训练从和队友反复磨合动作到默契配合以及休息时的畅谈言欢都让我完全沉浸在运动的快乐中,忘记一切忙碌和压力。每当我们拿起手中的杆子舞龙时,我都能感觉到自己就是龙的传人,强烈的民族自豪感和文化认同感油然而生。舞龙队带给我的远不止这些,它还让我结识了一群非常优秀的同伴(很多舞龙队员获得了清华、复旦、国防科大、上外、本校的保研资格)。在这样的集体里,我被不断地激励着,也最终成长为更好的自己。如今回望大学四年,在舞龙队的日子绝对是我最快乐最难忘的回忆。"

时光飞逝,日月轮转,掐指一算,南理工舞龙队在全国高校中抢占先机,已经独领风骚二十年。舞龙逐渐成为南理工大学校园的特色文化,成为学校的一张名片,在高校中起到了示范引领作用。南理工率先成功地将中华龙文化和传统舞龙运动引入大学校园,使舞龙这一传统文化形式在广大学生中得到普及推广,在强健学生体质、磨砺学生意志以及引导学生爱国奉献、自强拼搏、团队合作等方面发挥了重要作用,已经成为学校开展大学生社会主义核心价值观教育,提升大学生思想政治教育实效性和促进学生全面发展的重要载体。与此同时,南理工也在不断地推动舞龙运动发展壮大,在高校中起到了辐射带动作用,在培养人才、服务社会、传承中华优秀传统文化、促进民族团结与国际交流的融合式发展中扮演着更加重要的角色。

二

俗话说,铁打的营盘,流水的兵。南理工舞龙队员们换了一茌又一茌，我也于 2007 年离开了南理工。

我到扬工院当院长时，正是学校发展最艰难的时候。学校由原扬州化工学校、扬州建筑工程学校合并组建不久，运行机制还没有完全理顺，人员关系错综复杂，缺乏凝聚力和众志成城、团结向上的精气神。怎样才能调动大家的积极性？怎样让大家心往一处想，劲往一处使呢？我很自然地想到了舞龙运动。虽然无法让学校每个教职员工都参与进来，但的确能起到一种氛围营造、心理慰藉和导向引领作用。

舞龙运动是一个群体项目，要求参与舞龙的人员必须是一个团体，而不是个人。精彩的舞龙表演意味着参演者要有强烈的团结合作精神，象征着中华儿女团结一心。个人的力量必须服务于集体的目标，万不可分散开来。因此，舞龙活动是加强团结、增强集体凝聚力的有效途径。另外，舞龙运动开展得好，还能激发荣誉感、自豪感。它能够集中群体的力量，体现出这个群体对龙文化的高度认同，还能够激起中国人的民族自豪感，使整个中华民族更加团结。同时，舞龙运动作为我国传统文化的重要载体，其所蕴含的价值观念和人文精神，是中华民族独特的文化精髓。在高校开展舞龙运动不能仅仅将其视为一项运动，而应将其视为优秀的民族传统体育文化，从继承和发扬民族传统体育文化的角度开展舞龙运动，对中国传统文化的继承和发展有着无可替代的价值功能。

也正是基于这个想法，2009 年初，我召集时任校体育部主任赵永林等体育教师，就如何传承民族优秀传统体育文化，推进校园体育文化发展，进而丰富大学生的校园文化生活，进行了专题研讨。我向他们推介南理工龙狮文化的建设、发展和成效，决定采取"走出去，请进来"相结合的办法，尽快成立扬工院龙狮队，传承中华民族优秀传统项目，弘扬中华民族优秀文化精神，进一步完善和丰富学校文化建设。

随后两个月，体育部赵永林主任等人到南京理工大学实地调研取经后，决定先从男子舞龙项目着手，筹备建设龙狮项目基地。我划拨了 10 万元专项经费，责成体育部搭建师资培训团队，开设舞龙专项课程，组建男子舞龙训练队及学生社团，完善场馆器材设备等。本着"教会、勤练、常赛"的技能传承原则，以文化为纲，立足校内，向外发展，内外结合，多元融合，形成叠加效应，推进中华民族龙狮文化的传承与发展。

事情的进展确如预料，全校师生齐心协力，使舞龙运动在校内得到迅猛发展。基本复制了南理工模式，从强化训练到参加表演再到参加比赛，突飞猛进。据赵永林主任介绍，自舞龙队成立以后，竞训成绩硕果累累，仅省级或国家级金牌（或一等奖、金奖）总数就达 30 枚（项），是江苏省内唯一一支获得省级比赛团体或单项冠军的高职院校舞龙队，成为名副其实的"扬工金龙"。

成绩的背后是辛勤的汗水，更是一帮年轻人对中华龙文化的推崇和热爱。"刚开始参加龙狮社团时，没有什么感觉，但是随着不断深入练习越来越喜欢。"扬工院舞龙队员许力文说，舞龙舞狮是一项团队运动，需要队员之间默契配合，才能达到完美的效果，"这个项目中还包含很多传统文化，比如礼仪与仪式等"。

2021 年中华龙狮大赛重庆铜梁站的比赛是当年中华龙狮大赛的首站赛事，比赛设有舞龙、北狮和南狮三个竞赛项目。其中,舞龙项目共吸引了来自全国各地的8支队伍参赛。"参赛队伍都是各省龙狮协会选拔推荐而来,基本代表了各省舞龙运动的最高水平。"扬工院体育部主任、扬州市民族龙狮名师工作室指导专家徐明胜说起扬工院舞龙队集江苏省省运会、省全民健身运动会和省农民运动会三大赛事舞龙冠军于一身的事情显得非常兴奋和自豪。在代表江苏前往重庆比赛时,扬工院舞龙队的表现也没有让人失望。舞龙比赛分为竞速、障碍和自选三个项目。在竞速赛和障碍赛中,扬工院均获得银奖,在最后一项自选动作比赛中,扬工院舞龙队凭借《红军不怕远征难》的出色发挥,获得了自选动作金奖。事实上,这并不是《红军不怕远征难》第一次在全国大赛中获得大奖,早在2019年的中华龙狮大赛中,扬工院舞龙队就凭借这套动作获得过传统舞龙项目冠军。"红色主题与传统舞龙项目结合,不仅令人耳目一新,更让师生们在训练中接受了一次生动的党史教育。"徐明胜说,这套动作以红军长征为主题,选取了遵义会议、四渡赤水、飞夺泸定桥、爬雪山、过草地、大会师六个场景,让师生们通过舞龙运动感受红军长征精神,激发爱国热情。

舞龙运动的成功开展作为一个好的开端、好的契机,引领扬工院人凝心聚力,开拓进取。目前,扬工院已经成为江苏省中国特色高水平高职院校建设单位、江苏省示范性高等职业院校和江苏省职业教育先进单位。然而,更让我欣慰和自豪的是,扬工院因舞龙项目还入选了省中华优秀传统文化传承基地创建单位。

吃水不忘掘井人。南理工舞龙队作为先行者,在扬工院舞龙队建设过程中给予了很大的帮助。葛国政教授不仅热情指导,还在百忙中经常抽出时间到现场传授经验,充分展现了南理工人乐于助人,为传承中华优秀传统文化不遗余力的高尚情怀。2014年5月26日,扬工院发出《致南京理工大学及王晓锋校长的感谢信》,诚挚感谢南京理工大学对扬工院龙狮基地建设的无私帮助与指导。

三

岁月如梭,时光匆匆。2014年,我又转战到了徐州工程学院,担任院长。

徐州,古称"彭城",是两汉文化的发源地,有"彭祖故国、刘邦故里、项羽故都"之称,因其拥有大量文化遗产、名胜古迹,也被称作"东方雅典"。

我考虑到徐州工程学院处于这样一个文化底蕴深厚的城市,除了重点发展工科类专业外,在传承、发展、弘扬中华优秀传统文化等方面也应该做出应有的贡献。经过一段时间的调研、学习和思考,结合学校应用型人才培养的办学目标要求,我创造性地提出了"大应用观、大工程观、大生活观、大文化观"的"四大观"特色办学理念。以"读讲一本书、学会音乐欣赏知识或掌握一种乐器、爱上一项体育运动、参与一次社会实践活动、参加一个科技创新团队"为内容的"五个一工程",深化教育教学和人才培养模式改革,促进学生又好又快成长。

我再一次想到了舞龙运动。

由于在南理工和扬工院推动舞龙运动效果不错,又正好契合了学校"五个一工程"中"爱上一项体育运动"的要求,经过商议,徐州工程学院体育学院也迅即成立了舞龙队。体育学院院长李平教授是个女强人,也非常热心于这项运动,四处调研,到南理工和扬工院学习取经,积极推动舞龙活动的开展,很快就取得了成效。至今经过近十年的耕耘,徐州工程学院舞龙队在赛事上已取得各种奖牌三十多枚。

刚开始为了推广舞龙运动,丰富校园生活,弘扬传统体育文化,学校首先在校运动会中增设了舞龙舞狮比赛,大大提高了师生们参与的兴趣和热情,每个学院均派出了代表队参赛。紧接着,为持续提高龙狮运动的热度,徐州工程学院于 2014 年召开了首届龙狮文化论坛,搭建了一个交流研讨龙狮文化、推动龙狮运动发展的平台,为师生提供了一次极好的学习机会,有力地推动了学校民族体育运动项目的开展,塑造了团结、进取、奋发、向上的校园精神。

接下来,我要求体育学院把舞龙运动更加有效地融入教学中,把舞龙运动这个项目深层次的内涵挖掘出来,使学生通过舞龙舞狮运动实现全面发展。李平院长带领体育学院老师们深入研究,按照"建设一个专业,打造一个品牌"的思路,将舞龙舞狮传统文化课程的教学内容进一步深化,实施分层教学,实现了教学内容、教学方式、教学设备等全方位创新。他们利用龙狮文化馆、仿真实验室等硬件设施,创设运动情境性亲身体验空间,通过沉浸式、体验式学习,实现集场地创设、课程研发、育人实践、模式创新、海外推广为一体的民俗体育教学。将舞龙舞狮教育融入大学生、留学生教育的文化教育新模式,得到了中国大学生体育协会舞龙舞狮分会、江苏省体育局以及中国龙狮运动协会等单位的大力支持,教学方式与内容得到了学生的充分认可。

或许有人会说,不就是舞个龙吗,大家从小就见识过,这有什么了不起?此言差矣。我们不能仅仅看到事物的表面现象,要从更深层次上挖掘高校发展舞龙运动的意义。

葛国政教授说,南理工以舞龙为代表的民族传统体育在教学成果评比和科研工作上获得了丰硕成果:"舞动的中国龙——龙文化与当代中国舞龙运动"课程被教育部评为中国大学精品视频公开课;"育人至上 强健体魄 文化传承——舞龙运动课内外一体化教学实践与效果"项目获江苏省教学成果二等奖;师生先后公开发表研究论文 100 余篇,完成课题 50 余项,获批发明专利 4 项。

赵永林教授说,这些年,扬工院基地成员发表与舞龙相关论文 8 篇,完成项目课题"舞龙文化在高校的传承、融合与创新",获批发明专利 6 项。

徐名胜主任说,扬工院始终坚守高校文化传承的阵地,把民族传统体育文化融入体育教育体系,实现体育课程教学与传统文化的有机结合。目前,舞龙已经成为扬工院特色品牌项目。舞龙项目建设传承 15 年,舞龙队是扬工院唯一获得全国、省、市、校四级表彰的优秀社团。扬工舞龙队累计培养舞龙骨干近百人,在北京、唐山、南京等多地参加表演近百场,参加省内外比赛几十场。扬工舞龙队先后累计获得省级以上单项或团体比赛冠军 13 次、亚军 7 次。难能可贵的是,扬工院舞龙队在两届省运会中囊括 4 枚金牌,并曾获全国比赛亚军 2 次,成为江苏省内唯一一支在省运会、农运会、全民健身运动会三大综合性运动会以及省级各类比赛中获得团体或单项冠军的高职院校舞龙队。

李平教授说,2019年徐州工程学院老师撰写的《"一带一路"倡议背景下传统体育文化的国际传播机制研究——基于徐州工程学院留学生龙狮队的案例验证与启示》一文入选第十一届全国体育科学大会专题报告,教学团队先后获得省部级及以上科研立项2项、市厅级项目立项6项,公开发表高水平论文20篇,出版学术专著1部。

看到他们取得的成果,难道你还能说舞龙运动只是好玩,只是图热闹吗?

寓教于玩,寓教于乐。能够把"玩"上升到理论层面,研究出成果,也算达到玩的最高境界了。

至今,南京理工大学、扬州工业职业技术学院、徐州工程学院形成了舞龙队三足鼎立的局面,三支舞龙队经常在国内外赛场上演绎同脉传承、各领风骚的"江湖传奇"。

当然,舞龙运动的江湖上还有很多队伍,大家都在为弘扬中华优秀传统文化而努力。舞龙活动具有浓郁的民族特色和厚重的历史文化底蕴,凝聚着中华民族辉煌灿烂的龙狮文化因子,将这一运动与大学生的培养结合起来,势必能够激发出中华民族继往开来、开拓创新的伟大文化活力和创造力,实现中华优秀传统文化的传承与创新。

借这段回忆文字祝愿三支队伍在新时代,将源于南京理工大学、扎根扬州工业职业技术学院、繁盛于徐州工程学院的"舞龙技艺"演绎得精彩绝伦。

胸藏文墨　腹有诗书

　　"胸藏文墨虚若谷,腹有诗书气自华。"沐浴在书香和诗书画卷之中的扬工院,是校园,是家园,更是扬工人心安神往的归处。漫步校园,从西校区的双镜湖、二分桥、桃花岛,到东校区的文筑馆、众创空间,共享着同一片疏阔晴空,韵味各不相同。流连其中,步移景异,楼宇错落,各有其名。纵横阡陌,细细品味路名故事,以史为名者有之,以诗为名者也有之。偶有闲暇,提笔记之一二,让我们一起感受扬工风物的至真至美。

一、桃花岛记

　　"桃之夭夭,灼灼其华。"在中国5 000多年的历史文化中,"桃花"一直占据着特殊的历史地位。早在2 000多年前,《诗经》就用它来表达美好的爱情。有时候"桃花"又是春天的象征,"竹外桃花三两枝,春江水暖鸭先知"。有时候,"桃花"又代表着一种超脱豁达、安贫乐道、随遇而安的人生态度,"桃花坞里桃花庵,桃花庵里桃花仙。桃花仙人种桃树,又摘桃花换酒钱。酒醒只在花前坐,酒醉还来花下眠"。不过,真正让桃花闻名于世、奠定了桃花历史地位的,当属陶渊明。他在《桃花源记》中为我们勾勒出一个桃花灼灼盛放,"土地平旷,屋舍俨然""阡陌交通,鸡犬相闻""黄发垂髫,并怡然自乐"的世外桃源,这里恬静和乐、与世无争。从此,桃花源成为一种无拘无束、自由自在的生活理想。

回顾扬工院的发展历程,在一片蛮荒中蹒跚起步,在一无所有中艰难启程,从最初只有一栋自筹自建的教学楼的培训学校,到如今占地总面积达 1 027 亩、建筑面积 40 万平方米的花园式高职院校,走过了一条筹建、合并办学、升格高职的发展之路。

桃花岛上桃花缘。桃花岛是扬工院双镜湖中的一个小岛,也是"神兽"(大白鹅)们经常嬉戏休憩的地方。为了更好地美化校园,让同学们留下更多的校园记忆,扬工院在 2015 年年底对原来的湖心小岛进行了改造和景观提升,并命名为桃花岛,且每年都会从全校黄姓同学中遴选一位岛主,管理桃花岛,小岛也是很多学生留下美好回忆的标志性网红打卡地点。倘是仲春时节,走进扬工院,杨柳依依,桃花盛放,海棠妖娆……护栏外,湖水中央桃花岛上遍栽桃树,阳春三月,桃花朵朵开,养鹅人在岛上搭建一间鹅舍,被同学们称为"神兽宫"。一群大白鹅引颈高歌,此情此景,恍若梦境。桃花岛和岛主的故事成为同学们经常提起的话题,桃花岛也自然而然地成为咱们扬工人心中一道不可或缺的风景,许多扬工院校友都在此处留下了美好回忆。

二、琼楼玉宇

"所谓大学者,非谓有大楼之谓也。"但在扬工院,每栋楼的背后都有一串故事,每条路的历史深处都写着一首诗歌,校园里流传着一个个动人的传说……为营造身临其境的体验感,扬工院立足扬州地方深厚的文化底蕴和学校的历史,努力在提升校园文化品质上下功夫,不断"唤醒"文化记忆。学校结合办学历史和扬州文化对学校楼宇进行命名,别有一番创意和味道。

1. 高桥楼

高楼耸峙间,两座实训楼静默无言,但翻开扬工院的历史,它们就好比是一本书的两篇序言,其中一栋就是高桥楼,这注定是不能错过的存在!

扬工院以路名作为楼名,记住了这段岁月:1983年扬州化工学校由扬州文峰路迁至高桥北街75号办学,扬工院将实训一号楼取名高桥楼,意指学校由位于高桥路的扬州化工学校升格而来。

如今去过扬工院的人,都会沉醉在那优美的风光中。春天,有人在高桥楼的四周寻找"神兽"的足迹;夏天,树下凉快极了,同学们都在树下乘凉;秋天,落叶四处飘散,带来了一场谢幕的前奏,它们"化作春泥更护花";冬天,旧的一年即将谢幕,也预示着新的一年即将来临。时间带走的是四季,带不走的是与高桥楼纠葛缠绵的回忆。

2. 真州楼

诗画瘦西湖,人文古扬州。扬州,中国闻名遐迩的历史文化名城,曾是商贾云集、名人荟萃之地。她2 500多年的建城史中留下了一段段佳话,许多名人盘桓于此,在这里留下了一串串故事。作为一所扬州"土生土长"的高职院校,扬工院也别出心裁地将学校重要建筑以扬州知名人物、风物掌故进行命名,别具一番风味。

仪征古称真州,1981 年学校前身之一的扬州建筑工程学校在仪征青山镇创办,实训二号楼取名真州楼意指学校由位于仪征的扬州建筑工程学校升格而来。

3. 自清楼(教学楼)

此名称取自中国近代散文家、诗人、学者、民主战士朱自清先生之名。自清亦有品行高洁之意。

朱自清(1898 年 11 月 22 日—1948 年 8 月 12 日),原名自华,号实秋,后改名自清,字佩弦。原籍浙江绍兴,出生于江苏省东海县(今连云港市东海县平明镇),后随父定居扬州,自称"我是扬州人"。1916 年中学毕业后考入北京大学预科。1919 年开始发表诗歌。1921 年,加入文学研究会,成为"为人生"派代表作家。1922 年,与叶圣陶等创办了我国新文学史上第一个诗刊——《诗》月刊,倡导新诗。次年,发表长诗《毁灭》,引起当时诗坛广泛注意,继而写《桨声灯影里的秦淮河》,被誉为"白话美术文的模范"。1924 年,诗文集《踪迹》出版。1925 年,应清华大学之聘,任中文系教授。创作由诗歌转向散文,同时致力于古典文学研究。"三一八"惨案后,他撰写《执政府大屠杀记》等文章,声讨军阀政府暴行。1928 年,第一部散文集《背影》出版。1930 年,代理清华大学中文系主任。次年,留学英国,并漫游欧洲数国,著有《欧游杂记》《伦敦杂记》。1932 年归国,继任清华大学中文系教授兼系主任。"一二·九"运动中,他同学生一道上街游行。抗日战争爆发后,随校南迁,任国立西南联合大学教授。1946年10月返回北平,受校方委托主编《闻一多全集》。同时,积极参加各项民主活动。1948年8月12日病逝于北平,年仅50岁。

4. 文汇楼(图文大楼)

得名自清代七大藏书楼之一的文汇阁,"文汇"一词也有文化汇聚之意。

文汇阁,建于清乾隆四十五年(1780),位于扬州天宁寺御花园内(即今天的西园宾馆内),因收藏《古今图书集成》与《四库全书》而出名。它和北京紫禁城的文渊阁、圆明园的文源阁、盛京皇宫的文溯阁、承德避暑山庄的文津阁、镇江金山寺的文宗阁、杭州圣因寺的文澜阁并称为七大藏书阁。

历史上的文汇阁,是一座三层楼建筑,梁柱上彩绘书卷图案。一楼藏《古今图书集成》,两侧藏《四库全书》的经部书籍,二楼藏史部书籍,三楼藏子部、集部书籍。文汇阁存世七十余年,毁于咸丰四年(1854)太平军战火之中,是中国藏书史上的一座丰碑,是扬州历史上十分重要的古代图书集聚和文化传播中心,见证了扬州在全国文化、经济发展中的重要地位。

5. 古津楼(后勤楼)

古津楼,此名称取自扬州邗江区古津路路名。因学校地处古代扬子津,取名古津亦有古道热肠,提供服务一如供人舟楫之利的意思。

扬子津在今江苏邗江南滨江,有扬子桥。地处运河与长江之会,为扬州、京口(今镇江市)间长江重要津渡。隋大业七年(611)炀帝在扬州江都县"上钓台,临扬子津,大宴百僚",自江都乘龙舟,由通济渠,还涿郡,并于此置扬子宫。此段江面也因此称扬子江。唐永淳元年(682)在扬子津北滨江地置扬子县。开元(713—741)以后,江滨积沙二十余里,南北津渡为瓜洲沙洲所隔。开元二十五年(737)润州(今镇江市)刺史齐澣开伊娄河二十五里,自京口穿瓜洲至扬子津,立埭,仍为南北要津。金元南侵南宋,均曾达扬子津、桥。今离江已远,然南北交通仍必经扬子津旧地。

6. 维扬楼(原东区行政楼)

此名称取自扬州邗江区维扬路路名,也是扬州曾经的行政区划维扬区区名。

维扬之名最早见于《尚书·禹贡》中。书中载:远古时期天下分为九州,其中"淮海惟扬州",意指在东南淮海一带有九州之一的扬州。这里所指的扬州范围很广,约相当于今日之华东数省。古代汉语中"惟"通"维",后人便把扬州称为维扬。如唐代著名诗人杜荀鹤即有描绘扬州繁华的名句:"见说西川景物繁,维扬景物胜西川。"元代诗人陈秀民在《扬州》一诗中有诗句:"遮莫淮南供给重,逢人犹说好维扬。"

7. 芸台楼(原东区图书馆)

此名称取自扬州历史文化名人阮元的名号。

阮元(1764—1849),江苏扬州人,字伯元,号云(芸)台。阮元一生著述宏富,治学领域涵盖经学、金石、校勘乃至天文、历算、舆地、诗文等领域,"主持风会数十年,海内学者奉为山斗"(《清史稿·阮元传》)。在仕途上,阮元青年早达,活跃于乾隆、嘉庆、道光年间的政治舞台近半个世纪之久,被称为"三朝阁老,九省疆臣"。作为学者型官员,他将穷幽极微、求真务实、经世济用的治学原则贯穿于从政生涯,勤政廉明、治绩斐然,被道光皇帝称赞为"极三朝之宠遇,为一代之完人"。

8. 梅香苑(西区宿舍区)

诗云:"不要人夸颜色好,只留清气满乾坤。"在中国传统文化中,梅以它高洁、坚强、谦虚的品格,给人以立志奋发的激励,在严寒中,梅开百花之先,独天下而春。本区域为西宿舍区,包括梅香苑1—8栋。

9. 竹青苑(东区宿舍区)

诗云:"千磨万击还坚劲,任尔东西南北风。"在中国传统文化中,竹虚心而有节,朴实而坚贞,被人们赋予谦虚、正直等美德。本区域为东宿舍区,包括竹青苑9—12栋。

三、路以诗名

扬州之美,到底美在何处?

有人说扬州是一座诗的城市。"一部《全唐诗》,半部扬州史。"有着2 500多年建城史的扬州是一座充满诗意的城市,无数文人墨客与之结缘,歌咏扬州的诗篇数不胜数。尤其是诗歌鼎盛的唐代,李白、杜甫、白居易……伟大的诗人如同璀璨群星,在扬州交汇,照见了中国的千年繁华。

关于扬州的经典诗句比比皆是:

故人西辞黄鹤楼,烟花三月下扬州。——李白《送孟浩然之广陵》

人生只合扬州死,禅智山光好墓田。——张祜《纵游淮南》

春风十里扬州路,卷上珠帘总不如。——杜牧《赠别二首》

十年一觉扬州梦,赢得青楼薄幸名。——杜牧《遣怀》

……

也有人说,扬州是一座月亮之城。古往今来无数文人墨客在此诗意栖居,把酒言欢、金樽对月,把思念、爱恋、失意,交于天上一轮明月。

二十四桥明月夜,玉人何处教吹箫?——杜牧《扬州韩绰判官》

天下三分明月夜,二分无赖是扬州。——徐凝《忆扬州》

烟月扬州如梦寐,江山建业又清明。——钱谦益《吴门春仲送李生还长安》

扬州的诗,扬工院自然也不能辜负,若将学校每条路展开,当诗歌遇到扬州的月亮,又会激荡出怎样的意境?五个名词,五种意象,春、江、花、月、夜,合在一起,便构成了一幅绝美的画卷,所呈现的就是唐朝诗人张若虚享有"孤篇压全唐"之誉的《春江花月夜》。在这里有必要向诸位读者、校友推荐这首诗，以便于了解扬工院的路名故事。

春江花月夜

[唐]张若虚

春江潮水连海平，海上明月共潮生。

滟滟随波千万里，何处春江无月明！

江流宛转绕芳甸，月照花林皆似霰。

空里流霜不觉飞，汀上白沙看不见。

江天一色无纤尘，皎皎空中孤月轮。

江畔何人初见月？江月何年初照人？

人生代代无穷已，江月年年望相似。

不知江月待何人，但见长江送流水。

白云一片去悠悠，青枫浦上不胜愁。

谁家今夜扁舟子？何处相思明月楼？

可怜楼上月徘徊，应照离人妆镜台。

玉户帘中卷不去，捣衣砧上拂还来。

此时相望不相闻，愿逐月华流照君。

鸿雁长飞光不度，鱼龙潜跃水成文。

昨夜闲潭梦落花，可怜春半不还家。

江水流春去欲尽，江潭落月复西斜。

斜月沉沉藏海雾，碣石潇湘无限路。

不知乘月几人归，落月摇情满江树。

走在扬工院的校园里,每一条道路都可与唐代诗人张若虚的《春江花月夜》联系起来:春江路取自该诗"春江潮水连海平",江天路取自该诗"江天一色无纤尘",花林路取自该诗"月照花林皆似霰"等。"走在校园里仿佛时刻都能与传统文化进行交流。进校一个多月,每天走在校园里,《春江花月夜》已经可以全部背诵了。"很多扬工院学子和校友由衷地为母校的用心点赞。每年开学季或者是毕业季,都有不少萌新或毕业生前来打卡,定格自己关于路与诗的奇特记忆。今将路名的释义附录如下,以飨诸君。

1. 春江路、潮生路

取自该诗"春江潮水连海平,海上明月共潮生"句。

释义:春天的江潮水势浩荡,与大海连成一片,一轮明月从海上升起,好像与潮水一起涌出来。

2. 白沙路

取自该诗"空里流霜不觉飞,汀上白沙看不见"句。

释义:月色如霜,所以霜飞无从觉察,洲上的白沙和月色融合在一起,看不分明。

3. 明月路

取自该诗"谁家今夜扁舟子? 何处相思明月楼?"句。

释义:哪家的游子今晚坐着小船在漂流? 什么地方有人在明月照耀的楼上相思?

4. 成文路

取自该诗"鸿雁长飞光不度,鱼龙潜跃水成文"句。

释义:鸿雁不停地飞翔,而不能飞出无边的月光,月照江面,鱼龙在水中跳跃,激起阵阵波纹。

5. 江天路

取自该诗"江天一色无纤尘,皎皎空中孤月轮"句。

释义:江水、天空成一色,没有一点微小灰尘,明亮的天空中只有一轮孤月高悬空中。

6. 月华路

取自该诗"此时相望不相闻,愿逐月华流照君"句。

释义:此时互相望着月亮可是相互听不到声音,我希望随着月光流去照耀着您。

7. 青枫路

取自该诗"白云一片去悠悠,青枫浦上不胜愁"句。

释义:游子像一片白云缓缓地离去,只剩下相思之人站在离别的青枫浦不胜忧愁。

8. 花林路

取自该诗"江流宛转绕芳甸,月照花林皆似霰"句。

释义:江水曲曲折折地绕着花草丛生的原野流淌,月光照耀着开遍鲜花的树林,好像细密的雪珠在闪烁。

　　行文及此,我想各位读者朋友不难发现,扬工院在校园文化营造上是花心思、动脑筋、有成效的。扬工院善于将校园环境建设与文化建设高度统一,融文化、历史、育人功能为一体,对每一条道路、每一栋楼、每个校园小品雕塑都进行了精心打造,呈现出"一路一景""一楼一色""一片一品"的景象,"扬州工"主题校园文化创意景观更是让人印象深刻,流连忘返,美不胜收。

繁　花

2023 年 12 月底,一部名为《繁花》的电视剧横空出世,先是在央视八套首播,几天之后登上了央视一套。之后受到多家电视台的青睐,不容小觑。

电视剧《繁花》的背景是 20 世纪 90 年代的上海,主要讲述了以阿宝为代表的小人物利用个人才华,抓住时代机遇,面对充满挑战的社会浪潮,勇敢搏击,迎难而上,通过坚忍不拔的毅力和决心,逐步改变自己的命运并实现个人成长的故事。

某一天晚上,恰巧电视上放着《繁花》之时,女儿的房间里飘出了一首歌,据说歌名也叫《繁花》,歌词挺美,吸引了我的注意力。

遇见你的眉眼

如清风明月

在似曾相识的凡世间

……

一半青涩一半纯真

数着年月只为花开那一面

就算来来回回错过又擦肩

你的喜悲忧乐我全都预见

三千繁花只为你一人留恋

......

近来,心里总想着扬工院即将迎来学校合并升格办学 20 周年之事,眼中看着《繁花》,耳中听着《繁花》优美动听的旋律,我不禁怦然心动,有感而发。我的脑海中涌现出校友们洋溢着蓬勃朝气的青春面庞,犹如万千繁花点缀在扬工院的历史星空中,熠熠生辉。我想用深情的笔触勾勒出星耀扬工的校友群像,让这美妙的时刻在笔尖和校友的心间"如时光搁浅,是重逢亦如初见,梦醒蹁跹,有你的画面,让那份温热仍在心底蔓延……"

繁花代表着生活中的美好瞬间,如爱情、友谊、成功等。《繁花》背景可以设定为上海,也可以设定为北京、南京、武汉、深圳……甚至是扬工院。"繁花"一词,犹如一幅生动的画卷,展现了扬工院各个时期的校友在学习、工作、生活中五彩斑斓的画面。以繁花之名描写校友群像,借学校即将迎来合并升格办学20 周年的契机,我选取 20 个独特的校友故事组成此篇。我也深知在扬工校友的人生轨迹中,繁花般的时刻比比皆是。这些时刻不仅成为他们人生中的宝贵财富,也赋予校友群像丰富多彩的特征。扬工校友们也在这些时刻里感受到生活的喜悦,找寻到自身的价值与意义。

"海阔凭鱼跃,天高任鸟飞。"潮起潮落,花开花谢,时光荏苒,扬州化校也好,扬州建校也好,甚或扬工院也好,校友们的学习生活已华美落幕。扬工校友已经从母校温暖的港湾里远航,载着对未来的憧憬与畅想,在各自的舞台乘风破浪,终将开出灿烂的朵朵繁花。

为了便于叙写,我选取的校友故事大概分为以下几个类别。

学有所成型的校友们在事业上取得的亮眼成就,犹如一朵朵盛开的花朵,璀璨夺目。他们在各自的领域发光发热,为母校争光,为国家作出贡献。拼搏进取型的校友们热爱母校,关心学弟学妹,积极参与母校的建设与发展。他们无私奉献,为后辈学子搭建起通往成功的桥梁,传递着校友之间的关爱与温暖。逆袭成才型的校友们在母校汲取了前行的动力,逆袭成大国工匠、省级劳模、企业家、公务员、大学老师等,他们都能直面学业、事业和生活中的挑战。在校友群像中,他们如同一朵朵绚烂的花,散发着独特的芬芳。这 20 位扬工校友的群像凝聚了共同情感和价值观,体现了母校丰厚的校友文化底蕴。这些优秀校友传承着母校的精神风貌,反映了不同的时代特征,展现了与时俱进、追求卓越的精神风貌。

扒拉手头的故纸堆,我在一通翻找的过程中得以深入了解扬工校友们在人生道路上的精彩瞬间。一幅繁花般的画卷,见证的是万千扬工校友的成长、发展与成就的缩影。他们关心母校,热爱母校,为母校的繁荣发展贡献自己的力量。不胜枚举的优秀校友既是母校的骄傲,也是学弟学妹的榜样。在今后的日子里,让我们携手共进,继续为校友群像增添新的光彩。

校园时光终结,缘分的"延长线"仍在绵延,每一位校友成长的步履,都注定是母校珍藏的记忆,弱水三千只取一瓢饮,繁花万朵且采几支表。世上没有一模一样的花,却有相同的情怀。且让我们形诸文字,下面就请大家跟随我一起开启校友发展成就的别样巡礼,让我把扬工校友们的精彩故事说给你听……

一、把青春和智慧奉献给核建事业

张仕兵,中共党员,一位 1986 年毕业于扬州建筑工程学校工民建专业的研究员级高级工程师,他是国家科技专家库入库专家和全国建筑业优秀企业家。他曾任中国核工业二四建设有限公司党委书记、董事长和总经理,现在担任中国核工业华兴建设有限公司党委书记和董事长。他多次被评为中央企业、中国核工业建设集团的先进个人和劳动模范,他的单位也获得了"双文明单位""文明单位"和"四好班子"等荣誉称号。

张仕兵领导核华兴全体员工,秉持"大建筑"理念,实施"同心多元"发展战略,通过资本运作和投融资管理,成功拓展了业务领域,优化了业务结构,使公司形成了多元化的发展格局。他坚持"以客户为中心"的经营理念,积极倡导环保和绿色发展,旨在在推动社会和经济进步的同时,实现公司的可持续健康发展,为公司事业长青打下坚实基础。

张仕兵带领核华兴聚焦"12510"总体发展战略,以核电站和核设施建设为核心,工业与民用工程为重点,进一步拓展产业运营业务,实施资本运作和投融资管理。他的目标是将公司发展成为"建筑业全产业链资源整合者和一体化解决方案服务商",为中核集团实现"三位一体"的奋斗目标贡献华兴力量。

二、核工业道路上的领头雁

尤念军,1986年毕业于工民建专业的校友,现任中国核工业第二二建设有限公司党委书记兼董事长。中国核工业第二二建设有限公司业务领域丰富,涵盖房屋建筑工程、电力工程、机电安装工程、市政公用工程、土石方工程、钢结构工程、起重设备安装工程、爆破与拆除工程以及核工程专业承包等。公司总部位于湖北省宜昌市,业务范围遍布全国。该公司为中核建设集团公司成员,拥有多项施工总承包一级资质,旗下设有核电工程事业部、建设工程事业部、三个专业分公司以及若干附属事务单位。企业实力雄厚,员工人数超过4 600,其中工程技术及管理人员1 453人,研究员级高级工程师4人,高级工程师101人。这支强大的团队为企业发展奠定了坚实基础,也为我国核工业建设提供了有力支持。

此外,位于江苏南京的中核动力公司(原核工业四七一厂)是一家大型机械制造企业、省一级企业、国家二级企业,同时担任中国工业锅炉行业协会副理事长单位、江苏省石化装备行业协会理事单位、南京市压力容器行业协会理事单位。作为核电建设产业链的重要延伸和国内顶尖的核电设备制造基地,中核动力公司为我国核电事业发展贡献了举足轻重的力量。

展望未来,中国核工业第二二建设有限公司将继续秉持以人为本、科技创新的核心理念,不断提升企业核心竞争力,积极参与国家核工业建设,为实现我国核事业的繁荣发展作出更大贡献。同时,公司还将开拓国际市场,积极参与全球核工业竞争,为推进世界核事业发展贡献中国智慧。

三、硬"核"国企掌舵人

高宏树,一位 1989 届工民建专业的优秀校友,担任中核兴业控股有限公司董事长。中核兴业控股有限公司成立于 1994年,是我国中央直接管理的国有重要骨干企业——中国核工业集团有限公司旗下的重要专业平台之一。该公司拥有房地产开发一级资质,主要从事房地产开发经营和产业链延伸业务。

中核兴业以成为政府信赖、市场尊敬的"五商"为目标,这五商包括产城融合服务商、核技术推广应用平台商、集团内部成员企业协同商、集团公司存量土地开发商及产业园区运营商。公司立志打造区域品质标杆型项目,开发的项目涵盖了传统住宅、商业、办公以及城市综合体、产业地产、产城融合等多种业态。

目前,中核兴业的在建二级开发项目主要分布在上海、深圳、天津、武汉、重庆、烟台等重点城市,呈现出齐头并进的良好发展态势。土地一级开发项目则主要分布在湖北、山东、湖南、贵州等土地市场活跃的省份,这为公司持续性发展奠定了坚实基础。

在董事长高宏树的领导下,中核兴业始终坚持创新驱动,以核技术为核心,推动产业升级,积极参与国家核能发展与核电建设。公司不仅在房地产开发领域取得了显著成绩,还在核技术推广应用、协同创新、土地开发等方面发挥了重要作用。

展望未来,中核兴业将继续秉持以人为本、诚信经营的原则,不断提升自身核心竞争力,为我国核工业的发展做出更大贡献。同时,公司将继续发挥产业优势,积极参与城市建设,为广大消费者提供高品质、环保、智能的居住和办公环境,助力我国经济社会的持续繁荣。

在中核兴业的发展历程中,高宏树董事长及全体员工的共同努力,为公司赢得了众多荣誉。在新的历史起点上,中核兴业将继续深化改革、扩大开放,以更高的标准、更优的服务、更好的品质,回馈社会,造福人民。让我们一起期待中核兴业在未来能够创造更多的辉煌成就,为我国的繁荣昌盛助力。

四、一名学者型的核工业人

吴建金,1977年12月投身工作岗位,1986年7月毕业于核工业建筑工程学校工民建专业。如今,他担任中国核工业华兴建设有限公司副总经理兼董事会秘书。

在央企工作多年,吴建金积累了丰富的工程项目管理与企业经营管理的经验。他曾在国内外建筑技术、施工、安全及商务管理等领域工作,并在LNG工程、大型工业厂房、电力工程、市政工程、高层建筑等领域掌握了施工技术及项目管理知识。

近年来,吴建金积极响应国家关于去产能、去库存、去杠杆、降低企业成本、改善薄弱环节的号召。在企业转型升级方面,他重点关注如何改变企业粗放型发展模式,倡导企业向建筑全产业链升级发展。他主张企业的运营管理向区域化、集约化、标准化、信息化、工厂化方向发展。同时，他倡导以创新发展为理念，结合理论研究与实践探索，在商业模式创新、产能升级等方面寻找规律、探索发展。

吴建金在投建结合、产融结合及推进 PPP 业务发展等方面积累了丰富的实操经验。他还积极参与社会公开课，为各级政府及企业培训授课。他曾担任南京大学 MBA 校外兼职导师、商务部对外援助成套项目评审专家、江苏省对外建设承包商会副会长。

作为一名学者型的核工业专家，在工作的同时，吴建金十分注重理论学习与实践的结合。他围绕企业在战略与绩效管理、市场与产品管理、人才与资源管理、财务与金融管理、风险与安全管理等方面，发表了多篇论文，如《充分利用大企业优势，谋求西部市场的发展之路》《实施"走出去"战略加快拓展国际市场的步伐》《HX 公司参与国际工程竞争的问题研究》《HX 公司国际经营发展战略研究》《基于中介效应法的安全氛围对员工安全行为的影响研究》《建筑施工安全事故分析与安全管理问题研究》《地铁上盖物业项目转换层施工技术研究》《提升管理有效推进境外工程项目的管理》《如何在城镇化建设中有效利用 PPP 模式》等。

五、有胆识敢担当的当家人

李贤江，一位于 1963 年 3 月出生的企业家，1981 年投身职场。他职业生涯的转折始于 1984 年，那年他考入扬州建筑工程学校，主修工业与民用建筑专业。1987 年毕业后，他加入了中核华兴建设公司科技部，担任技术员。1992 年，他借调至中国核工业中原建设有限公司,参与了巴基斯坦核电站 C1 项目的建设,担任工程师和核岛队队长。1997 年,他重返中核华兴,参与了浙江秦山三期重水堆电站的建设,再次担任核岛队队长。2001 年,他调任江苏田湾核电项目经理部,担任生产副经理。2002 年,他竞聘成为华兴装饰公司总经理。2003 年,他参与混合所有制改革,并成立江苏中核华兴建筑装饰有限公司,担任总经理、董事长、党总支书记。

在李贤江的领导下,公司改制以来取得了显著的发展。GDP 从 300 多万增长到 2 亿 2 000 万,实现了质的飞跃。然而,改革的道路总是曲折的,其中的艰辛只有亲历者才能深刻理解。公司的发展可以概括为三个阶段。

第一阶段是发展提升阶段,也是最为艰难的时期。李贤江面临着没有固定市场、公司专业人才短缺(仅有 18 人)、发展方向不确定等问题。他凭借着在核电领域收获的人脉和业主的信任,于 2004 年 1 月签订了 340 万的合同,稳定了军心,也打破了那些对改制持负面看法的观念。经过努力,公司于 2004 年底完成了 2 480 万元的产值,实现了扭亏为盈。

第二阶段是全面提升阶段,始于 2005 年。这一年,李贤江带领公司取得了装饰一级承包资质,招聘了 40 多名专业技术人员,通过了全面质量体系认证,并进一步拓宽了市场,成功进入广东核电市场。这些成果为公司的全面发展奠定了坚实基础。到 2008 年,公司产值过亿,专业技术人员达到 200 多人。

第三阶段是巩固发展、转型升级阶段。在这个阶段,公司参与了除浙江三门核电站外的所有核电站建设,树立了良好的品牌形象。2012 年,华兴装饰改制成功,华兴建设公司将其全资的华兴劳务公司转让给华兴装饰公司。进一步的改革使劳务公司的产值超过了 8.5 亿元。2015 年,华兴装饰公司在南京江宁区建成自己的办公楼,并成立了物业公司和酒店管理公司。如今,华兴装饰公司正朝着多元化发展转型。

李贤江,一位有胆识、勇敢担当的领军者,他以坚定的信念和不懈的努力,带领公司克服重重困难,实现了辉煌的发展。在他的领导下,华兴装饰公司不仅在核电建设领域树立了品牌,还成功实现了转型升级,迈向了多元化发展。他的事迹充分展示了企业家精神的力量,激励着我们继续前行。

六、立志打破垄断,实现创新价值

朱云松,身为亿凯(上海)工程机械制造有限公司的董事长,在工程机械制造领域执着深耕多年的他,亲眼见证了我国从引进国外技术到自主研发的华丽蜕变。他长期从事 PTA 项目的设备技术研究和项目管理等工作,与外方携手研发出国内领先的 VANE 板式除雾器,成功填补了我国的技术空白。该产品已在大型石油化工装置、恒力石化及嘉兴新凤鸣石化的汽轮机前捕集 8 微米以上的液滴,确保了汽轮机的长周期稳定运行,降低了能源损耗。公司更具备压力容器制造 D1/D2 资质,实力强大。

面对依赖进口、技术空白的我国市场,朱云松怀揣满腔热情和丰富经验,于 2012 年创立了亿凯(上海)工程机械制造有限公司。公司果断走差异化路线，锐意进取，在反应器内件领域进行精细化研发，立志打破垄断，实现创新价值，驱动发展，服务全球。朱云松立志将公司打造成为小而美、小而强、小而精的全球科工贸一体化企业。

朱云松期待与校方携手，在南通如皋新工厂建立产、学、研一体化基地。他被扬工院聘请为产业教授，他期望学院能将教学培训与工厂实际技术、管理和一线生产员工所需技能紧密结合，旨在培养具备实际工作需要的基本技能的人才。他由衷地希望学弟学妹们培训和学习并非仅为追求高分，而是要带着在工厂实践中遇到的难题，寻求更好的解决方法。朱云松期盼学弟学妹们能带着基本技能走向社会和职场，将学习与实际工作需求紧密结合，激发他们对解决生产难题和推广新技术的兴趣。同时，积极开展实用技术研发，实现科技成果及时转化为生产力。

七、奋斗青春演绎人生逆袭

王麒，2009年毕业于扬工院信息工程学院应用电子技术专业，现任扬州朗宇网络器材有限公司总经理。他凭借十多年来的不懈奋斗和努力，从一名一线销售员成长为年销售收入近亿元的企业掌门人，在为社会创造价值的同时也实现了自我价值的增值。

心态决定高度，从大学到社会，王麒始终保持着"归零"的心态，不断提升个人业务能力。2009年，他告别了难忘的大学生活,踏上了寻找未来的征程。虽然初始时迷茫无助,四处碰壁,但他从未放弃。终于在当年 6 月,他成功加入扬州中视网络科技有限公司,成为一名销售员。

王麒深知销售行业的艰辛,抱着从零开始的心态,他努力学习网络技术和产品知识。在充分准备后,他一家家拜访客户,不怕碰壁,内心愈发强大。凭借勤奋和毅力,他逐渐赢得了客户的信任,创造了出色的销售业绩。不久,他便从销售员晋升为销售经理,进而成为销售总经理。

勇于挑战,放大自我价值,王麒从职场精英转型为创业先锋。随着工作经验的积累,他发现自己的潜力不止于此。于是,在 2012 年 2 月,他创办了扬州朗宇网络器材有限公司,并担任总经理。他再次从零起步,白手起家,带领企业不断发展壮大。

创业路上,王麒面临着前所未有的压力,客户、资金、业务……每一个环节都考验着他的智慧和毅力。但他坚信,青春是奋斗出来的。他用自己的工作经验积累创业智慧,耐心与客户交流,将他们变成朋友,一步步引领公司走向成功。如今,扬州朗宇网络器材有限公司已拥有 300 名员工,年销售收入达上亿元。

王麒的奋斗历程,恰如一朵奔腾的浪花,逆袭人生,演绎着青春的华章。

八、致力于振兴民族产业的省劳模

朱雪艳,曾就读于原扬州化工学校 8902 化机班,1993 年毕业后,踏入江苏省宜兴非金属化工机械厂有限公司,专业从事蜂窝陶瓷模具的设计、制造及生产管理工作。

朱雪艳怀揣着强烈的使命感,立志为企业多做贡献,振兴民族产业,实现自我价值。在模具工程师这个平凡的岗位上,她发扬工匠精神,刻苦钻研,执着追求,二十多年如一日。她致力于提升蜂窝陶瓷模具设计和制造水平,力求赶超国际先进水平。她为提升国产蜂窝陶产品质量,打破国外公司垄断,实现对进口产品的替代和企业的发展,发挥了重要作用。

朱雪艳利用业余时间自学英语,取得英语自考大专学历。她参研国外先进技术文献,通过无数次的实验和探索,解决了一个又一个技术难题,实现了技术突破。在使用寿命方面,大批量生产用薄壁国五载体模具提高了5倍以上,大幅提升了产品一致性和生产效率,降低了生产成本,达到了国内领先水平。

作为模具主管,朱雪艳既懂技术,又会管理,带领团队保质保量完成生产和研发所需的各类模具,将技术有效转化为生产力。由此,企业蜂窝陶瓷产品从一个年产几十万的新产品发展成为年销售几个亿的主导产品。

2014年,公司成功通过全球最大独立发动机制造商美国康明斯公司的审核,成为我国首家与该公司合作的蜂窝陶瓷供应商。朱雪艳带领团队批量供货配套国四、国五和国六项目,以过硬的产品质量和稳定的供货能力,赢得了康明斯公司的好评。2020年,她荣获康明斯公司颁发的"抗疫保供奖",成为唯一获奖的蜂窝陶瓷供货商。

朱雪艳承担的省科技成果转化项目——"国五排放标准柴

油车载体重大产业化(2015—2018)",顺利通过江苏省科技厅的验收。她研发制造的壁厚为 0.09 mm 的超薄壁国六 SCR 载体模具,填补了国内技术空白,达到国际先进水平。她已获得蜂窝陶瓷模具方面的发明专利 2 项,实用新型专利 3 项。

朱雪艳的突出贡献得到了广泛认可。2018 年,她荣获"无锡市劳动模范"荣誉称号;2020 年,被评为丁蜀镇"优秀共产党员""最美劳动者";2021 年 4 月,被授予"江苏省劳动模范"荣誉称号。

九、从省级劳模到任职母校

朱萍,2009 年进入扬工院数控技术专业学习。在校期间,她凭借出色的表现,成功入选中石化数控技术专业拔尖技能人才班。毕业后,朱萍进入中石化石油工程机械有限公司第四机械厂管件分厂,担任数控车工一职。

2014 年,朱萍在湖北省第四届技能状元大赛中,荣膺数控车状元,成为当年荣获湖北技能状元称号的 20 位选手之一。2015 年,她晋升为高级技师,荣获湖北省"五一劳动奖章",成为湖北省最年轻的劳模。

朱萍坦言,自己偏爱理科,因此,在扬工院学习时选择了机械制造技术类专业。她回忆起 2010 年夏天的在校生活,那时同学们在酷暑或暴雨中坚持上课,这段经历成为她心中难以忘怀的珍贵回忆。在扬工院,朱萍不仅努力学习,还积极参与社团活动和体育运动。她认为,学校除了传授专业知识,更教会了她如何待人处世以及解决实际专业问题。

2012年,朱萍来到四机厂管件分厂,成为一名数控车工。她笑着说,自己是泰州人,因为实习期间被分配到中石化湖北江汉油田,于是便留在了湖北。初来乍到,她在饮食和生活习惯上都不太适应,但经过半年的逐渐适应,她开始主动融入当地生活。

在工作中,朱萍勇于挑战传统,她发现分厂在车球面时,走刀顺序存在问题,导致尺寸不稳定。经过仔细研究和尝试,她大胆提出了从中心往两边走刀的设想,并加班加点重新编程序。改进后的工艺大大降低了尺寸误差,分厂随后将其推广。

谈到参加湖北省第四届技能竞赛,朱萍表示,虽然自己当时工作仅两年,但年轻无畏,勇于请教和自学。此外,她还充分利用业余时间阅读专业书籍,提升自己的技能水平。在领导和同事的鼓励下,她参加了为期三个月的集训,最终在比赛中脱颖而出。

朱萍在中石化第四机械厂管件分厂崭露头角,她的技艺和敬业精神得到了广泛认可。她的事迹不仅激励着身边的同事,也展示了我国年轻一代技能人才的风采。

朱萍坦言,荣誉降临的时刻,她甚至还没来得及反应。在她看来,这只是做了自己热衷且认为正确的事,并无过多值得骄傲之处。她深知自己的不足,尚有诸多领域有待深入学习。生活仍将继续,她秉持着谦逊的态度,不断进取。

参加比赛对她而言,是一次锻炼的机会。她深信,付出总会有回报。朱萍承认,荣获技能状元确实让她小有名气,甚至有机会在颁奖晚会上与撒贝宁交流,探讨数控车床的相关话题。

谈及未来规划,朱萍表示,她有幸回到母校担任一名光荣的教师,将继续深造,深耕机械设计和制造工艺领域。她深知,不愿尝试新事物、懈怠是她的软肋,因此,她时刻提醒自己要保持努力。朱萍坚信,要在别人不愿投入的领域下功夫,培养独立思考的能力,不断尝试。她认为,只有经过不懈努力,才能在工作中发现自己的优势和亮点。道路漫漫,她立志要用勤奋和努力书写完美的人生。

十、平凡岗位砺精兵

沙涛,2011 年毕业于扬工院化学工程学院应用化工专业。大学毕业后,他顺利进入金陵石化公司,担任芳烃运行部内操一职,并成功荣获技师职业资格。自加入金陵石化公司以来,沙涛荣誉满满:2012 年,他荣立公司"四等功",并被评为公司"优秀团干";2013 年,他荣获金陵石化公司"优秀工会积极分子"称号;2014 年,在金陵石化公司第五届职工技能大赛重整装置比赛中,他一举夺得"金奖"。

金陵石化公司为适应产品升级改造的需求,不断引进研究生、本科生及大专生。2011 年 7 月,公司迎来了第二批统招大专生。其中,一位黑黑的小伙,带着坚持不懈的干劲,他就是沙涛。

谈及沙涛,同期入职的同事们无不称赞有加。他热爱学习,不畏艰辛,勇于挑战,始终坚定信念,坚信梦想在前,道路在脚下。尽管研究生和本科生众多,大专生在公司中地位尴尬,但他坚信,若连自己都看不起自己,他人更无从称赞。因此,他全力以赴,发现自身的不足,努力掌握装置流程,争取在现场实践中获得进步。

初入车间,许多人满怀激情,立志努力学习。沙涛也不例外。然而,面对庞大的装置,他意识到,学习并非一蹴而就。在岗前培训时,运行部领导问他何时能成为合格的外操,他自信地回答两个月。然而,三个轮班过后,他仍在预处理的小角落徘徊。困惑不已的他,只得向师傅请教。师傅们无须外出,便能解答他的疑问。这让他深感差距,明白不能急功近利,要脚踏实地。

此后,他找到了一套适合自己的学习方法:多跑、多问、多看、多想。现场不明之处,先记录在册,再统一请教师傅,以节省时间。只要有师傅干活,他便主动跟出去,请教详细原因。为尽快熟悉现场流程,他还主动利用闲暇时间加班查流程。不久,他便掌握了整个装置的运作。

2011年秋,重整检修之际,他身着薄衣,穿梭在检修现场。尽管汗水湿透衣背,他依然坚守岗位。检修期间,他主动承担重任,跟随师傅学习,对以往陌生的管线逐渐熟悉。

检修完毕,人们惊叹于他的肤色更深了。他笑着说,黑了更健康。开工虽累,却是一个宝贵的学习机会。面对四五层高的框架,他来回奔波,与师傅一同应对各种问题。

由于芳烃运行部人员流动较大,2012年7月,仅入职一年的他便有了获得主操岗位的机会。运行部决定给年轻人一次机会,通过笔试和现场考核,择优录取。这对他而言,是一次提升,一次展示,更是对他一年学习成果的检验。最终,他凭借笔试和现场考核第一的成绩,成为芳烃部同批最早晋升主操的大专生。

晋升主操后,他深知自己并非真正具备主操能力,而是部门给予了他边学边干的机会。作为一名主操,他需对整个装置的每个参数了如指掌,并能通过主要数据的变化提前判断装置存在的问题。这对他来说,无疑是一次挑战。然而,他坚信,只要勇往直前,终能梦想成真。

功夫不负有心人。从初来的懵懂到如今的成熟,与他坚持努力是分不开的。沙涛一直在说,昨天已经过去,明天还是未知,他所能做的只有把握现在。正是因为有这样的心态,他才能一步一个脚印,踏实地前行。

十一、光影逐梦书写"跨界"人生

刘盼盼,2013年毕业于扬工院商学院会计专业。在校期间,他立志将兴趣爱好发展为未来职业,创立了元素影视协会,并在学院创业园申请了创业项目。他积极开展校内小规模个人视频拍摄及制作活动,投身大学生创业,成立上蔡县元素印象文化传媒有限公司。2012年,刘盼盼荣获"创业之星"称号,其作品在校园"廉政文化活动周"廉洁作品创作评选中获奖。

毕业后,他创作的《舌尖上的上蔡——小城》荣获2014年度河南省县级台新闻奖(电视类)社教专题三等奖。2015年,刘盼盼与行业精英携手组建元素印象电影工作室,担任后期总监。2018年,他带领大豫直播团队策划并执行北京、山西、陕西、郑州等地的直播活动。2019 年,刘盼盼创立河南省达誉融媒有限公司,注册资本 1 000 万。

从上蔡县元素印象文化传媒有限公司到河南省达誉融媒有限公司,刘盼盼的公司影响力不断增强,经营范围日益扩大,实效性持续提升,创造效益不断提高。如今,他组建了直播活动技术团队,担任技术总监,公司业务重点涵盖活动直播、毕业晚会直播、防汛演练直播等商业直播领域。

刘盼盼在影视行业深耕多年,荣获诸多认可与荣誉。他总结的成功经验为:一是大胆行动,看准目标便勇往直前;二是嗅觉敏锐,能在复杂多变的市场环境中审时度势,抓住有利时机。

机遇只青睐有准备的人,刘盼盼在业务拓展、资本投资及企业管理等方面全力以赴,从上蔡县元素印象文化传媒有限公司到河南省达誉融媒有限公司,他始终做好准备,紧握机遇,成就事业,实现梦想!

然而,梦想的脚步尚未停歇。未来的路上,刘盼盼将继续朝着不同方向拼搏。无论走得多远,他都会铭记初衷,坚定前行。在驻足回望的时刻,那些曾经的记忆依旧清晰深刻。

十二、锲而不舍 行而不辍

汪彦的职业生涯始于 1990—1994 年,在扬州化工学校学习化工电气专业。随后,他于 1994—2001 年在南京化学局油脂化工厂担任技术员、工程师、值长等职务,其间(1995—1999 年)还在南京大学电子工程系电子工程与技术专业深造。

2001—2008 年,汪彦在国电南自股份有限公司深圳南思系统控制有限公司,历任工程师、经理、副总经理、常务副总裁。在此期间(2006—2009 年),他在徐州工程学院计算机科学与技术专业攻读本科。从 2009 年至今,他担任中电新源智能电网科技有限公司事业部总经理、执行董事/副总经理、常务副总经理等职务,其间(2013—2016 年)在吉林大学计算机科学系软件工程专业深造。此外,他还曾就读于湖北工业大学电气与电子工程学院,攻读电气工程硕士学位。

从母校毕业后,汪彦始终专注于电力专业的学习和相关工作,历经运行与维护、工程与调试、研究与开发、管理与市场等多个岗位。他从业之初,从早先的中压(35 kV)变电运行、0.4 kV 低压厂用电设计与维修起步,逐渐涉足电力系统自动化领域(二次),并紧跟基于 IEC61850 技术的发展趋势,较早学习和涉及数字化变电站技术。近年来,顺应市场对变电站整体方案的需求,他参与开发了工厂预制式模块化变电站产品(一二次结合),并成功应用于 35 kV—220 kV 各个电压等级。

在工作过程中,汪彦主持开发了国内第一套数字化变电站网络记录分析系统,并成功投运,还参与了该产品国家标准的制定。此外,他还参与开发了国内首座工厂预制式模块化变电站产品,并顺利投运,项目通过了省级科技成果鉴定。

十三、扎根扬农,淬炼成长

耿伟明,1998 年毕业于扬州化工学校精细化工专业的优秀学子,如今担任江苏扬农化工股份有限公司(简称扬农股份)总经理办公室主任、纪检室主任。他自从加入扬农股份以来,凭借卓越的表现和勤奋的精神,荣膺扬州市青年岗位能手、金茂化工医药集团优秀党务工作者、优秀共产党员、中化国际农化事业部AGROW 文化大使等多项荣誉。

耿伟明从一线操作岗位起步,逐步担任生产调度员、核算员、管理督查员等多个职务,彰显出坚定的敬业精神和对企业的高度忠诚。他始终秉持埋头苦干、冲锋在前的作风,通过实践锻炼,实现个人成长与提升。

在项目申报和文化宣传领域,耿伟明成果丰硕。他负责撰写的中国工业大奖项目材料达十多万字。2018 年,该项目与风云气象卫星、复兴号动车一同荣获中国工业领域最高奖项。他还积极总结企业管理创新成果,两项成果荣获江苏省一等奖,一项成果获全国二等奖。

此外,耿伟明还积极参与公司品牌的宣传推广。他撰写的故事荣获中国石化联合会品牌故事征文一等奖,进一步提升了公司品牌的影响力。耿伟明的事迹充分展现了他对企业发展的忠诚与担当,为企业带来了丰厚的荣誉和成果。

十四、用不懈努力赢得未来

胡义达,1301 计算机班级的学子,是同学和老师眼中的不折不扣的"学霸"。他不仅学业出众,竞赛表现也出类拔萃,且坚定目标,致力于提升自身学历层次。正是凭借不懈的努力,他获得了核心竞争力,赢得了就业话语权。

在大学时光里,胡义达争分夺秒,以卓越的表现赢得了同学和老师的一致赞誉。他多次荣获校一等奖学金,荣膺校长奖章;被评为校优秀共青团员、校优秀学生干部、校优秀毕业生。2014年,他斩获蓝桥杯软件大赛全国赛三等奖、江苏省赛区一等奖;2015年,他将全国职业院校大赛信息安全管理与评估赛项三等奖、江苏省赛一等奖收入囊中;2016年,获江苏省职业技能大赛信息安全管理与评估赛项二等奖。他无疑是实至名归的竞赛达人。

胡义达目标明确,惜时如金,为提升学历付出了巨大努力。2016年,他通过自主专转本考试,顺利进入苏州科技大学深造,并于2018年6月毕业,荣获学士学位。

毕业后,胡义达成功加入大宇宙信息创造(中国)有限公司。该公司成立于1995年,为天津市华苑产业园区首家外资企业,主要业务涵盖计算机软件研发、信息技术服务,是日本知名上市公司 transcosmos 株式会社投资15亿日元成立的IT公司。

如今,胡义达在大宇宙信息创造(中国)有限公司从事后端研发,专注于大数据、数据挖掘领域,精通 Java、Python、Angular 等语言。他主要负责集团旗下电商部门系统的技术研发,薪资丰厚。从竞赛"学霸"到技能骨干,胡义达学一门、钻一门、精一门,不断提升自身就业"硬实力",为自己铺就了辉煌的未来。

十五、从营销冠军到教坛"摆渡人"

桑娜,一位来自江苏徐州的女孩,毕业于扬工院汽车服务与营销专业,现任教于江苏汽车技师学院。她在校期间,专注学业,全面提升自我,成绩斐然。两次荣获国家励志奖学金,多次斩获校一等奖、二等奖,她还积极参与各类校园活动,不断提升个人综合素质。2016 年,她在江苏省高职组汽车营销技能大赛中斩获二等奖;2017 年,她再次参赛,荣获一等奖。凭借此项荣誉,她代表江苏省参加全国汽车技术服务与营销大赛,并获得全国二等奖。这段经历,拓宽了她的求学之路。2017—2019 年,她在盐城工学院深造,专注学术,为未来职业生涯奠定了坚实基础。

2019 年 6 月,桑娜以面试总评第一的成绩加入江苏汽车技师学院。从学生到教师,她实现了完美的蜕变。工作中,她意识到理论与实践的差距,因此虚心向资深教师请教,努力提升教学水平。2019 年,她代表学校参加全国汽车营销赛项教师组比赛。为取得佳绩,她不惜辛勤付出,通过在 4S 店的观摩学习,不断总结提高。经过不懈努力,她终于荣获全国二等奖。

几年来的奋斗,让她从学生完美蜕变为教师。她始终秉持"教书先育人"的理念,不断提升自身品行,以身作则,引领学生成长。在专业和品德的前沿,她不断磨砺自己,成为一位富有影响力的教育工作者。

十六、一线走出的汽车检测专家

钟仕钰,男,1987 年 1 月出生,2006 年进入扬工院汽车专业学习。自 2006 年踏入学校,他便始终坚守在自己的专业领域,一路前行,不断拓展知识边界。他凭借卓越的表现,在学习与工作中屡创佳绩。2009 年 6 月,结束了三年大学生活的钟仕钰,毫不犹豫地加入扬州通安汽车性能检测有限公司,以技术员的身份开启了职业生涯,投身于自己热爱的汽车检测行业,成为一名汽车检测员。他不忘初心,始终保持创新精神,探索提高专业技能的方法。他虚心向同事、领导和同行学习,努力提升自己的业务水平。他的勤奋和谦逊得到了同行专家的肯定,使他在检测标准的理解和应用上取得了显著的进步。

大学毕业两年后,即 2012 年 4 月至 2014 年 11 月,钟仕钰担任扬州长旺机动车检测有限公司的技术总监,以卓越的领导才能引领团队发展。2014 年 12 月至 2015 年 3 月,他转任捷程有限公司的副总经理,为企业发展注入新的活力。如今,他已是江苏捷程机动车检测股份有限公司的董事。

2013 年底,凭借在工作中的出色表现,钟仕钰当选为江苏省环检机构评审专家组成员。2014 年底,他又担任了机动车检测站的站长职务,负责督导检测工作。在不断积累经验的过程中,他在汽车检测领域逐渐崭露头角,成为业内的翘楚。

2015 年 1 月,江苏省机动车监管中心向他发出邀请,担任机动车检测专家,参与环保检验机构检测员上岗培训的授课。

从 2015 年 4 月起,钟仕钰的杰出表现得到了公司的认可,被任命为董事和副总经理。这位年轻有为的专业人士在汽车检测领域取得了丰硕的成果,已逐渐崭露头角,声誉鹊起。

十七、从扬工院专科生到扬州大学辅导员

黄敏,2014 年考入扬工院,主修室内设计专业。三年后,凭借优异的成绩和卓越的组织协调能力,她通过专接本途径,成功获得南京理工大学本科学历。2020 年,黄敏继续深造,攻读扬州大学硕士研究生,并于 2023 年顺利获得硕士学位。目前,她已在扬州大学信息工程学院担任专职辅导员。

在专科学习阶段,黄敏展现出了卓越的组织才能和强烈的责任感。她积极引领团队创新开展工作,为提升校园文化建设水平和学生综合素质做出了突出贡献。担任班级团支书期间,她带领同学们开展了丰富多彩的团队活动,增强了班级凝聚力。她致力于为同学们营造更好的学习和生活环境,展示了出色的组织和领导能力。作为校桃花岛岛主,她成功举办了系列桃花岛文化节,为校园文化增添了浓重的一笔。同时,她还担任班主任助理,为同学们提供贴心的服务与指导。她以实际行动践行了"服务同学,奉献校园"的宗旨,赢得了广泛的赞誉和认可。在校期间,黄敏荣获校特等奖学金、国家奖学金、国家励志奖学金,并获得江苏省优秀学生干部等多项荣誉,还在"花桥国际商务城杯"江苏省第十届大学生职业规划大赛中斩获三等奖。此外,她还被评为《中国青年报》"2015 最受关注暑期实践个人""感动扬工——

校园十大阳光人物",成为 2017 届毕业生校长奖获得者。这些经历不仅锻炼了她的组织协调能力,更培养了她无私奉献的精神。

黄敏的求学之路充满了挑战。老师们多次鼓励她要不断提升自我,于是,在顺利完成学业之后,她决定通过专接本考试进一步提升自己的学历。经过不懈努力,黄敏顺利通过了考试,获得了南京理工大学的本科学历。然而,她并没有满足于此,而是选择了继续深造。2020 年,她顺利考取了扬州大学的硕士研究生。在研究生阶段,她刻苦钻研,广泛涉猎,不仅提升了自身的专业素养,还积累了丰富的科研经验。研究生期间,她充分发挥领导才能,积极参与组织策划各类活动,为同学们提供展示才华、交流学术、增进友谊的平台。在她的带领下,社会发展学院研究生会取得了显著的成绩,得到了师生们的一致好评。

毕业后,黄敏深知教育的力量,尤其是辅导员这一岗位对于学生的成长具有至关重要的影响。因此,她毅然决然地选择成为一名辅导员,将自己的知识和经验分享给更多的学生。在辅导员的岗位上,她尽职尽责,关心学生的身心健康,帮助他们解决学习和生活中的困难。她坚信,教育是一份充满爱心的事业,只要心中有爱,就一定能够照亮更多的生命,引领更多的学生实现自己的人生价值。

黄敏深知母校扬工院不仅教授她学识,更塑造了她坚毅的品格。她衷心祝愿母校培育更多的青年才俊,培育出一代又一代的大国工匠。同时,她期望学弟学妹们珍惜在校的时光,勤学不辍,持续提升自我;树立远大的志向,攀登人生高峰;学会感恩,乐于助人,成为具有社会责任感的人。

十八、扎根生产一线的科研尖兵

李新锋，2011年毕业于扬工院机械工程系，2023年获得常州大学继续教育学院本科学历。他现任中国石化金陵石化分公司炼油四部三工区工艺五班班长。自2011年7月参加工作以来，李新锋从严要求自己，不断学习，致力于提升技能操作水平。他时刻铭记石化人的使命，满腔热血投身于石化事业。

李新锋热衷于参与公司学习教育，将思想力量与工作实际相结合。他学习公司职代会精神，关注公司发展方向，积极向"十四五"奋斗目标迈进。他擅长总结、优化操作，潜心研究固定床渣油加氢催化剂寿命短暂、装置能耗较高等生产难题。他参与了催化剂装填方式改进、高压换热器改造等工作，为延长渣油加氢装置催化剂使用寿命、降低装置瓦斯能耗做出了贡献。

2019年，李新锋发明的"一种可清洗式玻璃液位计装置"成功申报专利；2020年，他又发明了"一种重沸装置及精馏装置"。在追求创新生产的同时，他对工作精益求精，注重安全细节。多次发现安全隐患，为他赢得了荣誉。

2023年1月21日是农历大年三十，李新锋在发现蜡油加氢循环氢脱硫塔第3块玻璃板泄漏大量循环氢气后，立即采取措施，降低了反应系统压力，并佩戴空气呼吸器、携带防爆工具前往现场，成功处理了漏点。他的及时发现和有效处置，避免了重大安全生产事故的发生，为公司广大干部职工度过一个快乐祥和的春节作出了突出贡献。

李新锋堪称部门的优秀导师,与多名新入职的员工签订了师徒协议,传授技艺。他的徒弟中,许多人已晋升至管理、内操等重要岗位,为企业发展提供了人才保障。他曾荣获金陵石化"2015年度优秀团员"、金陵石化公司"优秀兼职培训干事"等称号。

2018年12月,李新锋在第六届职工岗位技能竞赛一类竞赛中,斩获蜡油渣油加氢装置操作工比赛金奖第一名;2019年,他被授予"青年岗位能手"称号;2018年,他带领炼油四部五横班荣获南京市"安康杯"优胜班组荣誉称号;2020年,加氢五班被评为炼油四部攻坚创新先进集体;2021年,李新锋荣获南京市"劳动模范"称号;2022年,他又被评为南京市"技术能手"。

十九、到祖国最需要的地方去

耿乙鹏,2014年毕业于建筑装饰工程技术专业,现任职于西藏自治区拉萨市城关区发展与改革委员会,荣获"优秀公务员""优秀共产党员""拉萨市最美志愿者"等多项荣誉。他以实际行动诠释新时代青年的使命与担当,成为祖国西部建设的一分子和见证者。

毕业后,耿乙鹏响应国家号召,毅然决然前往西部,投身祖国最需要的地方,考上了西藏自治区拉萨市基层公务员。他入职之初便积极参与脱贫攻坚战,始终坚守岗位,深入基层,了解民情,全心全意为人民服务。他以真挚的为民情怀,诠释了一名公务员的初心和使命。

完成扶贫工作后,耿乙鹏历任城关区纳金乡党群办公室主任、城关区纳金乡副乡长、城关区发改委副主任等职务,始终认真负责,勤勉肯干,赢得了领导和同事的赞誉。在每一个岗位上,他都能迅速融入角色,发挥专业特长,为推动当地经济社会发展贡献力量。

面对学弟学妹,耿乙鹏真诚地希望他们能在大学时光里找到愿意为之奋斗终生的事业和热爱的事情。他鼓励大家秉持认真生活、认真学习、认真做事的态度,从每一次思考中收获成长。这既是他对学弟学妹们的寄语,也是他人生道路上坚守的信念。

耿乙鹏的事迹向我们传递着一个真理:一个人的价值,并非取决于他所获得的荣誉,而在于他为国家和人民付出的辛勤努力。正是有了无数像耿乙鹏这样的优秀青年,我们的国家才能不断迈向繁荣昌盛。让我们向他们致敬、为他们点赞,共同为实现中华民族伟大复兴的中国梦而努力拼搏!

二十、传承匠心 精益求精

凌志强,特级技师,于 2011 年毕业于扬工院化学制药专业,并在 2016 年取得四川农业大学工商管理专业本科学历。自2011 年起,他入职中国石化扬子石油化工有限公司炼油厂,参与了公司大炼油改造和炼油结构调整项目。

在工作的道路上,凌志强始终严谨自律,热衷于学习新知识、新技能。他勇于承担责任,敢于担当,通过多年的学习积累,从一名普通操作工成长为一位特级技师。他参与完成了催化裂化联合装置的开工工作,并在 2019 年积极参与了总投资 50 亿元的炼油结构调整项目,成为项目组建中的重要生产管理骨干。

在装置进入正常生产后,凌志强积极参与节能降耗、优化创效工作。他提出了 S Zorb 装置汽油辛烷值损失的优化方案,年增效超百万元;实施了 S Zorb 装置加热炉优化方案,使设备效率长期领先公司同类型加热炉;提出了丙烯脱硫流程优化方案,大大提高了丙烯水解、脱硫剂使用时间与效果。他还参与了 2#催化裂化装置的多项优化与改造工作,取得了良好的效果与经济效益。在工作期间,他共提出各类合理化建议 100 余条,为公司节能降耗、全流程优化,作出了重要贡献。

多年的知识积累与经验总结使他在操作技能方面得到了显著提升。尤其是参加了中石化 S Zorb 关键人才培训班、江苏省高级技师提升班以及中石化优秀青年技能人才综合提升班等,使他的能力和眼界得到了极大的拓展。他在历次技能竞赛中表现优异,荣获多项金奖和个人全能一等奖。

作为催化裂化联合装置最年轻的特级技师,凌志强不仅注重个人能力提升,还致力于车间的"传、帮、带"工作。他经常组织班组成员进行事故演练,提高了班组处理事故的能力。其班组多次被评为"公司标杆班组""南京市工人先锋号"。在他的影响下,车间已培养出 2 名年轻的高级技师及多名技师等高技能操作人才。

凌志强的辛勤付出得到了丰厚回报,他先后荣获"政府特殊津贴""中央企业技术能手""江苏省企业首席技师""中国石化集团公司技术能手""南京市青年岗位能手""南京市五一创新能手"等十余项荣誉称号。

凌志强深情地说:"母校见证了我们的青涩到成熟,是我们的成长灯塔,为我们指引方向。"他感谢母校优秀的师资和良好的学习氛围,让他在这里度过了一段充实美好的时光。他希望学弟学妹们珍惜母校时光,在未来工作的舞台上展示自己,创造更加辉煌的成绩。他期待毕业的校友们事业蒸蒸日上,成为社会的栋梁之材。他祝愿母校教育事业更加辉煌,持续培养出更多优秀人才,为社会贡献更大的力量。让大家共同努力,为母校争光,为未来喝彩。

一路走来,多少欢乐,多少汗水。母校扬工院俨然成为每个校友前进的动力,翱翔的起点。校友们在母校的学习是短暂的,每一次欢笑,每一滴泪水,每一段故事,每一次经历,每一声感动,都让扬工学子难以忘怀。

纸短情长,惊觉相思不露,原来只因爱已入骨,情不知所起,一往而深。今年喜逢扬工院合并升格高职院校办学 20 周年,我选取了上述 20 名校友的精彩故事的初衷是借这样的描摹校友群像的方式,让每位校友都能从他们身上找寻自己在母校学习生活的点点滴滴。

春风得意马蹄疾,看不尽扬工繁花。当我再次走进扬工校园,驻足二分桥畔,昂首凭栏,回首往事,无数感动的瞬间镌刻于心头。母校永远是每一位扬工校友情感上的港湾,工作上的"加油站",生活上的"减压舱",作为一名老"扬工人",请允许我以一名"老院长"的名义,向繁花似锦的校友发出"集结令",真诚地祈盼和期待每一位扬工校友找点空闲,找点时间,领着家人,"常回家看看"。

维扬有约

十有扬州

年深外境犹吾境,日久他乡即故乡。

在扬州工作七年,我虽然不会说地道的扬州话,但喝着扬州早茶,吃着扬州炒饭,呼吸着扬州的空气,时间久了,自然也不自觉地把自己当成了半个扬州人。

闲暇之时,曾经端坐于扬州图书馆一隅,翻看着《尚书》《扬州画舫录》《扬州览胜录》《马可·波罗行记》等典籍,从中采撷关于扬州的嬗变印迹,以便与友人聊天时也能说出个子丑寅卯来。

我也常常于扬州街头巷尾踽踽独行,观扬州人文景观,品扬州绝佳美食,从中感受扬州独特的魅力。

关于扬州,《尚书·禹贡》记载为九州之一,自春秋筑城,汉置郡国,隋通运河,唐开港埠,至宋元烽火,明清圮兴,几度富庶繁华,留下斑斓的历史和璀璨的文化。

公元前 486 年,吴王夫差为北上伐齐争霸,在今日扬州城北的蜀岗之上筑起了一座邗城,用来屯兵储粮。当这座周长约 5 公里的古堡屹立在长江北岸入海口的蜀冈之上时,当今世界上不少发达国家还仅是一片荒原,众多发达城市还在浩瀚的大海之中。同时,一条南引长江之水,北绕城郭,沿途连通广武、樊良诸湖,最后通达淮水于末口的邗沟也被开凿。可见,扬州建城之初,就尽得襟江带海的地理区位优势,有了江、淮之水的滋养。而这条通江连淮的南北水上走廊以及沿着邗沟堤岸的陆上通道,水陆并行。由秦及汉,这片土地上高台筑,邮亭置,驰道修,交通日益便捷。帆影幢幢,车马辚辚,使扬州成为东南一座经济繁荣的都会。

在中国历史上,扬州曾有过三次鼎盛。

第一次是在西汉中叶,吴王刘濞即山铸钱,煮海为盐,景观盛极一时,开始了扬州历史上的第一次繁华时期。元封六年(前105),汉武帝刘彻把江都王刘建的女儿刘细君嫁到乌孙国,比王昭君嫁到匈奴还早70多年。

第二次是在隋唐到赵宋时期。隋的历史十分短暂,却在大地上留下了包括拓浚邗沟在内的一条百代赖以通行的运河及岸边御道。连接海河、黄河、淮河、长江、钱塘江诸多水系,纵贯南北的大运河,自通航之日起,便开启了扬州的运河时代,先后浇灌出扬州盛唐时期的繁华和清代康乾时期的鼎盛。

唐代,多少文人墨客联袂而来,在扬州这块风水宝地上演出了一幕幕感天动地的"扬州梦"。

唐代的扬州,农业、商业和手工业相当发达,出现了大量的工场和手工作坊,盛产方丈镜、江心镜等上等铜镜。彼时扬州是中国东南第一大都会,和世界多国交往频繁。不少波斯、天竺、新罗、日本等国人成为侨居扬州的客商。日本遣唐使的到来和大唐高僧鉴真东渡日本,促进了中日两国的政治、经济、科学和文化的交流。晚唐时期新罗入唐诗人崔致远在扬州为官四年有余,回国后把唐朝的服饰、礼仪、文化传播到新罗,被称为"东国儒宗"。唐代扬州,自身文化发展也有长足的进步:扬州人李善在吸引前人成果的基础上重新注释《文选》,为后人保存了大量已经散佚的重要文献资料;其子李邕是继虞世南、褚遂良之后的大书法家之一;大诗人张若虚为"吴中四杰"之一,仅《春江花月夜》一首,就有"孤篇横绝,竟为大家"之誉。唐代不少著名诗人都到过扬州,在扬州留下了脍炙人口的诗作。晚唐时,藩镇割据,军阀混战,扬州屡遭毁坏。

第三次是在明清时期。扬州位于长江和京杭大运河的交界处,因漕运、盐运而愈加繁庶,与南北两京、苏杭二州一同被列为"士大夫必游五都会",为全国最重要的文化中心之一,书画家、艺人等不计其数,扬州八怪便是其中之一。这一时期,一个名垂青史的人物不得不提,这个人就是抗清名将史可法。清顺治二年(1645)四月二十四日,清军以红衣大炮攻占扬州,不愿投降的河南开封人"史督师"史可法决然自刎,被手下拦住。被擒后,史可法拒绝投降被杀,为柔美的扬州抹上了一笔慷慨激昂的悲壮之色。

"青山依旧在,几度夕阳红。"有兴有难,这是所有名城绕不过的成长规律。回望千年历史中的扬州城,兴荣之时"天下三分明月夜,二分无赖是扬州",曾与成都号称"扬一益二",且势压成都一筹;兵凶战危之时,有"扬州十日"的清兵屠城,有太平天国运动时反复鏖战、阻断运河漕运。但名城终究是名城,任何人和任何力量都无法遮盖其喷薄而出,直至如日中天的蓬勃势头。

21世纪以来,扬州先后荣获"世界运河之都""世界美食之都""东亚文化之都"称号,成为联合国人居奖城市、国家环保模范城市、国家森林城市、国家卫生城市、国家园林城市、国家生态示范市和住建部美丽宜居试点重点城市,展现了扬州这座城市多姿多彩的超凡魅力。

扬州,是月,是雪,是诗,是歌,是天上,是历史,更是人间。倘若提到一座城,人们无须引证,无须多言,便共鸣称道"好地方! 好地方!"的,扬州必占一席。

一、有江有河

纵观人类发展史,水与人类文明发展息息相关。在中华民族发展史上,大禹治水开启了光辉灿烂的华夏文明。追溯扬州城的历史,早在春秋战国时期,吴王夫差便开凿古邗沟,沟通江淮。"邗沟"成为后来大运河的滥觞,流淌出 2 500 多年的运河文化,让华夏文明多了一段璀璨的华章。

1. 江河湖泽"水韵扬州"

"日出江花红胜火,春来江水绿如蓝。"

扬州依水而生、因水而兴。水是扬州变迁的重要缘由,更是扬州发展的不竭源泉。

扬州地处长江与淮河两大水系之间,从地图上看,扬州市就像一只傲然独立的仙鹤。这只"仙鹤"位于长江北岸、江淮平原南端,境内江河湖泽应有尽有,有长江岸线近 87 公里,京杭大运河纵穿腹地,境内运河全长 125 公里,由北向南沟通白马湖、宝应湖、高邮湖、邵伯湖,最终汇入长江。江、淮、运三水在此汇合,扬州既是大运河最早开凿的一段邗沟故道之所在,也是南水北调东线工程的源头、淮河综合治理工程的关键地域。

扬州之盛之美,得益于有江有河。运河与长江、淮河纵横相交、相互贯通,不但灌溉了扬州古今的繁华,也形成了浑厚而独特的交融文化。可以说,扬州就是江河共同孕育的城市,共生共荣、互补互惠。运河帆影与长江涛声交相辉映,奠定了扬州的历史地位,促进了扬州的经济发展,繁荣了扬州的灿烂文化,铸就了扬州的水脉文脉。如今,扬州凭借通江达海、江运交汇的地缘优势,成为"海上丝绸之路"上的重要城市,取得了国际性地位。

水韵扬州,水成了扬州文化的基因。扬州"水文化"的内容,是世代文人笔下旷世不衰的主题:"故人西辞黄鹤楼,烟花三月下扬州"(李白);"春风十里扬州路,卷上珠帘总不如"(杜牧);"沉舟侧畔千帆过,病树前头万木春"(刘禹锡);等等。这些千古名句,描绘了古代扬州曾经有过的"歌吹沸天"、极尽繁华的辉煌时代,而这一切无不与江河一脉相承。仿佛江河之水到了扬州,透过每一涓细流、每一朵浪花、每一滴水珠,都能找寻到熠熠生辉而又"意通天地"的诗词歌赋。

"水善利万物而不争。"扬州之所以成为好地方,是因为扬州人尊重自然、因地制宜,既让水滋养,亦给水动力,由此创造出来的水之智慧、水之景观、水之工程、水之文化、水之财富。扬州处处流动着江河之水,也流动着扬州人民勤劳务实、创新求变、开放包容的精神品格。

2. "与君初相识": 长江与运河

扬州的"江河交汇"之地,是长江六圩河口。从扬州市中心文昌路往南 15 公里,即可到达长江六圩河口。这里既是京杭运河与长江干流在江北的交汇水域,也是全国最大的内河"十字"交汇点,长江和运河正是在这里有了第一次亲密接触。

这片水域辽阔绵延,船只往来不绝,自古便是南北货运往来的必经之道,"连舻百里,帆樯蔽日",见证了漕运百年的兴衰,也见证了中华人民共和国成立以来中国水运历史的发展。长江干线日均船舶流量高达 3 800 余艘次,进出苏北运河日均船舶流量达到 600 余艘次,年进出河口船舶货运量达 3.34 亿吨。

这里有一座新打造的灯塔公园。置身公园不仅可以感受大江大河的雄浑之气,也能感受到小桥流水的园林风韵。首先映入眼帘的是一老一新、一低一高、一左一右、相距不远的两座六圩灯塔,对岸就是镇江的焦山。灯塔虽是水利地标,但也成了网红景观。从新灯塔俯瞰大运河与长江,百舸争流,汽笛声和风浪声不绝于耳,顿觉心胸开阔,恍若海景大片。江河的神奇治愈力,吸引越来越多的都市人群解压"打卡"。

"身无彩凤双飞翼,心有灵犀一点通。"老灯塔和新灯塔互对而望,真情守候,既让人感慨时光的流逝,又能感悟时空变化带来的沧桑和力量,仿佛灯塔不仅照亮着江河、船只,而且照亮着扬州人勇往直前、开放包容、自强不息的精神,这些精神随江河东流入海,散播各地,影响深远。

3. "至今千里赖通波"：运河与淮河

"引江济淮"的水利枢纽，位于扬州境内的江都，说得更准确点，是扬州市境内新通扬运河和淮河入江水道尾闾——芒稻河交汇处。这里既是江苏江水北调工程的龙头，也是国家南水北调东线工程的源头，被誉为"江淮明珠"。

广袤的苏北平原河网密布，稻菽千重，是个易旱易涝的地方。历史上，由于地势低洼，以扬州、泰州、盐城为主的里下河地区水患频繁，民不聊生，苦难深重。尤其是宋朝和金国的统治者听任黄河南徙，侵泗夺淮入海，从而破坏了整个淮河下游的水道系统，使里下河地区成了"大雨大灾，小雨小灾，无雨旱灾"的悲声载道之地。

1950 年淮河流域发生了特大洪涝灾害，上千万人受灾，数千万亩土地被淹。"一定要把淮河修好"掷地有声，举世瞩目的水利工程——江都水利枢纽工程在 1961 年 12 月挥开了第一锹土，建设历时 16 年，到 1977 年 3 月，一个拥有远东最大排灌能力，能灌、能排、能发电、能航运的综合水利枢纽在世界东方巍然出现，这也成了我国南水北调工程的第一站。

"逝者如斯夫！不舍昼夜。"江都水利枢纽工程建成运行近五十年来，让昔日十年九灾的苏北平原变成了如今的米粮仓。难能可贵的是，江都水利枢纽工程还修建了配套工程——太平闸鱼道。这一工程主要是为了便于各种鱼类进入内河湖泊索饵育肥以及出江产卵、繁殖后代，开闸放水对鱼基本无影响。通过鱼道涵养水生生物资源，完善鱼类种群结构，同时也保住了子孙后代的"财富"。

4．"不再直肠子"：三湾运河

"畅通南北"的扬州三湾河道，古已有名，近些年来更是妇孺皆知。三湾河道虽然远不及四川都江堰宏大雄伟、震撼人心，但因从属于大运河，在中国古代水利工程史上，也占有一席之地。

扬州自古以来地势北高南低，上游淮河流经这里时，水势直泻难蓄，漕船、盐船常常在此搁浅。1597 年，扬州知府郭光为解决漕运交通的问题，把原有的 100 多米河道改弯后变成了 1.7 公里，以增加河道长度和曲折度的方式来抬高水位和减缓水的流速，从而解决了当时漕运交通的难题——蓄水量不足，后人称该段河道为"三湾子"。

"扬州谓运河，言必称三湾。"扬州三湾河道曲折绵延，其忽远忽近的视角空间，带来变幻莫测的美景，让人流连忘返，不得不感慨设计者的智慧。延长河道以降低坡度的办法，简单高效，且不劳民伤财，这是真正的科学思维、辩证思维。同时，蜿蜒狭长的水道又是历代文人墨客、富商、高僧进入扬州的主要水路，为繁荣扬州的经济、文化打开了另外一道门。

如今，总占地面积 3 800 亩的运河三湾风景区，以运河三湾及周边湿地风光为依托，因地制宜配置人文景观及休闲设施而成为大型生态人文景区，并于 2018 年被评定为 4A 级景区。值得一提的是，三湾风景区内坐落着一座现代化的博物馆——扬州中国大运河博物馆。博物馆形似一艘行驶在河中的巨轮，停驻在扬州三湾生态中心，寓意着扬州与运河的关系，犹如船只与水一样,相依相偎、相辅相成。该馆总用地 200 亩,总建筑面积约 7.9 万平方米,藏有自春秋至当代反映运河主题的古籍文献、书画、碑刻、陶瓷器、金属器、杂项等各类文物展品 1 万多件(套),兼顾收藏展示、研究教育、旅游休闲与对外交流,被誉为中国大运河的"百科全书"。

二、有吃有玩

腰缠十万贯,骑鹤上扬州。

扬州水陆交通便捷、物产丰盛,自古就是繁华、富庶之地。尤其是清朝康熙年间,因为天下承平,运河航运发达,扬州成为南北贸易的重要集散点。扬州又是两淮巡盐御史衙门和两淮盐运使衙门所在地,盐商云集,巨大的消费能力促进了餐饮娱乐业的高度发展,皇帝的南巡驻跸,更加提升了扬州奢华精细的餐饮技艺、餐饮文化和娱乐文化。

1. 早茶"不早"

来扬州,早茶不能错过。

几年前我写过一篇散文叫《过早》,介绍和比较了世界各地的早餐和早茶,很多杂志和报纸都转载过。在这篇文章中,我提出了一个观点:对待早餐的态度最能反映一个城市市民对待生活的态度。世界上有好早餐的城市不少,但有成体系早茶的却寥寥无几,因为早茶不仅要有可口的食物,还得有怡口的茶点。

扬州的早茶以其丰富多样的包子、菜肴和精致的泡茶工艺而闻名,坊间称"早上皮包水,晚上水包皮"("皮包水"形容肚皮里是早茶;"水包皮"意思是吃饱了泡澡、搓背和修脚)。清李斗所著的《扬州画舫录》中有记载:"吾乡茶肆,甲于天下。"朱自清先生《扬州的夏日》也曾写道:"北门外一带,叫做下街,'茶馆'最多,往往一面临河。船行过时,茶客与乘客可以随便招呼说话。船上人若高兴时,也可以向茶馆中要一壶茶,或一两种'小笼点心',在河中喝着、吃着、谈着。"可见,扬州人舍得花时间吃早茶是有传统的。慢悠悠起个晚床,晃悠悠来到早茶店,乐悠悠啜上一口热茶,美悠悠吸上一口汤包,飘悠悠听上一曲小调,将优哉游哉的闲情逸致发挥到极致。这一切,早已深深融入扬州人的生活之中,成为扬州文化的一种重要体现。

扬州人习惯用一盘烫干丝拉开早茶的序幕。作为一道冷盘,烫干丝从原料、刀工到烹调方法都极为讲究,是扬州人公认的最有扬州特色的味道之一,也是典型的以讲究刀工火候著称的淮扬菜的代表作之一。也有将干丝佐以鸡汤、竹笋丝、鸡丝、木耳、虾、鸡皮和其他配料烹煮的,称为"鸡汁煮干丝""大煮干丝"。和烫干丝相比,味道偏浓,却别有一番口感和滋味。

一般来说,早茶还要有蟹黄汤包、虾子馄饨、肴肉、三丁包子等,只要你不赶时间,筷子绝不会夹到重复的早点。

蟹黄汤包,皮薄如纸,吹弹即破,制作绝、形态美、吃法奇。扬州人总结出了蟹黄汤包正确吃法的"十二字方针":轻轻提,慢慢移,先开窗,后喝汤。"提笼摆菊"是鉴别汤包工艺是否过硬的四字箴言:一个优质的汤包必然是提起来像灯笼,摆下去像菊花,也就是所谓的"轻轻提"。"慢慢移",用筷子将汤包轻移至盘子边缘。"先开窗",用嘴在汤包的斜上方咬开一个小口子。"后喝汤",汤汁才是扬州蟹黄汤包的灵魂核心。喝汤也有技巧的,一定要端起盘子,不能放在桌子上喝,头向前倾,寻求喝汤汁的最佳高度与角度。喝完汤,只剩下一张汤包的皮,这时候,可以放一点陈醋,连皮带肉吃,香而不腻。

胃口较好的食客,通常会在早茶结束前再来一碗热气腾腾的饺面。所谓饺面,就是虾子馄饨和阳春面合二为一,虾肉香而饱满,面条滑而筋道,让人垂涎。据说,扬州人清晨起床的动力不是闹钟,而是一碗热腾腾的饺面。也有喜好白汤脆鱼面的食客。一碗白汤,里面盛二三两面条,面条上放十几根一寸长的油炸鳝丝,再撒些白胡椒粉,醇厚的汤底、细软的面条、香脆的鳝丝,一碗下肚,浑身温热,额头微汗,不大呼过瘾才怪呢!

很多城市的早茶,茶是配角,但扬州早茶中的茶却不然。用细嫩的绿茶或花茶作为早茶的基底,其清爽的口感和芬芳的香气能够提升整个早茶的体验。扬州人尤其喜好本地产"绿杨春"。此茶成品纤细秀长,形似新柳,色泽翠绿油润,汤色清澈明亮,香气雅致持久,滋味鲜醇,叶底嫩绿匀齐。还有一种常见的茶叶叫作"魁龙珠",是由三个省的茶拼兑而成,取自龙井味、珠兰香、魁针色,不减色不变味,由于这种茶融苏、浙、皖名茶于一壶,故又被称为"三省茶",有"一江春水三省茶"的美名。

扬州早茶店遍地都是,富春茶社、冶春茶社、趣园茶社、锦春、怡园、九炉分座、共和春、花园茶楼……其中名气较大的还得属趣园,据说被称作早茶界的"爱马仕"。趣园,建有"水云胜概"和"四桥烟雨"两大胜景,其中四桥烟雨景区的别致很受乾隆皇帝赏爱,乾隆六次南巡,曾四次临幸此地,并四次赠诗。

享受早茶,需要"慢"的心境。扬州早茶不仅是一种饮食习惯,更体现了当地人民对生活品质的追求。烟花三月来到扬州,于琼花丛中,捧一杯绿茶,品一碟点心,静静地看着河边的杨柳,伸手触摸从屋檐滴下的绵绵细雨,放下人间纷争,忘却功名利禄。这就是扬州人特有的幸福"慢"生活。

2. 大菜"精作"

人间至味是清欢。

扬州菜历史悠久,该菜系始于春秋,兴于隋唐,盛于明清,素有"东南第一佳味,天下之至美"的美誉。

扬州菜亦称淮扬菜,为全国四大菜系之一,迄今已有1 600多年的历史。淮扬菜名气大、影响大,但口味不大、体量不大,处处体现着精细、精巧、精致、精雅。淮扬菜特别在意色、香、味、形:用料注重鲜活、鲜嫩;重视调汤、强调本味;色彩鲜艳,清爽悦目;制作精细,讲究刀工("扬州三把刀"当中的第一刀);别致新颖,造型美观,生动逼真;口味清鲜平和,咸甜浓淡适中,南北皆宜,常为国宴首选。

红楼宴、三头宴、全藕宴是扬州菜肴的三颗明珠。

红楼宴源于文学巨著《红楼梦》中所描述或提及的各种菜肴。著名红学家冯其庸赞叹:"天下珍馐属扬州,三套鸭子烩鱼头。红楼昨夜开佳宴,馋煞九州饕餮侯。"红楼宴是对《红楼梦》中所写菜肴的创新。

三头宴是扬州非物质文化遗产的代表,主要由扬州的三道传统名菜——拆烩鲢鱼头、清炖狮子头、扒烧整猪头发展而成。2018年9月10日，三头宴被评为"中国菜"江苏十大主题名宴。狮子头肥嫩不腻，鲢鱼头口味香醇，整猪头香溢四座，既做工用料精细，又不失浓郁的乡土风味。其中，狮子头更是扬州的家常菜。日本前首相田中角荣和美国前总统尼克松、里根等领导人访华的时候，狮子头曾作为国宴菜招待贵宾。

全藕宴是"荷藕之乡"扬州宝应的人们根据祖传方法制作的。明清时期，宝应的白莲藕粉被列为皇室贡品，有"鹅毛雪片"之称，而"蜜饯捶藕"誉满江淮，为四方宾客所称道。如今，扬州人又创新出50余种藕菜肴，如糖水花香藕、荷叶叫花鸡、甲鱼莲子羹、藕丝糕、糯米藕等，形成独特的清淡、清爽、清香的风味。单藕成席，将一道普通的食材，应用到极致，其间凝结的是扬州宝应人的智慧。

除了这些招牌佳肴，还有很多深受百姓喜爱的家常菜肴，这也是扬州菜生活化的证明之一。

扬州炒饭。亦称扬州蛋炒饭，据说源于隋朝越国公杨素爱吃的碎金饭。扬州炒饭看似简单，实际上选料严谨，制作精细，色、香、味俱全。扬州人为了一盘炒饭下足了功夫。2015年10月，扬州发布了新的扬州炒饭标准：炒饭在形态上要达到米饭颗粒分明、晶莹透亮；色泽上要做到红绿黄白橙，明快、和谐；口感上要咸鲜、软硬适度、香润爽口；气味上要具有炒饭特有的香味。这份新标准，规定了主料和配料，并且连制作步骤也进行了详细说明。

扬州三丁包。扬州三丁包据说起源于乾隆皇帝下江南时扬州大厨做的早餐。所谓"三丁",即鸡丁、肉丁、笋丁:鸡丁选用经年母鸡,既肥且嫩;肉丁选用五花肋条,膘头适中;笋丁根据季节选用鲜笋。三丁包三鲜一体、食不粘牙、老少皆宜。

扬州翡翠烧卖。翡翠烧卖已经有几百年的历史了,做法是将青菜切碎,加入精盐、白糖和熟猪油,搅拌成馅料,用半熟的热面条卷成薄皮,揉成菊花状。上桌的烧卖,皮是白色的,馅是绿色的,味道香甜怡口。

扬州春卷。"春到人间一卷之。"扬州春卷是从春饼演变而来的,馅料通常由猪肉、笋尖、韭菜黄、蘑菇和胡萝卜组成,尝起来美味可口。一张小小的春卷皮,卷得起野菜杂蔬,也卷得住山珍海味,平淡与雅致尽在其中,是手艺,是智慧,也是情调。

一方水土造就一方美景,也成就一方美味。扬州美食经过一代又一代厨艺大师之手,来自民间,又回到民间,最终走向世界。历史文化的积淀让这座城市更加古朴优雅,饮食文化又让人们的生活更加从容安适。千年古城的历史文化韵味,不在别处,就在这碗碟中。

3. 老街"新颜"

到扬州不到东关街,扬州的人间烟火气算是错过了。

如今,中国"十大历史文化名街"之一东关街的知名度越来越高,成为"吃、住、行、游、购、娱"的全产业链旅游大景区,每年接待中外游客1 000多万人次,年营业收入6亿多元。

2022年,我创作出版了一部描写新四军在江苏英勇抗战的长篇小说《江山》,其中有一段描写两个宿迁青年乘船去杭州购

买稻米,在扬州短暂停留所看到的东关街的景象:

> 大排船到扬州已是第二天傍晚。

> 船老大招呼大家停靠两个时辰,便解下两艘尾船。春祥和占舟利用这个空当上岸转了一圈。走在东关街石板路上,路旁景色让两人应接不暇,只觉每一样都无比新奇。路两边的商铺招牌各式各样,铺面的杂货吃食琳琅满目,吆喝声、敲打声和讨价还价声不绝于耳,从路口一直贯穿到巷尾。

> 东关街是扬州手工业的集中地,前店后坊的连家店遍及全街。街面上市井繁华、商家林立,行当俱全,生意兴隆。陆陈行、油米坊、鲜鱼行、八鲜行、瓜果行、竹木行近百家之多。东关街上的"老字号"商家有四美酱园、谢馥春香粉店、潘广和五金店、夏广盛豆腐店、陈同兴鞋子店、乾大昌纸店、震泰昌香粉店、张洪兴当铺……扬州的繁华富庶给春祥留下了深刻的印象。

> 返回到东关渡口,更是一番热闹景象,酒肆、茶楼一应排开,进进出出的食客茶友个个昂首踱步,齿牙春色;夹杂其间的迎春院、凤栖楼、藏香阁门前,酒后微醺的男客在浓妆艳抹的姑娘搀扶下,肆意浪笑着迈进了大门……

上面的文字描绘的是 20 世纪 30 年代的东关街。而如今的东关街旧貌换了新颜。街长 1 122 米,商居穿插、店铺相邻,一应俱全,生意兴隆。老字号有百余家,大都有近 200 年的历史。尤其是谢馥春的香粉,采取天然原料,经鲜花熏染、冰麝定香工艺精制而成,为清廷贡粉,1915 年曾荣获美国巴拿马万国博览会的国际银质奖章和奖状。这里各色小吃也花色繁多,黄桥烧饼、叠汤圆、豆腐脑、胡辣汤、黄珏老鹅让你大饱口福。此外,东关街区域内还有不少大小园林,如个园、壶园等,都是住宅与园林的结合体。

如果说东关街是老城繁华的代表,仁丰里则是老城历史的符号。街区南起甘泉路,北至文昌中路,东临小秦淮河,西邻迎春巷、史巷,2016 年被认定为江苏省历史文化街区。仁丰里街区汇集了十几处隋唐至明清的文博遗址,有纪念宋代岳飞而改名的旌忠寺,有乾嘉经学泰斗阮元的住宅和家庙,有陈氏"一门三进士,父子两传胪"的科举佳话,有与《文选》有关的文选楼、曹李巷,有明代兵马司的衙署所在地,还有百年老字号浴池"双桂泉",等等。历经千年,这里汇聚了众多历史名人的印记,清代三朝阁老、一代文宗阮元,民国历史学家黎东方等,都曾是小巷人家。

皮市街可能没有东关街名气那么大,但是作为扬州曾经繁华的皮货一条街,自古至今都是时尚、高雅的象征。如今,皮市街华丽转身,以"网红街"的形象重新出现在世人面前,这里不仅有开了几十年的老店,还有很多浪漫温馨的网红店,随处可见书店、咖啡店、美食店、文创店……每一家店铺的装修都极具个性,看似随意,实又在细节中体现用心,前卫中带着古朴,悠闲里透着优雅,非常值得"打卡"。

相比之下,彩衣街反而显得朴实无华了。彩衣街本是一条建于明清时期的老街,因为当时街上遍布大大小小的制衣局,衣服从低端到高端一应俱全,无论是达官贵人还是平头百姓,都来这条街上裁剪衣服,因而得名"裁衣街",日子久了就渐渐演化成

"彩衣街"。彩衣街不长,只有三百多米,建筑风格以明清式样为主,随处可见飞檐亭、马头墙、清水砖墙。自带的明清古朴风韵让这条老街充满年代感,逛起来格外舒适。如今,彩衣街充满着老街独有的韵味和烟火气,是本地人必逛的小吃街之一。

走在老街上,看尽朝阳与落日,感受繁花与落叶,看着古老建筑在时光中洗尽铅华,此时,渴望生命能够永远定格在这里,定格在青春年少之时,希望老街永远不老,老街的每一条石板路、每一面马头墙、每一座老屋都能够留下生活的本色,都能够镌刻时光的美好。

4. 轻手"不轻"

"皮包水"是扬州的早茶文化,"水包皮"则是扬州的沐浴文化。扬州沐浴文化始于战国时期,兴于汉唐,行于宋元,盛于明清,传承和发展至当代。

宋时,时任扬州太守的苏东坡常到浴室洗澡,并作《如梦令》词一首:"水垢何曾相受,细看两俱无有。寄语揩背人,尽日劳君挥肘。轻手、轻手! 居士本来无垢。"这里的"轻手、轻手",并不是指下手要轻,是指轻重得当,让东坡先生有了身心放松的极致体验,在搓背过程中发出愉快嗟叹。

明清时期,扬州沐浴之风盛行,搓背也得到快速发展。相传乾隆皇帝体验了扬州的沐浴文化,曾御笔题下赞美之词:扬州擦背,天下一绝;修脚之功,乃肉上雕花也。

"扬州传统搓背术"作为扬州市级非物质文化遗产代表性项目,不仅是扬州沐浴文化中的重要组成部分,也是中医领域的一朵奇葩。扬州搓背是一种以中医理论为指导的传统理疗方式,运用擦背、烫背、敲背等多种手法,祛秽洁身、消除疲劳、舒筋活血、愉悦身心。擦背,以"舒适到位"著称,讲究"八轻八重八周到";烫背,为古代"十三种烫熨疗法"之一,与灸法有异曲同工之妙;敲背,实质是一种中医按摩,"机触于外,巧生于内,手随心转,法从手出",其"撒点子"敲捶拍打所发出的声响,既悦耳又悦心。

搓澡体验完,如果你还想继续感受扬州的精致服务,那么"扬州三把刀"之一的"修脚刀"就登场了。扬州扦脚所用的刀具共有大小两套,大套十二把,小套六把,具体操作起来的妙处,只有亲自体验了才知道。

幸福生活靠奋斗得来。扬州作为中国"沐浴之都",近万名搓背师活跃在数以千计的浴室内,还为全国各地输送了数万名"搓背大军",且世代相承,呈现出一派可持续发展的态势。

三、有看有听

看和听,最能代表一座城市的精神文明。倘若一座城,不仅有吃有玩,还有看有听,既能饱眼福、口福,还能饱耳福,这座城市就必然充满人文气息,也必然引人流连。

我曾经留学的德国埃森被称为欧洲文化之都,那里的埃森歌剧院和卡巴莱剧院非常受人欢迎,经常一票难求,20世纪90年代如此,前几年我到母校讲学,发现这种情况依然。在欧洲,华沙、威尼斯、维也纳、波恩、柏林等都是这样的城市。在中国,能与他们媲美的城市特别是中小型城市不多,扬州就是这样的一座城市。

1. 赏心悦目的扬州园林

扬州园林的历史,可追溯到西汉江都王的宫苑建筑,经过隋、唐、宋、元、明、清,仅城叠城便已超过五次,如要考察扬州园林,则不知叠了多少次。

早在唐代时,便有扬州"园林多是宅"的说法,实际上扬州每一座园林都是一座大宅门。园林的兴废,就是一个家族的兴衰,犹如《红楼梦》中大观园一般:园子盛了,家业定是兴了;园子废了,家势定是败了。

清代,扬州因盐业繁荣而富甲天下,绿杨城郭成了人人向往之地。淮盐西运,全国最大的两淮盐场所产官盐在此集散,城内有两淮盐运使衙门和大批盐商,这些商贾多来自安徽;富有的盐商在新城南河下一带和西北郊瘦西湖沿岸修筑许多精美的园林,当时公认的说法是:苏州以市肆胜,扬州以园林胜,杭州以湖山胜。

扬州园林的主人以富商为多,造园时在保留江南园林清雅、秀美韵味的基础上,还凭借其雄厚的经济实力,借鉴北方皇家园林雄伟恢宏和高贵富丽的风格,形成雅健的南北过渡特色。

个园。个园是清代扬州盐商宅邸、私家园林,也是中国四大名园之一。个园以遍植青竹而名,以春夏秋冬四季假山而胜,在国内外享有盛誉。园内以叠石艺术著名,笋石、湖石、黄石、宜石叠成的春夏秋冬四季假山,融造园法则与山水画理于一体,将意境升华得更加诗意、跳脱,被园林泰斗陈从周先生誉为"国内孤例"。

何园。扬州十大最美园林之一,被誉为"晚清第一园",造园风格融合了江南风情和西洋风情,这在江南古典园林中较为少见。水景是何园完美的点缀,回廊和假山主要围绕水景建造和构筑。

小盘谷。小盘谷,园内假山峰危路险,苍岩探水,溪谷幽深,石径盘旋,故而得名。与个园、何园相比,小盘谷鲜为人知,其精髓在于紧凑集中、以少胜多、以小见大。水池、山石和楼阁之间,或深幽,或开朗,或高峻,或低平,节奏多变,对比强烈,它在有限的空间里,因地制宜,随形造景,产生深山大泽的气势,咫尺天涯,耐人寻味,这是其他园子所不能相比的。

冶春园。冶春园是始建于清代中期的中国古代园林建筑,原是清代诗人王渔洋的私园。冶春园临水而筑,水景天成,以水取胜。这里园林和茶肆结合,在此游园、赏景、品茗,既能领略当地民间的乡风习俗,亦可享受古朴风情的自然乐趣。

蔚圃。蔚圃是扬州园林的代表,布局规整严谨,构筑工整考究,整体呈规整长方形,占地约1 700平方米。面北依壁叠砌湖石假山一座,俗称"龙凤山",庭园内峰、洞、水、鱼、花、木俱全,布局精致,是扬州著名画家兼叠石大家余继之所筑。

明月楼。明月楼也称扬州侨之家,以著名诗句"天下三分明月夜,二分无赖是扬州"而得名。清道光年间,员姓豪门依唐徐凝诗意建成此园,楼上悬清代钱泳书"二分明月楼"匾额。二分明月楼公园占地仅一千平方米,但通过月光、山色、水意、树影、亭阁、漏窗交织互映,极富内涵。

除此之外,扬州尚有一定遗存的园林还有棣园、小圃、华氏园、朱氏园、刘氏园、青云山馆、卢氏意园等等。来到扬州，总有一座园林能够走进你的内心，让你不虚此行。

2. "瘦"不虚传的瘦西湖

瘦西湖是一条长长的、弯弯的河，原本是古扬州护城之河，名字叫"保障河"或"炮山河"。到扬州不游瘦西湖，就等于没来扬州，去扬州的人几乎都这么说。可想而知，瘦西湖在扬州城的地位是何等重要。

最早提起"瘦西湖"名字的人，一般认为是杭州人汪沆。这位汪沆也算是满腹诗书的，当时他的藏书在江南颇有名气，但他无意于仕途。他和当时许多杭州文人一样，经常往来于扬州。在一次游览了扬州红桥风光之后，汪沆信笔挥毫，写下了《红桥秋禊词》，其中一首云："垂杨不断接残芜，雁齿红桥俨画图。也是销金一锅子，故应唤作瘦西湖!"从此，"瘦西湖"的大名便风行天下。

瘦西湖的"瘦"，一曰"形瘦"。"瘦西湖长河如绳，宽不过二丈许。"借取西湖一角堪夸其瘦，移来金山半点何惜乎小。瘦西湖之形瘦，在于布局曲折多变，左一石、右一桥，或亭或台，方以为"山穷水尽"，倏而又"柳暗花明"。二曰"景瘦"。瘦西湖景观错落有致、连绵不绝，窈窕曲折的一湖碧水，串以徐园、小金山、五亭桥、白塔、二十四桥、万花园、双峰云栈等名园胜迹，整体呈现清秀瘦美、以瘦见美的感觉，好似无数窈窕淑女隐匿其中，瘦中见媚、瘦中见秀、瘦中见雅、瘦中见情……

瘦西湖共有十四处大景点，从隋唐开始，景区陆续建园，及至清代盛世,康熙、乾隆两代帝王数次南巡,造就了"两岸花柳全依水,一路楼台直到山"的湖山盛况,俨然一幅次第展开的国画长卷。

瘦西湖景区的开篇是一段长长的隋堤。堤长六百余米,三步一桃,五步一柳,桃柳相间。每当阳春三月,春花缤纷烂漫,柳丝婀娜起舞,飞扬如烟。相传,隋炀帝还亲手在隋堤栽了一株柳树,并赐姓为"杨",后来人们便称柳树为"杨柳"。

沿着长堤春柳向北,不久就来到了小金山景区。山上遍植梅花,每当冬季梅香四溢,故又称"梅岭春深"。小金山是瘦西湖上建筑最为密集的地方,历史上最早见于史书记载的风亭、月观、吹台、琴室如今全都集中在这里,高低错落有序,每座建筑布局都很别致。

五亭桥。中国著名桥梁专家茅以昇教授曾评价说:"中国最古老的桥是赵州桥,最壮美的桥是卢沟桥,最秀美的、最富艺术代表性的桥,就是扬州的五亭桥了。"五亭桥建于1757年,仿北京北海的五龙亭和十七孔桥而建,建筑风格既有南方之秀,也有北方之雄。中秋之夜,可感受到"扬州好,高跨五亭桥。面面清波涵月影,头头空洞过云桡,夜听玉人箫"的绝妙佳境。

白塔。建于清乾隆四十九年(1784),史载仿造北海"琼岛春荫"之白塔,高28.5米,由十三天、龛和塔基三部分组成。扬州白塔秀美匀称,如扬州美女亭亭玉立,有别于北海塔的厚重工稳,雄壮之气锐减,窈窕气质倍增。

二十四桥。"二十四桥明月夜,玉人何处教吹箫",这是大诗人杜牧的吟唱。关于二十四桥,一说是有二十四座桥,一说是有座桥名为"廿四桥"。郁达夫曾评论二十四桥的明月是中国南方的四大秋色之一。该桥长 24 米,宽 2.4 米,栏杆 24 根,上下各 24 级台阶,似乎处处都与二十四对应。曹雪芹笔下多愁善感的林黛玉思念起家乡扬州,便是惦着"春花秋月,水秀山明,二十四桥,六朝遗迹……"

泛舟瘦西湖,赏不尽湖光山色,听不完琴箫莺歌,美不够衣香人影。如今的瘦西湖万花园,春有蕙兰展、夏有荷花展、秋有菊花会、冬有双梅展,四季不间断地向八方游客敞开怀抱,热情欢迎远道而来的嘉宾高朋。

3. 大饱耳福的扬州戏曲

一方水土养一方戏,一方戏曲唱一方情。

每到节假日,扬州的仁丰里小剧场热闹非凡,扬州评话、扬州弹词、扬州清曲、扬剧、木偶戏等传统文艺汇聚一堂,时时激荡起深巷里的欢声笑语。

扬州评话,是以扬州方言徒口讲说表演的曲艺说书形式,兴起于明末清初。扬州评话表演讲求细节丰富,人物形象鲜明,语言风趣生动。在艺术上以描写细致、结构严谨、首尾呼应、头绪纷繁而井然不乱见长,同时艺人在创作和表演中还十分注意渲染扬州本地的风情,尤擅长以扬州市井小民为对象,刻画和塑造书中当时当地的各种小人物,诸如衙役、书吏、丫鬟、使女、贩夫、走卒、堂倌、屠夫,使之入木三分,呼之欲出。扬州评话的传统节目分为三类,其中包括讲史演义类的《三国》《隋唐》《水浒》《岳传》等、公案侠义类的《绿牡丹》《八窍珠》《九莲灯》《清风闸》等、神话灵怪类的《封神榜》《西游记》《济公传》等。

扬州弹词,原名弦词,是一种以扬州方言为基础的弹词系统曲种。扬州弹词和扬州评话属于姊妹艺术,形成于明末,兴盛于清初,至今已有四百多年的历史。扬州弹词表演以说表为主,弹唱为辅。扬州弹词表演分单档、双档、多档等几种形式。单档为一人表演,双档为两人表演,多档为三至四人表演。常用曲牌有【三七梨花】【琐南枝】【沉水】【海曲】【道情】等,以羽调和商调居多。其中又以【三七梨花】为最主要最基本的曲调,曲调朴实典雅,古色古香,是一支旋律优美、形态多姿、表现范围广、感情容量大的上品曲牌,颇受观众欢迎。扬州弹词的传统书目,已收录的有《玉蜻蜓》《珍珠塔》《双金锭》《落金扇》《刁刘氏》《双珠凤》《双剪发》《白蛇传》等。

扬州清曲,又名"广陵清曲""维扬清曲",俗称"小唱"或"唱小曲"。扬州清曲风格简洁、朴实无华,曲调源自当地小调,还包括来自四方的各地小调,富有民间性和地域特征。扬州清曲为坐唱表演形式,其演出形式俗称"开席坐":中设一桌,三四人至六七人三面围坐,面向听众,各操一种乐器,或独唱,或对唱,不化装,也无其他道具。扬州清曲曲目十分丰富,分单曲曲目和套曲。单曲多为写景、抒情、咏物、相思之类,如《风花雪月》《四季相思》《清和天气》《烟花自叹》《竹木相争》等;套曲多取材于民间传说、历史故事、戏曲小说,如《三国演义》《水浒传》《西厢记》《红楼梦》《白蛇传》《珍珠塔》等。

扬剧,原名"维扬戏",俗称"扬州戏",以扬州民间歌舞小戏花鼓戏和苏北民间酬神赛会时由男巫扮演的香火戏为基础,吸收扬州清曲、地方民歌小调而最终成型。扬剧历史悠久,曲牌众多,角色有生、旦、净、丑等,重视丑、旦的表演。扬剧伴奏有文、武场之别,文场有主胡、正弓、琵琶、三弦、扬琴、笛、唢呐等乐器,武场有板鼓、大锣、小锣、铙钹、堂鼓等打击乐器。扬剧的伴奏轻俏流丽,既规范又灵活,风格鲜明,个性独特。传统剧目有四百多种,其中影响较大的有《玉蜻蜓》《珍珠塔》《审土地》《绣符缘》《王昭君》《闹灯记》《三戏白牡丹》《命妇宴》《樵夫与画女》《鸿雁传书》《百岁挂帅》等。

四、有寺有学

千年变迁,物是人非,不变的是扬州城古代文化与现代文明的交相辉映。扬州,一座从诗中走出来的月亮古城,从春秋时期的邗城算起,至今已有 2 500 多年的历史。这里不仅有让文人墨客们喜爱的瘦西湖,还有众多古迹。扬州八大名刹不仅是重点文物保护单位,也是百姓祈福、研究佛学的好地方。另外,扬州本身也是江南知名地区,学习氛围浓郁,学术技术精湛,是国内外众多学子向往的地方。

城市多寺庙,定是安静、包容和敬畏之地。

城市多学府,定是青春、赓续和活力之地。

1. 清代七大藏书楼之一文汇阁

在瘦西湖畔、北护城河边,复建的文汇阁古朴典雅,周边水系环绕,五亭一廊将全院分成南水院、北山院,重现了当年盛景。

楼阁从外面看为两层,实则三层,一楼设有"文汇阁历史文化展陈",介绍了文汇阁的前世今生,二楼、三楼藏有历时12年复制完成的《四库全书》,共有书架128架,书函6 144个,书籍36 000余册。

据史书记载,乾隆对文汇阁的建设与使用颇为重视,至少下过三道圣旨,强调阁中所藏之书不是做样子的,要允许读书人阅读和传抄。乾隆五十五年(1790)五月二十三日,弘历的圣旨里有这样开明通达的话:"俟贮阁全书排架齐集后,谕令该省士子,有愿读中秘书者,许其呈明到阁抄阅,但不得任其私自携归,以致稍有遗失。"按照当时的规定,士子愿意读书的,可以进入文汇阁阅读,在办理相关手续后,还可借阅抄写。

文汇阁不仅是中国藏书史上的一座丰碑,也是扬州历史上十分重要的古代图书集聚地和文化传播中心,见证了扬州曾在全国经济、社会、文化中的重要地位。复建开放的文汇阁,不仅让毁于战火的清代七大藏书楼之一的文汇阁重见天日,也在保护和传承中为中华优秀传统文化插上"活化"之翼,赋予其新的活力。

2. 高僧坐镇的扬州大明寺

扬州大明寺是名副其实的千年古刹,因初建于南朝宋孝武帝大明年间而得名。1 500余年来,寺名多有变化,如隋代称"栖灵寺""西寺",唐末称"秤平"等。清代,因讳"大明"二字,一度沿称"栖灵寺",乾隆三十年(1765)皇帝亲笔题书"敕题法净寺"。唐代的鉴真和尚曾任大明寺住持,在大明寺讲律传戒,闻名遐迹,为僧俗所景仰。他不畏艰险,历经七次才成功东渡日本,讲授佛学理论,为中日两国的文化交流作出了重要的贡献,受到中日人民和佛学界的尊敬。1980 年,为迎接鉴真大师坐像回国巡展,复名"大明寺"。

大明寺及周边有牌楼、天王殿、平山堂、西园、"淮东第一观"五碑石、栖灵塔、"第五泉"、鹤冢等诸多人文景观,但最有特色的建筑是鉴真纪念堂,纪念堂是根据周恩来总理的指示,为纪念鉴真法师圆寂 1 200 周年而建的。

此外,大明寺内还有平山堂,位于大明寺大雄宝殿西侧的"仙人旧馆"内。时任扬州太守的欧阳修,极爱这里的清幽古朴,于此筑堂。坐此堂上,江南诸山,历历在目,似与堂平,平山堂因而得名。平山堂是专供士大夫、文人吟诗作赋的场所。宋叶梦得称赞此堂"壮丽为淮南第一",该堂于元代曾一度荒废,明代万历年间重新修葺;清代咸丰年间,毁于兵火,重建于清同治九年。

平山堂颇多前人匾联,光绪年间两江总督刘坤一所题的"风流宛在"一匾,书法流畅,"流"字少了一点,而"在"字却多了一点,虽然都是异体字,用在这里却仿佛因风而流动所致,别寓情趣。堂北檐挂着林肇元题"远山来与此堂平"匾额。堂前朱漆红柱上有清代太守伊秉绶所作的楹联"过江诸山到此堂下,太守之宴与众宾欢",上联以山喻人,再现当年高朋满座、谈古论今的盛景,下联则借欧阳公《醉翁亭记》中名句,表现乐观自适的情怀。

3. 何惜香火的天宁寺

扬州天宁寺,是清代扬州八大名刹之一,曾被称为"江淮诸寺之冠"。《保祐惟扬志》记载,天宁寺始建于证圣元年(694),以年号为名,最初称为"证圣寺";北宋真宗大中祥符五年(1012),证圣寺改名"兴教院";宋徽宗政和二年(1112),全国重要州府均建"天宁寺"。因此,今日我们在很多地方都能见到"天宁寺"。

扬州天宁寺的整体布局和传统寺院没有太大大区别,但奇怪的是,这座天宁寺里并没有传统寺院中的佛像,取而代之的居然是扬州八怪的一些书画作品,这便是扬州八怪艺术广场。

从寺庙的西侧出口出来就是御马头,相传乾隆南巡,在天宁寺旁边驻跸。为方便皇帝出行,在天宁寺门口古运河边修建了供游船停靠的码头,码头修建好以后,请乾隆皇帝赐名,乾隆原本打算赐"御码头"之名,可是想了一下,有个石字挨在马的前面,容易马失前蹄,所以就把"码"字的"石"字旁去掉,最终赐名"御马头"。

今天走进天宁寺,虽无香烟缭绕,亦无钟鼓之声,但庙宇堂堂,绿树森森,置身其中,厚重的文化气息扑面而来。每逢周日,民间文物交流活动使这座庄严梵宇洋溢着浓浓的世俗气息。

扬州天宁寺阐释了一个很好的当世道理:每个人都是自己的佛陀,要学会主宰自己的命运。能让人参悟此道,便算功德圆满,至于香火就显得不是很重要了。

4. 奉旨敕造的重宁寺

扬州重宁寺位于扬州城北长征路,享有"江南诸寺之冠"盛誉,同在清代八大古刹之列。清乾隆四十八年(1783),淮商吁请在天宁寺后建万寿寺为祝寿之所。乾隆六次南巡,最后一次南巡驻跸在刚刚建成的重宁寺,御赐"万寿重宁寺"额和"普现庄严""妙雨花香"两匾,又亲撰寺记并勒石。

重宁寺因为是奉旨而建,所以规模、形制、质量都胜过一般寺庙。扬州重宁寺气势宏大,建筑用料考究,尤其是大雄宝殿的建筑具有较高的艺术水平和历史价值。现为全国重点文物保护单位、世界文化遗产大运河遗产点。

与重宁寺有关的文化名人,首先要数扬州八怪之一的罗聘。《清稗类钞·艺术类》载:"重宁寺为商家祝釐地,其壁有画,为两峰所绘,盖两淮鹾商出数百金延请其所作者也。"他应邀为重宁寺作大幅壁画,绘制仙佛人物,惟妙惟肖,壁画传为名胜,惜已不存。咸丰年间,寺与园均毁于兵火。光绪十七年(1891),僧瑞堂募资重建山门、大殿。大殿重檐歇山顶,庄严嵯峨,平面近于正方形,面阔五间,为扬州诸名刹之冠。殿中佛像、罗汉像,出自宁波名塑工之手。佛像后有海岛,穷极工巧,仿制普陀山海岛形式。佛像现已不存。光绪二十七年(1901),僧长惺与其徒雨山、宝荃等又建三层楼阁,以复旧观。楼阁面阔五间,署名"藏经楼"。藏经楼与天宁寺三层楼前后相望,均为佛寺之重要建筑,至宣统元年(1909)竣工。没过几年,重宁寺逐渐荒芜。民国年间,重宁寺规模虽大不如前,但其在全国佛教界的地位依旧很高。

5. 门风高峻的高旻寺

高旻寺,与镇江金山寺、常州天宁寺、宁波天童寺并称我国佛教禅宗的四大丛林,不仅在国内享有盛名,而且影响远及东南亚各国。1983年,国务院宗教事务局正式将高旻寺列为全国重点寺观之一。

传高旻寺创建于隋代,屡兴屡废,且数易其名,清初重建为行宫。康熙第五、第六次南巡以及乾隆首次南巡,均曾驻跸于此。康熙帝于1704年南巡,曾登临寺内天中塔,极顶四眺,有高入天际之感,故书额赐名为"高旻寺"。次年又御制《高旻寺碑记》,颁赐内宫药师如来脱沙泥金宝像,寺内建金佛殿及御碑亭供奉。其后曹寅等于寺西创建行宫,规模数倍于寺。

今寺庙山门嵌有康熙手书"敕建高旻寺"汉白玉石额。现存建筑有老禅堂、念佛堂、藏经楼、玉佛堂、西楼、水架凉亭和寮房等。高旻寺是临水寺,建筑活泼轻灵,构成曲折幽深的空间,实际上是佛教建筑形态的民居化和花园化。

高旻寺风何在?就是坐香打禅七,一门深入。高旻寺作为禅宗道场,除了参禅打坐,其他的什么都不做,可以说专到极点了。高旻寺"冬参夏学"的寺风延续多年,僧人每年冬季都坚持坐香,以香计时,要求的是练好坐功,一炷香坐不下来,就没有资格参禅打坐。"夏学"就是要诵两部大经,分别为《华严经》和《法华经》。近代以来,高旻寺出过两位高僧,第一位是来果禅师,第二位是德林长老。

扬州名刹众多,除此之外,还有建隆寺、山光寺、慧因寺、静慧寺、福缘寺等,在历代兴衰重建之中,见证着扬州古城的发展,也守护着扬州人民内心的宁静。

6. 坚苦自立的扬州大学

扬州南濒长江,北负淮河,中贯京杭大运河,长江和运河在此交汇,扬州的古城文化、运河文化、工艺文化、名人文化和红色文化等资源,为本土高校增加了人文教育的魅力和活力,也深深吸引着广大学子深爱扬州、行走扬州、扎根扬州、创业扬州。

扬州大学源于1902年的通州师范学校和通海农学堂。百年名校,芳华永驻,扬州大学"坚苦自立",砥砺美好征程。

"坚苦自立",取自近代中国实业家、教育家——张謇先生为其创办的通州师范学校(即扬州大学的源头)所立校训。建校120多年来,一辈辈扬大人勤勉诚朴,孜孜矻矻,坚持不懈探求科学的真理,为国家培养了一批又一批德才兼备、素质全面的优秀人才。120多年来,一代代扬大学子秉承"坚苦自立"校训精神,扎根中国大地,勇于筑梦逐梦。扬州大学在培养卓越创新人才、开展科学研究、服务社会经济发展、推动文化传承创新、推进国际合作交流等方面作出了卓越贡献。

扬州大学虽屡经更迭,然文脉相承、绵延赓续,始终与祖国共进、与时代同行。扬州大学波澜壮阔的办学史诗,如长江奔涌,大河滔滔,在中国高等教育史上书写了浓墨重彩的篇章。

奋进新时代,启航新征程。扬州大学正凝心聚力,全力以赴,向着高水平研究型大学的建设目标阔步迈进。正如《扬州大学校歌》吟唱的那样:

扬州大学,通州溯源,
六校聚合,屹立苏中。
坚苦自立,实学研攻,
往绩可述,来绩无穷。

　　愿我人，继前人之志，尽我人之力，益大益充。

　　传校誉于后世，建大业于寰中。

7. 百花竞放的各式学府

　　除扬州大学外，扬州还有两所本科院校，分别是南京邮电大学通达学校和扬州大学广陵学校。

　　南京邮电大学通达学校是经教育部批准，1999 年创办的全日制本科独立学校。自办学以来，学校保持与信息通信行业密切稳定的合作关系，培养了一批信息产业建设的合格人才，成为造就 IT 英才的摇篮、投身信息产业的阶梯。通达学校致力于应用型人才培养，在中国国际"互联网+"大学生创新创业大赛、美国大学生数学建模竞赛、"蓝桥杯"全国软件和信息技术专业人才大赛、中国大学生计算机设计大赛等比赛中屡获佳绩。

　　扬州大学广陵学校是一所创办于 1998 年 12 月的本科层次民办独立学校。学校立足江苏，面向全国，探索高水平应用型大学的办学路径，坚持"让我们一起有使命地成长"的教育理念，积极推进"产教学研用"深度融合人才培养模式改革，致力于培养具有社会责任感、健全人格和创新精神的高素质应用型人才。近年来，学校先后在全国"挑战杯"大学生课外学术科技作品竞赛、全国大学生计算机设计大赛、全国大学生建模创新大赛等比赛中获得各类国家级奖项 300 余项。

　　扬州的多所职业技术院校注重以市场需求为导向，一批区域一流、专业多元、高水平的高质量职业院校正在建成。学校以教学质量为核心，以实践能力为目标，为学生提供了更广阔的发展空间。

扬州工业职业技术学院由原扬州化工学校、扬州建筑工程学校等合并组建而成。学校是苏中地区工科特色鲜明的高等职业院校，是江苏省中国特色高水平高职学校建设单位、江苏省示范性高等职业院校和江苏省职业教育先进单位。

扬州市职业大学是一所市属全日制综合性高等职业技术院校，为国家建设类技能型紧缺人才培养试点高校、教育部高职高专人才培养工作水平评估优秀院校。学校先后与扬州市广播电视大学、扬州教育学校、扬州环境资源职业技术学校等 17 所学校和 1 个研究所合并办学。

江苏旅游职业学校是一所经江苏省人民政府批准、教育部备案的全日制省属公办普通高等专科学校，是首批国家改革发展示范校、教育部第二批"1＋X"证书制度试点院校。

除了这些学校，扬州还有一批开办烹饪、戏曲、体育、木偶、漆器、保健等专业的中等职业技术学校，他们以较强的办学实力赓续着扬州的悠久历史，彰显着扬州作为一座幸福宜居城市的个性和魅力。

百年名校扬州中学以办学立意高、校风优良、名师荟萃、人才辈出著称于世，在 20 世纪 30 年代就赢得了"北南开，南扬中"的盛誉。校友中有江泽民、胡乔木、朱自清、"两弹一星"元勋黄纬禄、国家最高科学技术奖获得者吴征镒、吴良镛等名人大家和 49 位院士，更有大批专家、学者、干部及各行各业高素质的劳动者。

五、有家有派

扬州城,物华天宝,人杰地灵。

在古代,扬州的名人大家数不胜数,各领风骚数百年;扬州学派"治学不尚墨守,主张融会贯通,善于归纳总结,力求通经致用",对后世治学影响深远。

1. 登峰造极的扬州八怪

扬州八怪,是清康熙中期至乾隆末年活跃于扬州地区的一批风格各异的书画家总称,美术史上也常称其为"扬州画派"。这些艺术家以"怪"自居,在绘画艺术上有着强烈的个性特征。他们大多出身贫寒,生活清苦,清高狂放,书画往往成为抒发心胸志向、表达真情实感的媒介。

"八怪"之称最早由清人王鋆提出,他在《扬州画苑录》中即有"怪以八名"之说。扬州八怪生前即声名远播,他们的书画风格异于常人,不落俗套。据传,郑燮(怪在传奇)、高翔(怪在淡泊)、金农(怪在才)、李鱓(怪在命)、黄慎(怪在悟性)、李方膺(怪在倔)、汪士慎(怪在人)、罗聘(怪在使命),虽然怪各有异,但他们坎坷曲折的身世、独辟蹊径的立意、不落窠臼的技法、挥洒自如的笔锋、特立高标的品行则同。

扬州八怪将个人的性情与艺术风格融合起来,创造出了独具个性的艺术作品,在中国绘画史上留下了浓墨重彩的一笔。扬州八怪的绘画作品数量之多,流传之广,无可计量。据今人所编《扬州八怪现存画目》记载,国内外 200 多个博物馆、美术馆及研究单位收藏其作品 8 000 余幅。他们作为中国绘画史上的杰出群体,已经闻名世界。

近现代画家如王小梅、吴让之、赵之谦、吴昌硕、任伯年、任渭长、王梦白、王雪涛、唐云、王一亭、陈师曾、齐白石、徐悲鸿、黄宾虹、潘天寿等,都各自在某些方面受"扬州八怪"作品的影响。他们对"扬州八怪"的作品予以高度评价。徐悲鸿曾在郑燮的一幅《兰竹》画上题云:"板桥先生为中国近三百年最卓绝的人物之一。其思想奇,文奇,书画尤奇。观其诗文及书画,不但想见高致,而其寓仁悲于奇妙,尤为古今天才之难得者。"

2. 不胜枚举的历史名人

"江山代有才人出,各领风骚数百年。"

扬州作为国务院首批公布的历史文化史城,人文荟萃,名流众多,群星璀璨,历代名人在这方热土上辛勤耕耘,丰富了辉煌灿烂的中华文化。例如鲍照名作《芜城赋》、杜佑节度淮南、刘禹锡登柄灵塔、杜牧十年扬州梦、崔致远"桂苑笔耕"、王士禛修禊红桥、阮元"品端学醇"、李涵秋著《广陵潮》、刘师培博学多才、任中敏精通词曲、朱自清学界称楷模等。

此外,还有许多曾经在扬州生活过、学习过、工作过的名人,尤其有不少近现代有名的政治家、军事家和科学家。

有着"中国雷达之父"之称的扬州人束星北,他的学生中有诺贝尔奖得主李政道、2013 年度国家最高科学技术奖获得者程开甲,还有李文铸、李寿枬、许良英和周志成等学界名人。

这些流芳百世并镌刻于扬州文化丰碑上的历代先贤，是扬州历史文化熠熠生辉的独特人文资源，一代又一代人以其为楷模，构成扬州名城文化中一道极为亮丽的风景线。

3. 升堂入室的扬州学派

18世纪是清代学术的极盛时期，乾嘉学派是乾隆、嘉庆时期思想学术领域中出现的以考据为治学方法的学派。扬州学派则是乾嘉学派的重要分支，其成员全部是扬州本地著名学者。

扬州学派远师顾炎武，近承乾嘉学派的吴派、皖派，形成于清乾隆、嘉庆时期，在经学、小学、校勘学等方面都取得了突出的成就。其治学不同于宋代理学空谈性理，而追求实事求是的精神，把汉学、经学发扬光大。

扬州学派的前期学者在治学方法上较之吴、皖两派有很大改进，他们熟练地综合利用辑佚、校勘、注释等研究手段，兼顾训诂与义理，解经更具精确性。不仅讲究贯通群经，而且追求经学、诸子学及史学的融汇，注重经世致用，将乾嘉汉学推向巅峰，为晚清经世派之先驱，在历史转折时期开启了近代学术之先河。

扬州学派的代表学者有阮元、汪中、焦循、王念孙、王引之、刘宝楠、刘文淇等人。他们代表了中国传统文人的最高标准：沉静、严谨、渊博、通达。梁启超《中国近三百年学术史》有云："扬州一派，领袖人物是焦（里堂）循、汪（容甫）中，他们研究的范围比较的广博。"

乾隆三十年（1765）前后，王念孙常与同里名儒贾田祖、李惇等人在家乡高邮相聚论学，"抵掌而谈"，又与汪中、刘台拱、任大椿等人书札往还,"讲求古学"。除了贾田祖年长先逝,这批人后来都成了朴学名家,并组成了扬州学派早期的基本阵容。在他们的影响下,扬州学风为之一变,师友授受,家族传承,人才辈出。嘉庆年间,有朱彬、阮元、焦循、王引之等人;道光年间,刘文淇、刘宝楠等人足称当世一流学人。至咸丰、同治年间,犹有刘毓崧、刘恭冕等人。百余年间,扬州朴学之盛为学林瞩目。

扬州学派治学规模、次第、方法,集吴、皖二派之长,又独具风格。如焦循在阐明性理、探究经学、教诫子弟等方面都强调会通,主张日新,反对据守所谓定论。在求知领域上,扬州学派不仅研究经学,也研究史学、诸子学、历算、词曲、谣谚等。在自然科学、哲学、教育学、训诂、校勘、编书、刻书等方面都有贡献。

扬州学人以诚笃的学风追求对古代典籍、史实史料的通达理解,以仁爱之心探索学术经世方略,富有创新的理论探索对后人产生了重要影响。

当然,作为古代文化与现代文明交相辉映的好地方,扬州可陈可数的城市魅力远不止"十有"。近年来,扬州以大运河文化带建设为中心,着力推动城市各项建设,改善人居环境,全面塑造扬州"好地方",让"人文、生态、精致、宜居"的城市特色更加鲜明。扬州的好,在于亲历,在于体验,在于感悟。百闻不如一见,要想了解扬州,感悟扬州,就到扬州来吧!

面　道

　　大师梁实秋说过,人人都吃面,但吃出其中味道的不多。二十多年来因嗜面而寻面、追面、品面于世界各地,虽然做不到"面面"俱"到",但也品尝过不少品种。每当端坐于宴楼饭店、交臂于食寮酒肆、挤位于地摊排档之中,端起面碗,提叉动箸之时,都会想起先生的这句话,每次都是先思后吃,吃后再思,力图品出面条的真正味道,悟出其中的文化内涵来。

　　我对面道的理解启蒙于以面为主食的中原家乡习俗。小时候家乡的农村还没有自由恋爱的风尚,婚约多是经媒婆的三寸之舌撮合而就。女选男的标准是家里几间瓦房、几头猪(最好有母猪);男挑女的要求一般有两条:屁股要大易生娃,手脚利索好做面。订婚之前女方必须到男方家做顿面,算是考察最后的关键一关,评判标准为:和面瓷盆要光验其节俭、揉成面团要光考其活不惜力、团面之手要光证女人洁净……小时候听姥姥讲过一件事,说是村子里一位论辈分我该叫妗子的女子做得一手好面,当新媳妇前首次来男方家,紧张得拉断了一根鞋带,村里代销点一时又买不到,就从锅里捞了一根自己擀的面条系上,走了十八里路回到了家……用现代的流行语言讲,她老人家是在用忽悠的语言培植我吃面的情趣。但家乡做面的高手确实比比皆是，一个个擀出的面条出锅后白如扬州干丝、匀如云南过桥米线、滑如宁波汤圆、韧如龙口粉丝，从锅里向碗里捞面的时候，非要你搬个板凳放在锅台边，站上去再把胳膊举到最高不可。

好面要有好吃家。我见过吃面的角儿，那风范和讲究程度绝不亚于后来我在巴黎 RUE DU POT DE FER 街尝鹅肝大餐、巴塞罗那吃深海大蟹、波罗的海的 Viking Line 豪华游轮上吃鱼籽酱和汉堡阿尔斯塔湖边的 vier Jahrzeit 饭店品德国烤乳猪。家乡农村六月新麦收罢，经过一季日烤汗蚀，脸色如俄罗斯黑面包的农民们终于盼来了自我犒劳的一天。半晌午，儿媳妇刷净磨盘、儿子套上毛驴磨出一盘新麦面，孙子打满一锅深井水，老太婆抱来一捆新麦秸，最重要的角色是孙媳妇，看她和面、揉面、醒面、擀面、切面、铺面、下面、捞面、过面、入碗、上汤、加菜一气呵成……这时候，吃面的主角、家里的主人从堂屋出场了，掐掉手中的烟头，先用井水净口，再用毛巾清目，桌边坐定，闭目养神两秒，深呼吸三次，呷一口下过面的清汤，然后孙媳妇递上面碗，老爷子用筷子轻挑起一根入口慢品，又吞半口汤滋润，这时全家老少的目光纹丝不动集中在当家的脸上，等着一声对今年新麦和头道面的评价，突见老头放下双筷，嚷吼一嗓："皇帝有权，俺家有面啊！"

2005 年暑假去延安开会，一门心思想吃碗陕西的臊子面。中午便领着北京、哈尔滨、南京来的四位大学教授抛弃五星级饭店的佳肴，坐在了当地最出名的一家面馆。我对脸上闪现着汗珠的憨厚掌柜讲："新擀一盘面，要头汤的，我们出双份面钱！"一袋烟工夫五碗口水面上桌了，教授们尝了几口便个个赞不绝口。

看了一眼瓷碗里的面我便叫来了掌柜,曰:"人讲理,面讲道。从你下的面的色、光、形上可以看出这既非新擀的面,也不是头汤面!"言毕我接着解释:"新擀入锅的面,色旺白嫩且形体直落自然,放置一段时间的面因水分蒸发,入锅后弯曲且色显乌黑;头汤面因水清澈面条出锅平滑有光,下过几回面的汤再煮面,面条表面凸凹不平且损光严重,主要是面汤溶解了面条表皮所致,即化学上相似相溶原理也!"听完解释后只见掌柜满头大汗,抱拳曰:"行家啊!有眼不识泰山!我再新擀几碗,用头汤下,分厘不收!"

1997 年从不来梅去希腊雅典,中途在意大利米兰转机滞留三个小时,时间尚早,便让的士司机带我去了一家正宗的面馆,点了一份意大利培根番茄 Spaghetti 面,面馆桌面上红色烛光映衬着墙壁上油画里西西里岛风景,温馨怡人。不一会儿工夫,穿洁白服装的侍者就端上来了一盘我所点的面,色泽金黄、酱汁红润,再撒上一层乳白色的奶酪粉,红里泛白,散发出意粉特有的醇韵与清香,可以说面条的色、形、香达到了极致。品尝几口之后,我就发现了瑕疵,便让侍者叫来了大厨,说你的酱汁、培根和面的色形无可挑剔,但你煮面时偷工减料了,煮 Spaghetti 这种面讲究用直桶锅,面上下竖放浸水而煮,这样做出的面条根根滑溜且筋道如一;横放在平底锅中煮 Spaghetti,因面堆压在一起,不但吃起来有粘连感,而且面的韧度嚼劲不同。一番话之后厨师哑口无言,承认了为省事确实用平底锅煮的面。告别时厨师把我送到门口并客气地递给我一张店卡,最后送了我一句话:"今后中国人到店里吃面,我可不敢再马虎了。"

　　像道上的行话"天王盖地虎,宝塔镇河妖"一样,吃面也讲究专业术语。2003年去杭州出差,抽空去了趟面食名店奎元馆,记得坐在身旁的是位老者,坐定后对服务员慢条斯理地讲道:"这两天胃口不好,告诉师傅我这碗面汤宽一点。"我一听就知道这是位吃面行家。宽汤面也就是汤多一些,面少一点,来者是品味而非来充饥的。与此相反,小时候在家乡县城面店,经常可以听到"伙计,刚才干了场重活,下的面汤紧一点中不中?"紧汤面就是多给些面条的委婉表达,但要求归要求,在20世纪80年代以前,饭店给的面仍然是宽汤的。一碗面条能折射社会的变迁,实在令人唏嘘。在面馆,大声吆喝吃"裤带面"的一定是壮汉,细声细气点要"韭菜叶"的一般是姑娘,而有气无力地讲吃一小份"银丝"的,不用看,一般是牙口不佳的老头老太。面的宽窄各地不同,2008年在甘肃酒泉一家面店吃面,宽细共有九种,饭店老板临走时给我撂下一句雷人的话:"到我的店里吃面条,同一种面你得来九次!"

　　在中原和北方面馆候面时,小伙计一般先给客人上一碗面汤,吃面前先喝面汤,叫"近面",作用是祛除口中异味,便于尝出面条深藏的麦香。可惜的是,在南方开的北方面馆,因南方人不知个中缘由,目前都改成了玉米糊,还美其名曰粗粮宜于健康。我常去南京的两家"山西人家"吃面,都先索要一小碗面汤,周围的人经常投来疑惑的眼光。吃完面后,懂面的人还要再饮一小碗面汤,叫"送面",就是很多人知道的"原汤化原食",旨在助消化。同样也有异类,一次在湖北宜昌一家有名的"老妈面馆"吃面,饭后那里的人都喝一杯免费的酒酿汤,目的是去油腻味;

1996 年和 2009 年在雅典卫城旁边吃蒜蓉茄汁海鲜面和在冰岛首都雷克雅未克吃三文鱼凉面,饭后女主人分别赠送一盅果酒和一杯柠檬水,目的是去蒜腥味。有理由相信,世界其他地方"送面"肯定还有其他方式。一碗简简单单的汤面就有如此多的后续处理方式,怎不让人感叹世界之大。

20 世纪 90 年代在德国留学时,我和美国、埃及、意大利、印尼、德国、莫桑比克的 6 位留学生住在一套博士生公寓里。周末常在一起谈天论地,用作家刘震云的话讲叫"喷空",不喷政治、宗教、政党,也不喷世界观、价值观、金钱观,怕不留心会引起"民族冲突",留给我们的话题就只有美食和旅游了。至今我仍记得,其中有关面条起源的争论是最激烈的一次。

美国人整天拎着麦当劳纸袋,谈饮食文化时一般弃权;埃及人经常用手抓饭往嘴里塞,吃饭的"工具"太原始,自然没有发言权;莫桑比克那几年正在闹饥荒,哪有喷空美食文化之心思;印尼在亚洲有"文化落差",中国人在场最多作个补充;德国人慎于逻辑思维,一般不发言,喜欢作最后总结。我的对手就剩意大利人,一个在风景旖旎的那波尼亚开了家意大利面馆的老板的儿子。

我的观点是威尼斯商人马可·波罗 1275 年来到世界发达国家——中国元朝并于 1292 年把中国的面条带回意大利,进而在欧洲传播。意大利人马上进行了反驳,拿出了一本意大利书籍验证了在马可·波罗之前的六百多年意大利人已经开始做面条了,他的结论是在中国元朝之前意大利已经制作面条了,因此面条源自意大利。我接着他的话茬,马可·波罗把中国的面条带回意大利,并不等于中国在元朝才开始做面条。中国人做面条的时间无法考证,但有文字记载的时间是可以确定的。东汉时期(25—220)把面条叫作"饼","饼,并也,溲面使合并也",做法是"水浸饼,煮饼"。我拿出了收集到的汉刘熙《释名·释饮食》和北魏贾思勰《齐民要术》中有关"水引饼"的资料,证据确凿。一板一眼的德国人最后做了两点总结:一是中国面至少比意大利面早600年,面条起源于中国;二是中国面对意大利面也就是对欧洲面条的影响,希望两位专家继续研究。一席话引来满堂大笑,美国人接着出了个孬点子,提议请作为胜利者的中国人做一顿面条犒劳"国际面条学术会议代表"。那一晚,我整整用两个小时擀了顿面条,吃得意大利人满头大汗,心服"口"服。一碗面条就能挽回一份"民族尊严",是我后来经常对人津津乐道的趣事。

约朋友一起吃面,常常会被问到"国内哪个地方的面最好吃"。这个问题回答不好,往往会被人称为"地域歧视"。我既非开面店的老板,也不是烹饪学会的专家,充其量是一个面食爱好者,说得文雅点,是一位"面客",分类评判不是我的任务。我只能从自己的亲身体会中总结一点心得,对与不对,还是那句话:仁者见仁,智者见智。

南方是鱼米之乡,自古以食米为主,面食多作小吃或早上为了方便食用,中餐和晚餐多不作为主食。和面时多加鸡蛋,面形柔细,汤中亦不放葱、姜、蒜等调味品,也不置时令菜叶,简简单单用酱油勾兑面汤,多添加味精、榨菜、虾米和菜油,做好后用青瓷小碗盛之,美其名曰红汤面、阳春面(也有叫清汤面、榨菜面的),吃起来爽口清新,易于消化,老少皆宜。南方面多以挂面为主,有时吃机器面(也称水面、切面)。

北方盛产小麦,尤以广袤的大中原(这里的大中原包括黄河、淮河流域的甘肃、陕西、河南、山东、山西和安徽北部,我国出名的面种也都出自这些地区)为最。北方四季温度有别,且早晚温差较大,因此生产的小麦外金内白、颗粒饱满、韧劲十足,是做面的头等原料。北方人中餐和晚餐也多以面条为主食,在做法和吃法上与南方泾渭分明。北方人吃面,面形一般喜宽喜粗,面中不加鸡蛋以品面香(部分地区加碱以助消化且口感滑溜),汤中多放葱、姜、蒜(部分地区还放香菜,河南面又加藿香、荆芥),汤中必放韭菜、菠菜等时令菜蔬,汤稠不寡,色轻味重,面条讲究厚薄均匀,筋道光滑。真正吃面的北方人一般不吃挂面,无奈时吃水面,首选是手擀面。吃面的行家在评价面时,对非手擀面的评价非常吝啬,最多只给六十分。理由很简单,既然是吃"面",面上已经省力偷懒,还能得高分?

各地都说本地面最好吃,这是可以理解的,一位山东面客说得好:"吃惯的就是最好的!"坊间也多有六大、八大、十大名面评比,答案也莫衷一是,不好统一,也没必要统一。看过一些材料,仅河南、陕西、山西三个省的面条种类加起来就不下三百种,就像不能走尽天下路一样也尝不完天下面。我愿以自己的亲"口"实证,斗胆选择几种各地面条中的突出代表,集面条文化之大成者刍议。

山西刀削面:因用薄刀或弯曲薄铁片削制而得名。面形中厚边薄,面体有柳叶状和三棱型之分,根据要求可薄可厚,可长可短,煮好后一般加番茄鸡蛋、肉末茄子、豆酱鸡丁等浇头,口感外滑内韧,软而不黏。山西人吃一碗刀削面需另辅一碟醋、一颗蒜,应是典型吃法。

兰州拉面:一种把面粉的物理性能即面粉延伸性用外力发挥到极致的手工面种类。宽可至裤带,细可以穿针。上等拉面店可做出龙须细、细、二细、三细、韭叶、柳叶、宽、二宽、大宽等种类。长竹筷捞出后入碗,加牛肉汤淹面、加蒜苗末、香菜、干切牛肉片,浇上油泼辣椒即可捧碗品尝。甘肃人吃面,面中喜欢浇一汤勺醋,目的是去腥并中和面碱。

郑州烩面:烩面特点有三,一是"面",和面时要加鸡蛋和盐,反复揉搓后,揪成小剂子并做成小孩巴掌大的面片,两面抹上麻油,放置两小时以上醒面;二是"汤"(也称高汤),河南人说"豫剧的腔、烩面的汤",是由山羊肉和腿骨加入党参、枸杞、当归、黄芪等多种滋补调料文火熬制而成,既无羊肉的膻气,又祛除了其火气;三是"烩",就是说面条拉好后,用小锅大火快速烩成,所以烩面都是一碗一碗做成的。烩面量大、面宽、汤醇,味厚,一碗下肚,如果吃不出酣畅淋漓之感,那就是没有体验出烩面的真谛。

岐山臊子面:陕西是面食王国,面条种类繁多,岐山县的臊子面是其杰出代表。文人墨客中的陕西人用九个字归纳自诩——酸、辣、香、薄、筋、光、煎、稀、汪。岐山面重在"臊子"(即浇头),上乘臊子的肉要切一厘米半大片,入热锅出油后依次投入调料,七成熟时泼醋,九成熟时加辣。老陕们认为"一个嫂子半个娘",所以嫂子做的臊子面最地道,故臊子面也称为"嫂子面"。

四川担担面：担担面是一种具有四川独特风味的大众面食。"担担"的含义是指小贩挑着担子沿街吆喝叫卖。担担面面条细薄，无汤或少汤。担担面的出名源于它的面臊和调料。调料用红油、花椒、咸酱油、芽菜末、葱花、味精、醋等十余种成分调制，一味衬托另一味，麻辣味鲜、鲜美爽口。巴蜀之人习惯把面臊分为汤汁、稀卤和干煸三种。汤汁面臊带有汤水；稀卤面臊较为浓稠，勾芡烹制；干煸面臊是一种炒制的面臊。担担面卤汁浓香，臊子酥碎，咸香微辣，香气扑鼻。

上述之面如果还没解你口馋，建议尝尝武汉热干面、北京炸酱面、苏杭虾爆鳝面、昆山奥灶面、开封鲤鱼焙面、贵阳肠旺面、两广伊府面、敦煌驴肉黄面、青海羊肠面、扬州饺面、江都小纪熬面、洛阳酸浆面、东台鱼汤小刀面、新疆拉条子、台湾担仔面……这些区域名面各有特色，不分伯仲。现在讲究与国际接轨，如果你走出国门也想尝一碗异乡特色面，不妨品品法国奶油蟹肉黑麦金竹笋面、德国奶酪烘焙香菇蝴蝶面、美国什锦海鲜水果面、越南柠檬咖喱虹鳟鱼面、朝鲜乌鸡高丽参面、日本牛肉乌冬面……

中国面条从东汉至今，名称从汤饼、水引饼、不托、馎饦一路沿袭变迁，做法也更迭创新不辍，生面可擀、可拉、可削、可撕、可拨、可甩、可抿、可擦、可压、可搓、可漏、可揪；熟面可煮、可蒸、可炒、可煎、可烩、可熘、可炸……一团平平常常的面块，在手中被任意塑造出千姿百态、赏心悦目的美食，怎不令人叹为观止！

面条的形状因方便制作和入口最后被确定为长条状，于是人们就因形赋意，把其与祝寿和庆生联系起来。面条因形体"长瘦"，人们便取谐音"长寿"祝愿老者福如东海，万寿无疆，以图讨个口彩，宋人马永卿的《懒真子》中"必食汤饼者，则世所谓长命面者也"便是一个很好的证明。还有一种说法更具传奇色彩，讲汉武帝时人们迷信寿命长短与人的面孔长短成正比，面条"面长"与面孔的"面长"同字同音，故以面期寿，只不过这种论点我还没有找到出处，仅聊作一笑。

一碗面条虽小，清汤之中也能折射出中国五千年的璀璨文化。在我国南北方的许多地方都有生子吃"喜面"，祝寿吃"长寿面"的习俗。古时家庭添子，外人道贺称为"弄璋之喜"，要设"汤饼宴"也就是今天的"喜面"宴请宾客，有北宋苏东坡"剩欲去为汤饼客，却愁错写弄獐（璋）书"的诗句为证。至今古风尚存的地方，给亲友下喜帖仍沿袭"汤饼宴"旧称。记得小时候，县城里有头有脸的人物生儿添孙大摆宴席，以彰显人丁兴旺，常索要家父用隶书写成的"汤饼宴"大红请帖，刚上小学的我一直迷惑不解，吃碗面还讲那么多套路，真是啰唆至极。近些年再回去，发现已没有这些老套形式，人们的精力主要集中在送多少红包上了！

一碗面条有时也能反映出社会的变迁、世风的改变甚或人间的冷暖。20世纪50至70年代，北方很多地方一年到头难得吃上几顿小麦面条，那时叫"白面条"或者叫"好面条子"。中原省份农作物主要是红薯、大豆和玉米，因此面条用料也主要是红薯面、玉米面和大豆面。红薯面面色黑糖多，吃后胃酸、胃胀难以消化；大豆面面质黏稠难擀，一顿面常常难为得主妇满头大汗，吃起来一嘴难闻的豆腥气；玉米面质硬颗散，只有和前两者掺和着擀才能成形，几种面粉的缺点汇合一起，吃起来味道可想而知。当时小麦产量低,白面粉自然显得金贵。白面一般是招待客人、服侍病人、妇女坐月子、老人过寿辰、过年蒸馒头、除夕包饺子等专用,不遇这些事项就吃白面,在村子里会被邻里街坊讥笑成"不会过日子"的典型。1977年恢复高考,很多农民子弟终于有了吃"商品粮"的盼头,我老家不少农村高中教室的正上方悬挂着这样的横幅:"今天穿草鞋,明天穿皮鞋"或者"今年吃薯干,明年吃白面",吃上白面面条竟然是一代人的人生理想!个中辛酸,现在四五十岁的人应该心有戚戚焉。

安徽和甘肃的两位朋友都告诉过我发生在他们老家同样的事情:改革开放前的很长一段时间,农村一家人一顿只做一锅汤面条,干重活挣工分的捞稠的,老人和小孩舀稀汤,那时每个家庭成员都会自觉履行。在德国学习时,我认识一个台湾高雄朋友,也给我讲过一个类似的事:一个贫穷的家庭,丈夫上班养活生病的妻子和抚养小孩,家里做顿云吞面,妻子把面让给挣钱的丈夫,自己只喝汤,后来家境好了,妻子却病故了。从此,这位丈夫不论在哪里吃面,皆用另一个碗控出面汤留下不喝!回国后我在一家刊物上看到过这个故事,不知说的是不是同一个家庭,心里倒希望是同一个,别再是第二个。

一碗面虽轻,但以面交友,结下的友谊有时却很厚重。2000年回国后,我曾在上海虹桥一个德国学校当过一年校长。早中餐在学校吃西餐,晚上下班后每天都去附近的一家小拉面馆来一碗"二宽",开店的老王是安徽亳州人,租下的店巴掌大却与上海房东间小摩擦不断。每次吃完面,我分别给两位递一支烟,开着玩笑穿梭其中进行调和,面店倒忽忽悠悠地生存了下来。记得中间我赴德开会,离开半月时间,回来后再去吃面,老王反复讲,那段日子我经常坐的位子空着,他心里也有点空。后来,我从沪返宁工作,临别时实在不敢张口告诉他我要离开上海的事。三年之后,我为见一德国来的朋友去虹桥,在去西餐店的路上忽然听到街对面有人大叫我的名字,竟是亳州老王!老王强拉硬拖不得不去,我和德国朋友在他扩张几倍的店里吃了一顿平生最难忘的免费拉面。

2008年暑假去南通通州出差,住北山饭店。住下后看到桌面上有一小卡片,夜宵吃面可请外卖送来,外卖店的名字叫"面道"。多年来闲暇之余我一直在收集素材,拟写一篇关于面条的感想文章与诸多面客共飨,深思熟虑之后,几年前就把文章名字定为"面道"。通州吃米且不产名面,却有人捷足先登以"面道"为小店起名,怎不令人感慨吃出面条醇香者众多!由此看来,篇头梁实秋的话也并非完全正确。从通州看天下,自己深知作为面食爱好者,这辈子对面条内涵的理解看来非得吃到老,学到老了!

2008年7月创作于扬州

矛　盾

知道"矛盾"这个词，不是从学校的黑板上，也不是从口耳相传的教化里，而是从老家一位生产队长的骂声中。记得那是1973 年冬，众乡党在锣鼓喧天、红旗招展的杨岗河两岸上河工，任务是把河底淤泥担到十几米高的河岸上。生产队长派活时，一块积水较深的河段无人愿干，最终只好分配给一位"腾子"。"腾子"在豫南话中乃不精明之意。"腾子"先筑堰排水再挑泥，花费别人两倍的力气挑完河底烂泥的当口，一个意想不到的情况出现了：泥窝中竟藏着一只五六斤重的老鳖。"腾子"把老鳖拿到集上卖后换了两年的下锅盐，众人懊悔不已。河工结束前，那位队长举着洋铁皮喇叭骂开了："天天给你们这群龟孙读报纸，唠叨吃亏和赚便宜的矛盾关系，看来你们的理解还比不上一个'腾子'"！

古书上讲的矛盾，本是两件对立的冷兵器。家乡说书先生口中和豫剧舞台上逐鹿中原的英雄豪杰都是左手执盾右手持矛，以便矛来盾抵，盾挡矛刺，矛和盾缺一不可。1997 年和 2010年去希腊和意大利，我在雅典斗兽场和罗马角斗场的壁画上也看到了同样的武士形象，只不过右手里的矛变成了剑。

斗转星移，时代变迁，矛与盾从血腥的战场上退了下来，但并没有入库,而是被现代人用在了哲学阵地上,延伸到了生活领域中。于是,我们知道了矛盾律,知道了《矛盾论》,知道了矛盾存在于一切事物中,知道了事物是矛盾的对立统一体,知道了有左就有右、有正就有反、有苦就有甜······

一

国人喜欢吃,那就先从吃上谈谈生活中的矛盾。1984 年 9 月,我到南京上大学,同屋有位江苏南通的同学,家里有条运输船,经常轰轰隆隆穿梭于长江各码头,当时俗称"万元户",他本人按现在时兴的称谓应该叫"富二代"。手腕上戴着明晃晃手表的这位同学见到我和另一位陕西娃,热情寒暄后曰:"据说新街口金陵饭店顶层旋宫有一种老外喝的茶叫'加非',走,喝去!"踏进富丽堂皇的旋宫,一股浓郁的芳香扑鼻而来,沁人心脾。陕西同学说这香味和家乡带芝麻的焦馍一样,话毕端起精致的陶瓷杯仰脖吞下,没有料到,随即扑哧一口吐了出来,大嚷"汤药!汤药!"服务员说外国茶"咖啡"就是这样,一物两味,闻着如焦馍,喝起如汤药。从那以后,每次与陕西、南通两同学聚会,我都会说:"走,喝'加非'去!"再后来,慢慢喜欢上了咖啡,品种从瑞士雀巢到意大利卡布奇诺、牙买加蓝山再到埃塞俄比亚摩卡,煮制方式也从速溶、现煮到现磨,不管品种和加工方式如何变换,咖啡矛盾的本身并没有变:闻着香,喝着苦。

还有一种自相矛盾的外国食品,与咖啡颠了个倒,闻着臭,入口香,这就是奶酪。1994 年春,我留学德国埃森的头天路过一家奶酪店时便领教了奶酪的"风味"。刺鼻的臭气冲得我差一点呕吐，当时心里想，天底下怎么会有这么难闻的食品，难怪"香港脚"在德语里被称为"奶酪脚"！第二天，教授请我到家里吃饭，几乎每道菜里都有奶酪，要么抹在面包上，要么拌在沙拉里，要么与牛肉一起烘烤，在教授的"逼迫"下我动了刀叉，奇怪的是，臭烘烘的东西一旦入口，竟变成了香喷喷的味道。晚饭结束前，教授说，奶酪越臭越贵，也越臭越香，生活亦如此，经历的磨难越多，人生才会越丰富。不知是因为教授意味深长的话，还是因为奶酪本身自相矛盾的魅力，我对奶酪从此钟情有加。后来去世界各地开会旅游，都要想方设法品尝当地的风味奶酪。1995 年夏，我为一个沈阳代表团当翻译到荷兰阿姆斯特丹的一家奶酪制作坊参观，门票是 20 荷兰盾，可以品尝所有奶酪。那时的荷兰人最欢迎不喜奶酪的中国人参观。从进门到出门，我嘴里一直没有停过，而且专门找最臭的奶酪吃，和主人再见时，坊主一脸苦笑："见到您，我知道荷兰的奶酪在中国有市场了！"

国外有这样的东西，中国同样也有，并且有过之而无不及。最具代表性的就是腐乳，俗称"开罐十里臭，入口百日香"。北方人吃馒头，南方人喝米粥，都喜欢置小碟一只，取一块于其上，或白或红，吃一口挑一角，半个火柴盒大的腐乳能下去四个馒头和三瓷碗稀饭。小时候，我在老家见过一位拉煤车的车夫，一瓶"老白干"下肚，腐乳才下去半块，剩下的被小心翼翼地用荷叶包了起来，留着下顿享用。大洋彼岸的美国直到现在还对腐乳实行严格的管理，只允许在亚洲食品店出售，理由是其作为"霉变物"既不卫生，味道又"有伤大雅"。这种政策放大了矛盾的次要方面而忽视了主要方面,结果越是限制吃的人越多,不但华人吃洋人也吃,后来竟连卫生监督部门的官员也在家里偷着吃了起来;再到最后,亚洲食品店里没有腐乳卖是要被中外顾客骂娘的。

榴梿是一种在中国市场上流行的高档水果。之所以高档,除了价格高、营养丰富外,还有一个重要原因,闻起来的味道和入口后的味道正好相反。没有吃过的人十分好奇,这种闻起来奇臭的东西怎么还有人喜欢吃呢?打消疑惑的办法就是去购买品尝。二三十年前,北方人大部分没有听说过榴梿,而现在,绝大多数人要么吃过,要么见过,没有吃过、见过的也都听说过。在东北大连榴梿被封为"水果之王",在江苏淮安甚至有"舍了老婆吃榴梿"的谚语。台湾、海南、广东等南方省份营养丰富的水果很多,至今仍有数以百计的水果让异乡人叫不出名称,但人们为什么唯独钟情榴梿,是营养还是自身的矛盾,谁能说得清呢?

糖是好东西,人人都爱吃,对现在四十岁以上的人来说,一粒糖豆、一块冰糖在孩提时代都是趋之若鹜的奢侈品。喜欢糖,因为其甜,但也正因为甜,同时也就有了痛苦。医生常常对孩童讲,要少吃糖,人喜甜,虫子亦然,小心它们蚀空你们的牙齿;同样,医生也会对大人讲,宜少糖,否则血糖高了,掉你的牙、肿你的腿、瞎你的眼,最后要你的命!与糖相反,苦瓜不甜,大部分人特别是孩子不爱吃,吃饭就是图个色美味香,吃苦瓜不是自讨苦吃吗?但医生可不这么认为,他们说,苦的食品大都是清热祛火的消炎佳品,既有营养又可保健,吃下苦,带来的是甜。好处还不光这些,医生还会补充一句,苦瓜人嫌苦,虫子亦然,所以市场上香甜的蔬菜瓜果都喷农药,唯独苦瓜不需要。

　　小时候,从课本上学过一句挺富哲理的话,叫"橘生淮南则为橘,生于淮北则为枳"。来南方工作后,我去过几趟安徽淮南淮北,在尽享八公山豆腐和杠子面美味的同时,曾试着品鉴淮河两岸同一种水果的不同味道,由于不是美食家,除一甜一苦外,还真没能分出个泾渭。虽然没有品尝出差别,但从当地学习到了不少知识:橘肉呈甜,属热性,但其皮是凉性;枳肉偏苦,是凉性,但其皮是热性。在当地还看到一个有趣的现象,吃过橘子后,讲究之人都会喝一杯橘皮茶。无独有偶,我们日常食用的生姜也一样,姜肉是热性,姜皮则是凉性。一个小小的水果,一块普普通通的生姜,合则平和,分则凉热,既相容又相克,怎不让人感慨万千?

　　以上罗列的多是入口的植物水果,实际上"矛盾"着的动物也不少。上小学时,老校长经常站在高高的土台上,用唐代诗人虞世南描写夏蝉的两句话启迪我们:"居高声自远,非是藉秋风。"我们不但没向蝉学习,还成群结队到处捕蝉吃。我们捕的不是会飞的鸣蝉,而是幼期的蝉蛹,河南人叫"爬叉",徐州人叫"解了龟",山东人叫"知了猴"。把爬叉用水洗净,置白盐少许腌制片刻,再入油锅炸至金黄,外脆内嫩,美味可口。有时我们嫌蝉衣扎嘴,就把外层蝉衣剥掉,仅吃其肉。乡间郎中看到,大呼万万不能,蝉肉上火,蝉衣败火,一热一凉,才平安无事。郎中的话不知是否具有科学依据,但中药店确实收购蝉衣,很多孩子也都有爬树收集蝉衣的经历,是一味祛热清凉的中药。与蝉类似,蛇也一样。蛇肉大补,是热性,而蛇皮呈凉性,清热消炎,也是一味中药。爱吃蛇的广东人在尽享饕餮大餐时,不知明晓否,美味蛇餐里可蕴含着大矛盾。

<h1 style="text-align:center">二</h1>

讲过吃的,下面聊聊日常生活中我们双眼看到的"矛盾"。

1982 年我在老家上蔡读高中,暑假期间有幸参加了全国地质夏令营。在攀登"气压嵩衡,横贯鄂豫"的鸡公山的前夜,每个小地质队员都把水壶灌满了水,生怕爬山途中无水可喝。哪里想到,地质队派过来的指导老师大声呵斥我们把水倒掉,理由是"山有多高,水就有多高"。果不其然,从山下到山顶的途中,处处都有清澈可口的泉水。当时纳闷,俗话称"人往高处走,水向低处流",现实却是水跑到了千米高的山上,矛盾啊?!

矛盾存在于国内,同样也存在于国外。2012 年夏去法国南部地中海边的城市尼斯参观,余暇时爬到阿尔卑斯山脉延伸至该城几百米高的山头,在山顶处,看到了汩汩冒出的山泉水,顺山而下汇入大海。过去二十多年时间内,我登过国内的黄山、华山以及澳大利亚、奥地利、瑞典、爱尔兰、俄罗斯等国家的不少山峰,山间或山巅要么"涓涓溪流天堂来",要么"疑是银河落九天",处处印证着那位地质队指导老师的正确。

作为一个电影爱好者,我上中学时酷爱美国西部片和非洲探宝片。喜爱归喜爱,但对其中一个类似的情节颇有微词,就是双枪牛仔或佩剑骑士跨马在一望无际的沙漠里奄奄一息之际,眼前总能冒出一个救命的"沙漠之湖"。沙漠中怎么会有湖? 湖水蒸发不完也会漏到沙墩之底啊！当时，我总责怪作家和导演不尊重自然规律，胡乱臆造。1990年西出阳关去敦煌旅游，在烈日炎炎下的茫茫沙漠之中，我竟然看到了外形犹如一弯新月的"天下沙漠第一泉"——月牙泉。导游讲，月牙泉与万顷沙漠为邻，久雨不溢，久旱不涸。最干燥、最炎热的地方储藏着源源不尽的水源，非亲眼所见，怎能相信自然界造化的诡秘矛盾？

水火不容是我们从书上学到的最基本的自然规律。由此，我们自然会联想到，水多的地方，火就会少；火多的地方，水当然也会少。在干旱的草地上、在少雨季节的森林边，人们常常会看到严禁明火的警示。在汪洋的海面上、在十几米甚至几十米厚的冰川上，有人见过防火的标识吗？如果想当然回答"没有"的话，那就错了。与人们的主观臆想相反，水多冰多的地方不但有火，火还特别大。2009年秋去冰岛，看到的水和冰比我在任何地方看到的都多。冰岛位于亚欧板块的交汇处，被太平洋和大西洋包围着，水自然多。由于天气寒冷，水自然会结冰，按照"冰冻三尺，非一日之寒"的道理，冰岛"寒"了千年万载，冰层不知有多少个"三尺"。冰岛一个特色旅游项目是乘车在结冰的海面上旅行，看到一人多高、重达十几吨的旅行车在冰上跑来驶去，下面就是万丈深海，我的心一直为车上的游客揪着。令人百思不得其解的是，水丰冰富的冰岛，竟然热也多火也多，是世界上地热、地火最丰富的国家。在冰岛，很多地方利用地热发电或拥有地热温泉，并且温泉都是露天的，一米外是厚重的冰层和皑皑白雪，一米内就是热气腾腾的温泉池，出水是冬天，入水成夏季，过去《西游记》中令人陶醉的冷热两重天在这里变成了现实。

地热地火发电和温泉用不完,便成了问题:容易造成火山喷发。在冰岛,有些冰层边竖着警示牌"火山喷发区,切勿靠近"。我离开冰岛五个月后的 2010 年 4 月,艾雅法拉火山喷发,岩浆融化冰盖引发了洪水,同时火山灰高达万米,弥漫方圆几千公里,导致冰岛、英国、德国、波兰等国多日阴天和机场关闭,包括奥巴马在内的多国首脑参加波兰总统葬礼的活动也因此推迟,直接经济损失堪比美国"9·11"。在自然界自身的"内部矛盾"爆发期,人类不但不能"人定胜天",就连调解的能力也没有,只能顺从等待,别无他法。

既然不能违背自然规律,那就只能揭示其内部矛盾并按照矛盾运动规律去办事。我们眼中看到的例子不乏其数,最出名的要数太极图。太极图既包含对立的黑白两色,也包含对立的阴阳两极。用矛盾和规律揭示自然世界并指导人类生活,不能不说是太极创造者的伟大之处,也正因为伟大,历朝历代的很多人信仰之,甚至还上了韩国的国旗。我不懂道家之学,其中的奥秘不得而知,自己肤浅地认为:对立矛盾的事物合理地、有序地放在一起,不但不会混乱,还会和谐、还会美好,说得文雅点,就是相克相容——就像男与女、阴与阳、太阳与月亮、白天与黑夜、冬季与夏季一样。

三

吃到的、看到的新奇事物人们自然不会闷在心里,喜欢倾吐交流,鲁语叫"拉呱",豫话称"喷空",陕地谓"瞎谝",巴蜀两地言之为"摆龙门阵"。不管叫什么,说话是个大学问,一辈子都学不完。既然是大学问,三五页纸道不尽,只能抓小弃大,这里仅唠叨下话语中的"矛盾"。

小时候,常听到乡村邻里别样的对话。如一农妇问邻家大婶:"你家老头到哪儿去了,好几天没浮出水面啦?"答:"那老不死的,背半布袋窝头跟着戏班听戏去了。"再比如农妇夏天端碗茶水送给树荫下怀抱收音机听说书的"当家的",边递碗边大声交代"慢点喝,别噎死了",摇头晃脑的老头儿并不生气,而是不紧不慢地回上一嗓:"要想噎死俺,再拿仨馍来!"年幼时,听到这样的对话常常感到蹊跷不解,为什么老婆骂自己的丈夫"老不死的",为什么给丈夫端碗开水后还要加一句"别噎死了",随着年龄增长逐渐理解了日常生活中的这种"正话反说"的矛盾表达法,可谓话糙情深。

乡下人是这样,城里文化人也同样如此,只不过表达得委婉一点罢了。报刊书籍上表达高兴时除"快乐""愉快"外,常常更偏爱另一个词——"痛快"。"痛"和"快"本是一对矛盾,但文化人把它们撮合在一起,不但不"痛",还特别"快",比"快乐""愉快"还要"快",真让人感慨文字世界的魔幻魅力。文化人在一起聊天,遇到幽默的笑话或有趣的故事,听后便喊:"笑死我了!"笑本来是愉快的事,扯上个晦气的反义字"死",听起来不但不别扭,还特过瘾和准确,表示笑得开怀、笑得淋漓,舍用这个"矛盾词"还真没有其他更合适的选择。

汉语语境下如此,西方人说起话来,也和我们中国人一样。先举英语中的例子:英语里表达"好"之程度的一个词叫 deadly

well，deadly 意思是"致命地"，是绝对的贬义词，well 的意思是"好"，但把两者放到一起，则变成了十分肯定的"非常好"。在英语小说里，两个词备受宠爱，一个是 cruel kindness，另一个是 sweet sorrow。第一个词的意思是"残酷的善良"，第二个词的意思为"甜蜜的悲伤"。残酷和善良、甜蜜和悲伤本是两组对立的词语，作家们匠心独运地把他们捆绑在一起，不但不矛盾，还十分准确地描绘了善良和悲伤的性质和程度。再举两个德语例子：德语里有句话叫 Du hast einen Vogel，直译的意思是"你有一只鸟"，鸟是人人喜爱的动物，字面上听起来，这句话挺美。其实不然，它的真实意思为"你有病啊！"，是句地道的骂人话；德语里还有一句话，叫 Du hast ein Schwein，整个句子与前句比较只是换了一个单词——鸟换成了猪。猪是又脏又懒的邋遢动物，与鸟相比，可谓云泥之别，按字面义理解可能这句话是更糟糕的骂人话。错了，这句话是德国人常用的美好祝福语，意思是"祝你好运！"

以上这些还容易理解，还有更含蓄、更"矛盾"的说法呢！著名诗人臧克家在其脍炙人口的《有的人》中这样写道："有的人死了，他还活着；有的人活着，他却死了！"我最先是在小学教材里读到这首诗的，当时就是不理解，死去的人怎么可能还活着，这不是有违常理吗？后来读的书多了，经历的事情多了，终于理解了诗人箴言的深刻含义。上大学时看歌剧《罗密欧与朱丽叶》，一对情人在凯普莱乌家花园里第一次幽会后分别时，朱丽叶深情地说："离别是这样甜蜜的凄凉，我真想向你道晚安至天明！"记着这句话，一半源自爱情的炙热，一半源自莎士比亚"矛盾写作法"的高明。在德国读博士时,有位英国同学爱哲学,经常说点神秘兮兮的话显摆"大不列颠文明",不过他说的一句话我至今记忆深刻:There is nothing permanent in life but change,翻译成汉语就是"变是唯一的不变"。为了不在外国人面前丢脸,我回了一句老子的经典名言:"祸兮福之所倚,福兮祸之所伏。"他愣了半天后,点头笑着说:"我要告诉英国同胞,今后别和中国人谈哲学。"

特别有文化的人不仅喜欢并刻意使用"矛盾词",还时不时地创造新的"矛盾词",本来这个世界已经够"矛盾"的了,他们还在火上浇油。比如这几年抒情诗里常用的一个词叫"坚硬如水"。表达一个东西的坚硬不用石、不用铁,也不用钢,反而用软绵绵的水,难道仅是文化人的杜撰与显摆吗? 答案是错的。1997年我去参观挪威首都奥斯陆一家船厂的博物馆后,彻彻底底信服了水的坚硬。博物馆里摆放着大大小小该公司不同时期轮船使用过的螺旋桨,其叶片上尽是坑坑洞洞的创伤,显然是外力破坏之结果。当讲解员问到原因时,大家列出了触礁、触冰或者两船相撞的各种可能。"都不对,是水!"讲解员解释了原因,叶片在旋转过程中使水形成了气泡,空气泡会造成空爆高压,甚至会达到十万个大气压。在如此高的大气压之下,再硬的金属都会被损坏。同样的例子是,水电站涡轮机叶片可以在几天之内被水"吃"掉数十毫米厚。

近些年来,文学堆里常见的一句口号叫"生命不能承受之轻"。生活中压垮一个人的不是百斤镣铐,不是千斤重担,也不是万斤责任,而是浮飘飘、虚幻幻的"轻"! 乍一听起来特别矛盾,但泡杯热茶、冲杯咖啡,细嚼慢品之后,还真不矛盾。多少英雄豪杰、多少善男信女创业时含辛茹苦,一马当先,可是一旦功成名就,压力没了,负担轻了,倒纷纷败下阵来,断送了美好前程。李自成如此,刘青山、张子善如此,我们每个人又何尝不是如此?!问题在于轻重不同而已。

不管是出自乡野之氓,还是文明之士,上述所列举的话语虽然听起来别扭,但都与事实不相矛盾。如果说的"听起来挺美",但与现实矛盾,则不免让人失落无语,哭笑不得。1985年"五一节",我和一发小乘火车去"人间天堂"苏州游玩,穷学生住不起酒店,专寻便宜的客栈。在火车站广场遇到了手持扩音器的妇女,高喊:"大酒店,大酒店,一人一元,一人一床,一人一枕,空气鲜、景色美。"我俩和五六十名从上海、南京等地前来游玩的学生最后都住了进去。"大酒店"原来是个篮球场大小的农家院子,中间用绳悬的被单一分为二,一边男一边女,发每人一张报纸当床,一块砖作枕,躺下后满眼尽是璀璨星月……住店者虽感失落,但没有一个人和巧舌如簧的老板娘理论争执,因为店家所言与现实一点也不矛盾,说到的全都兑现了。

四

人类吃的、看的和说的充满或者说包含着矛盾现象,人类在征服自然、改造自然的行动中更是遇到了形形色色的矛盾,有些矛盾人类认清了,有些矛盾还没有认识清楚,有些甚至是人类臆想、人为制造的矛盾。人类在对付若明若暗的矛盾过程中,留下了许多发人深思、啼笑皆非的故事。

先讲两个发生在我老家的逸事。"文革"时期,家乡夏天抗旱救灾时,生产队总是把离杨岗河较远的坡地分给"地富反坏右"浇灌,因为坡地厚,吃水多,劳动量大。一次,天上下了一场雷阵雨,大雨只下到了坡地一边,贫下中农的平地上一滴未落。这其实是正常的自然现象,也就是大家在夏季经常看到的"一线雨"。但那时的贫下中农不同意了,就集体到有学问的下乡知青处询问:"雨不下到无产阶级一边,光下给资产阶级,这和你们经常讲的好有好报、恶有恶报矛盾啊?"知识青年被问得哑口无言。自然界的矛盾被外延至阶级矛盾,甚至想用人为的阶级矛盾论来覆盖自然规律,能不迷惑吗? 同时期老家还有一件事,就是"旱改水"和"平改坡"事件。南方的水稻产量高,上级下文要求平原地区把旱地先挖成池塘,再从河里担水灌入,不种小麦改种水稻。结果,白天挑的满塘水,第二天去插稻苗时,早已沥了个精光。后来,农业学起了大寨,大寨是梯田,上级又下文把平地堆成土山,在土山上开辟梯田种庄稼。没有想到的是,收割的前夕,一场暴雨把土山给浇崩了。大寨是石山,水浇不塌,土山则是另外一回事了。

留给后人笑话的事不只咱们中国有,西方国家也一样。前面谈到的冰岛,其名字来历就有一段有趣的故事。在冰岛旅游时,听当地居民讲,冰岛有人居住的历史也就 1 100 年左右。最早来到岛上的殖民者发现那里受大西洋暖流影响,气候温和,夏天平均气温 11 度,冬天也就零下一两度,是理想的居住地,顿起霸岛之心,为防止他人闻风而至,他们采用了矛盾的"障眼法",

给发现的新大陆起名为 Iceland（冰岛）。这还不够，他们又把与冰岛隔海相望、终年积雪、最低气温达到零下 70 度的另一个岛命名为 Green Land（绿色之岛，中文音译格陵兰岛）。后来北欧几国梦想得到陆地者纷纷慕名登上了"绿色之岛"，到达后大发感慨，"绿色之岛"就已如此寒冷，"冰岛"就更不能居住了。如此这般，首批登岛者欺骗了整个世界，攫取了宝贵的土地，使得他们及其后代居住在美丽广阔的陆岛上，到现在，偌大的冰岛居民也就 30 来万人。故老相传，我国古代三国时，诸葛亮以五千书生巧设"空城计"吓退司马懿十万大军，这一军事杰作就是充分利用了人们看待矛盾事物的心理和态度，没有想到的是，在万里之遥的冰岛也出现了再版。谁能保证今后不会再出现呢？

有些矛盾，确实是隐藏过深，迷惑过重，人们一时难以分辨，就像"空城计"和"冰岛"事件，后人只能一笑了之，不能苛求谁对谁错。但现实生活中，很多矛盾是不应该存在的，或者说是可以克服的，但它们却悖于常理存在着，不能不令人心怀遗憾。

去国外旅行，经常在毗邻城市的 Motel（汽车旅馆）、Novotel（诺富特酒店）、Holiday Inn（假日酒店）等悬挂 Economic（经济型）牌匾的宾馆过夜。这些酒店虽然堂面也就一两间房大小，客房面积摆过两张床后已不宽余，但住起来都很安静、温馨、舒适并具有极好的私密性。与国外相比，国内很多宾馆大堂气派宏伟，但一旦住进去，则是另一番景象了。2009 年去宁夏银川，在电话簿上查到某大学宾馆是四星级，便打电话过去，对方用了好长时间宣传宾馆的高档和豪华。到达后，眼前的宾馆果然金碧辉煌，接待大厅比一个篮球场还大。住到半夜，听到卫生间有人,起来一看却空空如也。在国内住过许多这样自称豪华、国际化的酒店,房和房隔音用三合板,房和咫尺外喧闹马路隔音用最廉价的单层玻璃。一晚上睡不好觉不是什么大不了的事,但一个人或一个单位说的与实际做的自相矛盾,话大实虚,这已经不单单是房间的问题了。

最后要说的一句话是,矛盾双方也是相互转变的。一时的好不一定永远好,一时的甜不等于永远甜。如果不能敬畏矛盾、认清矛盾、认真地去处理矛盾,而是回避矛盾、曲解矛盾,甚至随意、故意、刻意制造矛盾,只能弄巧成拙。还是想用上文中说过的两个例子作为佐证。最近从报纸上获悉,敦煌月牙泉的水位由于过度沙漠化正在逐年降低,如果不采取有效保护措施,这颗沙漠明珠极有消失的可能,到那时,我们的子孙后代再也看不到这一天工造物的矛盾奇观了!再回到文章开头,把还没说完的上河工的故事讲完:"腾子"捉到老鳖的第二年以及随后多年,生产队又到杨岗河上河工,在队长分配任务时,每次几十个人包括"腾子"本人都争着抢着申请勇挑重担,也就是愿到那块有积水的地段干活,但一连十几年下来,再也没人逮到过一只老鳖。

2012 年 3 月创作于扬州